태양의 탑 2
Tower of the Sun

ⓒ이 책은 저작권법에 의해 보호받고 있습니다. 이 책의 저작권은 저자에게 있으므로
어떠한 용도로도 저자의 허락없이 내용 일부분 혹은 전체를 인용, 전재, 모방할 수 없습니다.

태양의 탑 2

초판 1쇄 | 2009년 12월 11일
초판 12쇄 | 2017년 5월 22일

지은이 | 전민희
펴낸이 | 서인석
펴낸곳 | (주)제우미디어
출판등록 | 제 3-429호
등록일자 | 1992년 8월 17일
주소 | 서울시 마포구 상수동 324-1 한주빌딩 5층
전화 | 02-3142-6845
팩스 | 02-3142-0075
www.jeumedia.com

ISBN 978-89-5952-197-5
ISBN 978-89-5952-195-1(SET)
파본은 구입하신 서점에서 교환해드립니다

| 만든 사람들 |

출판사업부총괄 | 손대현 **책임 편집** | 이상모(이야기날개) **기획** | 전태준, 하일구, 김용진
제작 | 복대면 **영업** | 김한호, 김경훈, 이창배, 김소영
디자인 | 이라란 **커버 일러스트** | 군요(kunyo) **맵디자인** | 장근철 **도움주신 분** | 김창원

TOWER OF THE SUN

태양의 탑 2

전민희

제우미디어

등 장 인 물

키릴로차 르 반 주인공. 키릴, 또는 키릴츠로도 불림.
일츠 브릴모 키릴로차와 형제처럼 자란 친구
앙리오트 마르셀리안 페레올 대상인 페레올 가문의 둘째아들.
롬디오 크레드니에 크레드니에 백작의 막내아들. 개구쟁이.
이스카시안 아미냐 알리당스 대공의 맏아들. 국왕의 조카.
프란디에 카리르밀 카리르밀 후작의 외아들. 학구파.
클라리몽드 프랑슈콘느 '천사' 로 불리는 멜헬디 학교의 여학생.
플로엔 오일란드 멜헬디 학교의 남학생. 스조렌 출신.
빌리반드 라고트 멜헬디 학교의 선배.
카 교수 키릴로차의 담당 교수.
파르만센 교수 프란디에의 담당 교수.
주드 아몬 교수 플로엔의 담당 교수.
드랫 실버실드 교수 멜헬디 학교의 마법 교수. 공명정대한 성격.

주드마린 아미냐 로존디아의 공주.
조프뢰 르 반 키릴로차의 할아버지.
루이즈 브릴모 아스테리온 무녀. 일츠의 어머니.
아디아스 브릴모 아스테리온 대사제. 일츠의 아버지.
안-마리 루이즈 브릴모 일츠의 여동생.
궐나렌 카바이유 일츠의 사촌누나. 잘츠렌의 아내.

CONTENTS

1. 별 카드

비의 왕 제전 10
진정한 승자 46

2. 탑 카드

마른 잎과 불과 겨울 74
끝이 좋아도 좋지 않은 일 112
두 번째 겨울방학 142
악몽 161
형제의 끝 207
약속과 죄를 짊어지고 248
저주받은 자에게는 지옥이 어울린다 280
악(惡) 307

별 카드

두 소년은 다시 잡담을 나누다가 열어 놓은 테라스에서
불어오는 바람에 얼굴을 맡긴 채 나란히 잠이 들어 버렸다.
호기심 많은 바람이 펴 놓은 책 몇 페이지를 후루룩 넘겼다.
멀리서 꼬마 안이 연주하는 이국의 기타 소리가
서투르게, 때로는 가볍게 들려왔다.
얇은 커튼이 흔들리며 창틀에 놓인 화분들을 쓰다듬었다.
늦봄의 저녁 햇살이 붉은 그림자로 변하는 줄도,
밤바람이 머리를 흐트러뜨리는 줄도 모른 채
두 소년은 좋은 꿈이라도 꾸는 양 미소를 머금고 있었다.

비의 왕 제전

여름이 한풀 꺾이는가 싶더니 9월부터 급격히 서늘해졌다. 비지땀을 흘리며 산을 오르던 날로부터 두 달이 흘렀다. 가을장마가 시작되는 10월은 방랑자 아룬드(고대 이스나미르어로 월(月)을 가리키는 말)라고도 불렸다.

그 사이 크고 작은 변화가 일어났다. 이스카시안과 일츠는 열여덟 살이 되었다. 소년들은 각자 자기만의 방식으로 학교에 익숙해졌다. 롬디오는 장난을 치고도 교수들의 심술을 피하는 요령을 익혔고, 이스카시안은 수업을 떼어먹고도 출석 인정을 받는 방법을 알아냈고, 일츠는 무슨 질문을 하면 수업을 빨리 끝낼 수 있는지 파악했으며, 앙리오트는 식당의 주방장들과 친분을 쌓아 2인분씩 배식을 받는 특혜를 누렸다. 이렇듯 친구들이 그럭저럭 즐거움을 찾아내는 가운데 키릴로차와 프란디에만은 마법 수업의 중압감으로 노새처럼 허덕거렸다.

두 차례 있었던 시험은 성적이 공개되지 않아 평온하게 지나갔다. 어느 날 앙리오트는 요즘 드라니라바티 학교를 다닐 때보다 더 느긋한 것 같다는 말로 마법 수업을 받는 두 친구를 절망에 빠뜨렸다.

그리고 비의 왕 제전이 다가왔다.

비의 왕 제전은 전 대륙적인 축제인 프랑딜로아(봄 축제)나 이스나일로아(영혼제)에 비해 비교적 작은 축제였다. 그러나 다른 나라와 달리 스조렌에서만은 예외적으로 가장 성대하게 치러진다고 했다. 이유는 알 수 없지만 스조렌 산맥 일대는 여름비가 부족하기 때문에 비의 왕 제전의 중요성이 점차 커졌으리라 짐작할 뿐이었다.

특히 가을 무렵이면 밤에는 서리가 내리도록 춥고 낮에는 연무가 끼어 사방이 뿌옇고 뜨뜻해지는 답답한 날씨가 한 달씩 계속되기도 했는데, 이를 '늙은 마누라의 여름'이라고 불렀다. 가을장마 때 비가 시원하게 오면 이런 현상이 없기 때문에 다들 비를 기대하지만 스조렌 북서부는 가을에 건조하고 비는 겨울에 많은 편이었다.

멜헬디 학교는 전통적으로 북 스조렌 산맥에 흩어진 작은 마을들을 대표해 비의 왕 제전을 크게 열었다. 다른 학생들을 따라 둥그런 나무 물통을 탑 주위에 늘어놓던 키릴로차는 역시 통을 들고 나타난 프란디에와 잠시 대화를 나눴다.

"비의 왕 제전을 이렇게 대대적으로 준비하는 건 처음 보지 않냐? 스조렌에서 제일 성대한 축제라는 소리도 있던데."

"난 제일 큰 축제는 프랑딜로아고 다음으로 큰 축제는 송년제인 줄로만 알았는데 말이야."

"그러고 보면 이스나미르에서는 이스나일로아가 두 번째로 크다더라고."

"그건 아는데, 송년제나 영혼제는 이해가 가지만 비의 왕 제전은 왠지 이해가 안 가거든."

맞은편에서 빈 통을 두 개나 들고 오던 앙리오트가 끼어들었다.

"야, 우리나라는 이름대로라면 비 걱정은 안 해도 되는 나라라고. 남의 나라의 고충을 이해해 줘야지."

로존디아는 고대 이스나미르어로 '이슬비의 땅'이라는 의미였다. 프란디에가 과장스럽게 눈동자를 굴렸다.

"오, 저 녀석이 유학까지 오더니 드디어 괜찮은 말도 할 줄 알게 됐잖아?"

비의 왕 제전의 준비는 빈 나무통을 처마 주위에 빙 둘러놓으면서 시작됐다. 이것으로 가을장마에 내리는 비를 받아 모으고, 모든 통이 넘쳐흐르는 날 제전을 시작했다. 이렇다 보니 지역마다 제전 날짜도 제각각이었다.

아무리 비가 오지 않아도 방랑자 아룬드가 가기 전에는 제전을 치러야 했으므로 말경에는 웬만큼만 통이 차도 제전을 시작했다. 다만 통이 반절도 차지 않으면 제전을 열 수 없고, 그렇게 방랑자 아룬드가 끝나면 그 해의 제전은 취소되었다. 이런 일은 크게 불길한 징조여서 이듬해 큰 가뭄을 예고한다고 보았다.

가을장마답게 이 시기에는 어느 정도 비가 내렸으므로 그런 일이 벌어질 가능성은 거의 없었다. 또 혹시라도 그럴 징조가 보이면 누군가가 은밀히 강이나 연못에서 물을 길어다 붓기 마련인 것이다. 멜헬디 학교에서도 통이란 통은 전부 꺼내 탑 주위에 늘어놓았다. 그 일이 끝나고 사흘 후부터 비가 내리기 시작했다.

"으으, 비가 오는데 축제라니, 정말 묘한 풍습이야."

계단참에 높이 솟은 창 앞에 다가서서 밖을 내다본 앙리오트가 투덜댔다. 그는 첫 번째 탑 꼭대기 층에서 그날 오후의 마지막 수업을 마치고 곧장 세 번째 탑에 있는 강당으로 가는 길이었다.

"앙리? 너도 늦었구나?"

계단을 내려오던 학생 하나가 앙리오트를 알아보고 아는 체했다. 두그포우라는 1학년 학생이었다. 둘은 나란히 계단을 내려가며 이야기를 나누었다.

"오늘 만과(晩課)가 끝나면 마법 스승들이 비의 왕 제전에 대해 일장연설을 해주시지 않을까 싶은데. 새로 들어온 학생들은 잘 모르잖아."

연설이라면 아주 지겨워하는 앙리오트가 얼굴을 찌푸렸다.

"이미 실컷 들었어. 비가 오면 다들 나가서 낄낄대며 노는 거지. 뭘 또 설명할 게 있담."

"너 그럼 비의 왕을 어떻게 뽑는지도 알아?"

앙리오트가 눈썹을 치켜올렸다.

"비의 왕을 뽑다니?"

그 즈음 둘은 탑을 다 내려왔다. 입구에 선 두 소년은 망설이며 밖을 내다봤다. 세 번째 탑이 멀지는 않았지만 밖은 폭우였다. 하늘도 어두컴컴했다.

"이 정도면 오늘 저녁에 물통 다 차겠다."

두그포우가 고개를 끄덕였다.

"그래서 이렇게 갑작스레 소집하는 거 아냐. 하여튼 올해는 예년보다 비가 많이 오는 것 같다."

둘은 결국 뛰어가기로 마음을 정했다. 엇비슷하게 뛰쳐나갔지만 앙리오트의 걸음이 훨씬 빨랐다. 여름의 더위를 깨끗이 씻어내는 가을비였다. 세 번째 탑에 도착했을 때는 둘 다 흠뻑 젖었다.

"헉, 헉, 앙리 넌 왜 그렇게 빨리 뛰냐?"

"한 방울이라도 덜 맞아야 될 거 아냐."

"덜 맞은 결과가 그거냐?"

젖은 머리를 흔들어 복도에 물을 잔뜩 튀긴 앙리오트가 앞서 걷기 시작했다. 그러다가 문득 생각난 것처럼 돌아보았다.

"그런데 비의 왕을 뽑다니?"

두그포우의 이야기는 사실이었다.

로존디아에서 비의 왕 제전을 치를 때는 비의 왕 역할로 흔히 밀짚을 엮어 만든 인형을 썼다. 그러나 스조렌에서는 산 사람을 비의 왕으로 선발한다고 했다. 소년들은 만과가 끝난 뒤 식당에 모여 앉고도 내내 그 이야기였다.

"그럼 물 속에도 진짜 사람을 집어넣는 거야? 그리고 빠뜨려 죽이고?"

"에이 설마."

그러면서도 프란디에는 왠지 기분이 나빠졌는지 팔짱을 낀 손에 힘을 주었다. 곁에서 이스카시안이 고개를 갸웃거렸다.

"죽이지야 않는다 쳐도 의식 자체는 비슷하겠지. 그건 그렇고 무슨 기준으로 비의 왕을 뽑지?"

프란디에도 나란히 고개를 갸웃했다.

"우리나라에서는 가장 농사가 잘된 밀밭의 밀대를 가져다가 인형을 엮는데……."

그때 키릴로차가 머리에서 물을 떨어내며 식당으로 들어왔다. 만과가 끝나고도 카 교수의 시중을 들러 다시 아이카론으로 갔다가 되돌아오는 길이었다. 마법을 배우는 학생들은 자신이 사사(師事)하는 스승의 시중을 들어야 하는 규칙이 있었다.

"또 무슨 쓸데없는 용무를 궁리해내셨든?"

앙리오트의 말에 친구들이 마주보며 웃었다. 키릴로차가 주머니에서 편지를 몇 장 끄집어냈다.

"글쎄, 나한테 누가 편지를 보냈다더라고. 그런 편지가 왜 교수님 손에 있는지는 모르겠지만. 하여튼 받아오긴 했는데 겉봉에 이름도 없고 뭐가 뭔지 모르겠어."

"어디 보자."

이스카시안의 손이 편지 한 통을 낚아채어 갔다. 겉봉에는 아무 표시도 없었지만 내용물을 꺼내 읽고 난 이스카시안의 얼굴에서 곧 못 견디겠다는 듯 미소가 떠올랐다.

"됐다, 됐어. 키릴츠, 더 읽겠다고 안 할 테니까 가져다가 잘 모셔 둬라. 이거 남이 읽을 만한 내용이 아니잖아."

"내용이 뭔데?"

앙리오트의 손이 다른 편지를 집었다. 나머지 소년들도 곧 머리를 들이밀었다.

"어, 음, 첫 줄이 '아름다운 사람에게'라는군."

"'오늘도 보이지 않는 곳에서 그대의 뒷모습을 바라보며 아무것도 할 수 없는 자신을 부끄러워하고……' 어이구, 이런 일편단심 아가씨를 어쩔 참이냐?"

"누가 아가씨라고 그래? 아무 데도 그런 말은 없잖아?"

"그럼 넌 저런 편지를 남자한테 받고 싶냐?"

편지를 읽어 내려가던 프란디에가 안경을 만지작거리더니 장난스럽게 말했다.

"문장력은 좀 떨어지는데. 네가 많이 가르쳐야 되겠다."

키릴로차는 웃지도 울지도 못하는 표정이었다.

"가르치다니?"

"그야 답장으로 가르치면 되는…… 아, 아이고, 알았다니까. 그런 소리 안 할게."

"야. 내가 대신 가르치면 안 될까? 글씨가 예뻐서 마음에 들었거든. 후훗."

편지가 결국 누구의 주머니로 사라졌는지는 아무도 모를 일이 되었다. 친구들은 잠시 더 키릴로차를 놀리는 데 열중했지만 키릴로차가 카 교수에게 들은 이야기를 꺼내자 화제는 비의 왕으로 돌아왔다.

"그게 정말이었어?"

"응. 오늘 교수님도 다시 얘기하시더라. 비의 왕을 인형 말고 진짜 사람으로 한다던 그 얘기. 그런데 왕을 어떻게 뽑느냐면……."

키릴로차의 입에서 나온 설명을 듣자 앙리오트는 눈을 가늘게 떴고, 이스카시안은 괴었던 턱을 놓쳤으며, 프란디에는 킥킥대기 시작했다. 일츠가 되물었다.

"가장 잘생긴 젊은이를 뽑는다고?"

비의 왕은 비를 부르기 위한 제물이므로 좋은 제물, 즉 건강하고 외모가 출중한 소년을 바쳐야 정령들이 만족해서 기원을 들어준다고 했다. 비의 왕으로 뽑힌 사람은 하루 동안 가장 좋은 옷을 입고 좋은 음식을 먹으며 사람들의 찬양과 경배를 받았다.

제전을 시작하는 날 아침, 그간 처마 밑에 늘어놓았던 통에 받은 빗물을 연못이나 큰 통에 모두 붓는다. 그 다음에는 비의 왕을 모시는 행렬이 만들어져서 수많은 사람들이 그 뒤를 따라간다. 빗물을 부은 곳까지 오면 사람들은 왕을 그 안에 던져 넣는다. 사람들이 내년에도 비를 많이 내려달라고 축원하는 동안 비의 왕은 죽은 체 하며 헤엄을 치거나 물 밖으로 머리를 내밀면 안 되었다.

축원이 끝나면 사람들은 비의 왕을 건져내고, 왕은 그곳에 모인 처녀들 중 가장 아름다운 처녀를 '비의 여왕'으로 맞았다. 이어 왕의 소생을 축하하는 잔치가 밤새워 벌어졌다. 이튿날 아침이 되면 사람들은 비의 왕이 들어갔던 물에 내년 파종을 위해 준비한 씨앗을 조금씩 던졌다.

이날 하루 동안은 스조렌의 국왕조차도 비의 왕을 함부로 대할 수 없다고 했다. 그만큼 비의 왕 제전은 스조렌 사람들에게 중요했다.

"예전에는 비의 왕이 고른 여자가 비의 왕의 진짜 아내가 되어야 했다더라. 사실은 그날 밤에 잔치가 벌어지는 동안 이미 동침했대. 그 자체를 혼례로 여기는 거지."

"우왓, 그거 대단한 풍습인데? 설마 요즘에도 그러진 않겠지?"

앙리오트가 입을 벌리며 묻자 롬디오가 받아쳤다.

"당연하지, 인마. 그런 좋은 풍습이 지금까지 남아있을 리 있겠어?"

작년에 비의 왕으로 뽑힌 사람은 다들 짐작한 대로 빌리반드 라고트였다. 비의 왕은 매해 학생들은 물론 교수들까지 모두 참여하는 투표로 뽑혔다. 멜헬디의 비의 왕은 근처 마을들까지 대표하는 셈이어서 평소 학교 출입이 금지된 마을 처녀들도 들어와 밤샘 잔치까지 머문다고 했다. 비의 왕으로 뽑히면 곧 학교 전체에서 가장 근사한 젊은이로 인정받는 거나 마찬가지였다.

이렇다 보니 누가 비의 왕이 되느냐가 매해 초미의 관심사로 떠오를 수밖에 없었다. 날짜가 가까워올수록 온갖 소문과 억측이 학생들 위를 구름처럼 떠다녔다.

누가 비의 왕이 될지는 모두 궁금해 했지만 비의 여왕이 누구일지는 전혀 화제가 되지 못했다. 달리 생각할 여지가 없는 까닭이었다.

"클라리몽드말고 누가 있겠어?"

"당연하지. 작년에는 누구였는지 몰라도 올해에는 클라리몽드의 적수가 없을걸."

"그저 그런 여자였겠지. 빌리반드 선배한테 아직까지 애인이 없는 것만 봐도 알 수 있잖아?"

소년들이 피식피식 웃는 가운데 앙리오트가 말했다.

"그렇지만 혹시 알아? 마을 처녀들 중에 더한 미녀가 있을지."

이스카시안이 반대했다.

"그럴 리 없어. 아름다움은 주관적인 감정이라서 원래 '누가 가장 아름답다'는 의견이 모두 일치하기란 쉽지 않지만 보통 아가씨들은 미모는 있을망정 클라리몽드가 가진 요령은 대부분 없거든. 그런 요령이야말로 취향 차이를 떠나 사람을 홀리지. 단순한 미모만으로는 절대 그렇게 할 수 없어."

"헛, 저런 문제만 나오면 궁정 학자 뺨친다니까."

롬디오가 지분거렸다.

"어쨌든 그렇다면 비의 왕은? 이번에도 빌리반드일까?"

"그럴 리 있냐!"

앙리오트가 큰 소리로 반박하자 옆 테이블의 학생들까지 돌아보았다. 그는 남이 보든 말든 거리낌 없이 말을 이었다.

"로존디아 출신 중 하나일 게 뻔하잖아? 이스카시안이나 키릴츠나 어디를 봐서 이 촌구석 나라 사람들보다 못하단 말이냐?"

"야, 앙리."

시선을 느낀 프란디에가 슬그머니 앙리오트의 손을 잡아 테이블 밑으로 내렸다. 그제야 앙리오트도 입을 다물었지만 자기 의견을 철회할 분위기는 아니었다. 쳐다본 학생들도 곧 고개를 돌려서 그 자리는 다행히 다툼 없이 끝났다.

본격적인 문제는 다음날에 터졌다. 전날까지 고개 돌리고 수군대던 분위기를 비웃기라도 하듯, 은밀히 오가던 의견들을 누군가가 완전히 까발려버렸다.

아침에 부스스한 얼굴로 남자 기숙사에서 나온 학생들은 현관 홀 벽에 새겨진 마법의 광채 문자들을 보고 경악했다. 이름 몇 개가 차례로 나열되어 빛나는 가운데 맨 위에 '비의 왕 모의 투표를 위한 예상 후보 명단'이라는 글자가 보란 듯이 떠올라 있었다. 홀은 순식간에 웅성거리는 학생들로 가득 찼다.

"야, 저거 좀 봐. 모의 투표를 한다는데?"

"모의 투표? 주최가 누군데?"

"맨 위에 여학생 클럽이라고 되어 있잖아. 후보도 직접 뽑았나봐."

"저 빛나는 글자들은 어떻게 만든 거지? 마법으로 썼나?"

"저건 광채 문자라는 거야. 예전에 주드 아몬 교수가 공부 안 하는 학생들을 혼내주겠다고 저 비슷한 것을 학교 벽에 만들어 놓은 일이 있었어. 그때는 학교에서 추방되기 전에 공부 좀 더 하라는 경고였지. 하지만 이번에는 명예의 전당에 올라간 셈이네."

"그래봤자 여자들끼리 멋대로 후보를 뽑았을 뿐이잖아? 여자애들한테 인기 있다는 뜻 정도는 되겠네."

"상관 없잖냐? 누구 하나 안 빠뜨리고 잘 골라 놨네 뭐."

"그래도 그렇지. 자기들 관점만 갖고 써놓으면 다야?"

"그럼 네 녀석 이름이라도 써줄 줄 알았냐?"

비의 왕 모의 투표를 위한 예상 후보 명단

여학생 클럽 '솔카 다 엘라이드'는 클럽원들의 의견을 모아 모의 투표 후보를 선정했습니다.

- 빌리반드 라고트. 가장 먼저 만장일치로 뽑혔습니다. 전년도 비의 왕이라 두 번 제물로 바쳐도 효과가 있느냐가 유일한 의문점입니다.
- 키릴로차 르 반. 그만하면 완벽하다고들 했지만 너무 순진한 성격만은 문제네요. 하긴 그 정도도 없으면 반칙감이죠.

- 플로엔 오일란드. 무리하는 모습이 귀엽습니다. 누가 거둬다 애정으로 가꿔주면 사람 된다 하겠습니다.
- 이스카시안 아미냐. 왕족인 데다 화술도 배려도 완벽하지만 이런 남자는 만인의 연인인 게 단점입니다.
- 앙리오트 페레올. 검 쥐고 말 타면 제일 근사하다는 의견입니다. 다만 여자한테 배려가 부족하다는군요.
- 민스키 진네만. 찌푸린 인상을 펴면 인기가 폭발할 거랍니다. 하긴 그 나이에 미간에 주름이 웬 말인가요.
- 라파르트 드 루이장. 과제 빼먹은 주제에 실버실드 교수한테 대들다가 정학 먹었을 때 한심했지만 왠지 멋졌다는 소수 의견입니다.
- 프란디에 카리르밀. 이 계열 좋아하는 사람들한텐 확실한 중독성을 보장한다는 소수 의견입니다.

투표지는 오늘 마지막 수업이 끝난 후 식당 앞에서 윌헬미나 앤서스 양이 한 명당 한 장씩 나눠드립니다. 위의 이름 중 하나를 적어 식당 안에 마련된 통에 넣어주세요. 결과 발표 대신 내일 이곳에 한 개의 이름만을 남겨두겠습니다.

알헬라 솔카에 다 엘라이데(아가씨들의 모자들 속으로부터).

키릴로차는 눈을 비비며 아래층으로 내려오다가 홀을 꽉 메우고 와

글대는 사람들 때문에 먼저 놀랐다. 이어 사람들의 시선이 향한 쪽을 바라보자 설깬 잠은 깨끗이 달아나버렸다.
"우와……."
버릇처럼 입만 벌린 키릴로차의 어깨를 누군가가 쳤다. 어느새 나타난 이스카시안이 그의 양 뺨을 꼬집으며 말했다.
"엇, 네 이름이 나보다 위에 있잖아. 자식, 용서가 안 되는데."
이스카시안은 이런 상황에서 유들유들한 반응을 보일 여유가 있었지만 키릴로차는 달랐다.
"저기, 저런 걸, 저기다 저렇게……."
등 뒤에서 나타난 프란디에가 잠결에 걸치고 나온 셔츠 깃을 펴며 싱긋 웃었다.
"어라. 영광인데. 이런 보잘것없는 이름까지 써주다니."
이스카시안과 프란디에는 서로를 발견하자마자 잔소리를 주고받기 시작했다.
"자식아, 안경 좀 닦아라. 눈이 안 보인다."
"그러는 너도 오늘은 완벽하지 않은데? 솔직히 말해라. 너도 구경거리 얘기 듣고 급히 나오는 길이지?"
"어, 내 차림이 어때서?"
황급히 자신의 옷을 내려다보는 이스카시안의 머리를 프란디에가 꾹 눌렀다.
"모자는 어쨌냐? 응? 인마."

모자는 이스카시안의 뒷주머니에 눌러 꽂힌 모양으로 발견됐다. 이스카시안이 모자를 펴느라 수선을 피우는 동안 프란디에가 말했다.

"황당하긴 하다만 저 평들, 꽤 웃긴데? 야, 그런데 앙리는 무슨 반응을 보일까?"

어디선가 절규가 들려왔다. 플로엔이 나타난 모양이었다.

"도, 도대체 누가 귀엽다는 거야! 젠장!"

플로엔에게는 들리지 않았겠지만 프란디에가 피식 웃으며 대꾸했다.

"당연하지. 너 같은 녀석이 어디가 귀엽단 말이냐. 혹시 롬디오라면 모를까. 내 생각엔 그 녀석의 귀여움도 종종 하늘을 찌르는데."

"어이, 중독성!"

마침 나타난 롬디오의 외침에 프란디에가 어깨를 움츠리며 머리를 긁적거렸다.

"이거 또 이상한 별명이 생기는 순간인데."

사람들을 헤치고 다가온 롬디오는 프란디에를 보자마자 피하는 시늉을 했다.

"아, 무서워. 중독성이랬지? 닿으면 중독되는 거 아냐?"

얼마 안 가 홀에 모인 학생들이 대부분 그들을 흘끔댔으므로 평소처럼 굴기도 쉽지 않아졌다. 동시에 그간 드러나지 않던 출신지 간의 경쟁심에도 불이 붙었다. 멜헬디 학생의 절반 정도는 스조렌 사람이었고 나머지 절반은 세르무즈, 낫소, 실, 오브니, 로존디아 등으로 나뉘었다.

그런데 어찌된 셈인지 목록의 절반이 로존디아 출신이었다.

그 즈음 그 자리에 없던 마지막 인물이 평소처럼 커다란 발소리를 내며 계단을 내려왔다.

"뭐야, 사람이 왜 이렇게 많아."

잠이 덜 깬 앙리오트의 얼굴을 본 프란디에가 키득거리며 녀석의 팔을 잡아당겼다. 이어 벽을 가리켜 보였다.

"뭐야……."

잘 떨어지지 않는 눈을 비비며 벽을 쳐다보고, 얼굴을 찌푸리고, 다시 눈을 비비기 시작한 앙리오트의 감상은 한마디였다.

"난 앙리오트 '마르셀리안' 페레올이란 말이다. 이름 모를 멍청한 아가씨들아!"

그날 저녁, 모의 투표지를 나눠주는 여학생 앞에는 수십 명의 학생들이 관심 없는 체하며 흘끔거리거나 투표지를 받을까 말까 망설이며 어슬렁댔다. 그들 사이로 끼어들었던 이스카시안이 잠시 후 윌헬미나 앤서스 앞에 나타나 빙그레 웃으며 손을 내밀었다.

"한 장 줘."

투표지를 건네주는 윌헬미나도 미소를 지었다.

"누굴 쓸 거야? 너 자신?"

"그것만은 아닐걸."

"어쨌든 네 로존디아 친구들 중 하나겠지?"

"글쎄다."

윌헬미나는 킥킥 웃더니 쓰고 있던 뾰족 모자를 벗으며 남자처럼 절을 해 보였다.

"이름을 쓴 뒤에는 저쪽에 있는 통에 넣어주세요. 감사합니다."

그러더니 덧붙였다.

"후보 정할 때 나, 너 뽑았다."

"고마워."

"잘 가. 만인의 연인 씨."

"그 별명, 어딘가 모르게 5퍼센트 아쉬운데."

잠시 후 왠지 모르게 안경을 벗고 온 프란디에가 약간 쭈뼛거리며 윌헬미나 앞에 섰다.

"한 장 줄까?"

"응."

종이를 받아든 프란디에는 즉시 사라지려 했지만 윌헬미나의 목소리가 붙들었다.

"안녕, 중독성. 누구 쓸 거야?"

"나 빼고 아무나."

윌헬미나는 다시 뾰족 모자를 벗으며 절을 했지만 당사자는 이미 사람들 틈으로 달아난 뒤였다.

사람이 눈에 띄게 줄어들었을 무렵, 어디서 한바탕 달리다 왔는지 땀투성이가 된 앙리오트가 뛰어와 손을 내밀었다. 투표지를 건네주자 입에 물고 즉시 식탁으로 가려 했다. 윌헬미나가 예의 질문을 던졌다.

"기사님은 누구 쓸 거야?"

"쓰는 거야?"

앙리오트가 입에서 종이를 빼내 들여다보더니 불평했다.

"뭐야. 난 후보자 이름은 다 써져 있고 표시만 하면 될 줄 알았더니. 에이, 귀찮은데."

"귀찮은데 투표는 왜 굳이 하는데?"

앙리오트가 눈을 둥그렇게 뜨더니 고개를 갸웃거렸다.

"어, 다들 해야 되는 거 아니었나?"

윌헬미나가 웃음을 터뜨린 사이 식탁 쪽으로 걷기 시작한 앙리오트가 투표지를 흔들며 소리쳤다.

"이니셜로 써도 되지?"

슬슬 식당이 텅 비어가서 윌헬미나도 그만 치우고 가려 할 즈음 키릴로차가 나타났다. 투표지를 건네주자 손 인사를 하며 사라지려 하는 키릴로차를 윌헬미나가 붙들었다.

"저녁은 먹었니?"

"어, 응."

"저녁 먹을 땐 왜 안 받아가고 이제 왔어?"

"그게…… 아깐 사람들이 너무 많아서 창피하더라고."

성격답게 솔직한 대답을 들으며 윌헬미나는 웃었다.

"그래. 누구 쓸지 생각은 해 놨어?"

"빌리반드 형을 쓰고 싶은데 두 번 제물이 되면 안 되는가 하는 점이 헷갈려. 네 생각은 어때?"

윌헬미나가 웃음을 참으며 일깨워주었다.

"키릴로차, 이건 모의 투표야. 이 투표로 빌리반드 선배가 뽑혀도 진짜 비의 왕하고는 상관없어."

키릴로차는 그제야 깨달았다는 표정이 되어 고개를 끄덕거렸다.

"듣고 보니 그렇구나. 그럼 그냥 써야겠다. 고마워. 안녕."

대답과는 달리 식당 한 구석의 식탁에 앉은 키릴로차는 펜을 들고 한참이나 고민하는 기색이었다. 윌헬미나는 끈질기게 지켜보았다. 이윽고 뭔가 써 넣은 종이를 접어 통에 넣은 키릴로차가 사라지자 윌헬미나는 클럽 방으로 옮겨가기 위해 통 앞으로 갔다. 이어 주위를 둘러보더니 슬그머니 통을 열고 맨 위의 꼬깃꼬깃한 쪽지를 끄집어냈다. 쪽지에는 프란디에의 이름이 쓰여 있었다.

이튿날, 기숙사 벽에는 과연 한 명의 이름만이 남았다.

새벽녘에 일찍 나온 일츠는 그 이름을 바라보며 현관 홀을 몇 바퀴 돌았다. 그러다가 학생들이 내려오는 기척이 들리자 문 밖으로 나갔다. 그러나 멀리 가는 대신 문 뒤의 계단에 앉으며 안쪽의 소리에 귀를 기울였다.

"어, 키릴로차네?"

"난 그럴 줄 알았는데."

"넌 누구 뽑았었냐?"

"투표 안했어. 모의 투표 같은 건 해서 뭘 하냐? 여자애들의 재밋거리지."

"난 했는데."

"그래? 누구 썼는데?"

"투표도 안 한 주제에 궁금하냐? 나도 키릴로차 썼거든? 그런데 말이야, 어제 저녁에 기숙사 방에서 좀 그런 얘기가 돌아다니더라."

"뭐가 좀 그런 얘기야?"

"로존디아에서 온 녀석들 말이야. 다들 배경이 화려하잖아. 이스카시안이야 말할 것도 없고 다른 녀석들도 만만치 않다고들 그랬잖아."

"걔들이야 최상층이지 뭐. 그런데 문제라도 있대?"

"그중 한 명은 다른 녀석들하고 다르다더라고."

"뭐가 달라?"

다른 학생들이 내려왔는지 이야기는 거기서 끊어졌다. 일츠는 일어나 교정으로 나갔다. 그리고 반시간쯤 뒤 현관 홀에 학생이 많아질 즈음 다시 슬쩍 들어왔다. 계단참으로 올라가서 내려다보자 홀에서 웅성거리는 학생들의 움직임이 잘 보였다. 그중 큰 무리를 이룬 것은 역시 스조렌 출신들이었다. 그들 속에 반시간 전에 이야기를 나누던 두 명이 있었음은 물론이었다. 잠시 후 플로엔 오일란드가 나타나 그들 근처에서 이야기를 얻어듣더니 곧 대화에 끼어들었다. 일츠의 눈에는 문제의 논란거리가 어디서 시작해 어디로 흘러가는지, 어디서 발화점에 이르게 될지 뚜렷이 보였다. 그는 어디쯤에서 개입하여 흐름을 바꾸면 적당할까 생각하며 계속 지켜보았다.

몇 시간 후 아침식사 시간이 되자 수많은 학생들이 식당을 메웠다. 조금 느지막이 식당에 내려온 키릴로차는 버릇처럼 식탁 사이를 둘러보며 친구들을 찾았다. 별 기대는 하지 않았다. 식욕이 충만한 앙리오트나 롬디오는 일찌감치 먹고 가버렸을 테고, 아침에 입맛이 없는 프란디에나 늦잠이 많은 이스카시안은 식사를 거르기 일쑤였다. 그런데 뜻밖으로 구석 테이블에 일츠가 남아 있었다. 정각 일곱 시에 식사하는 습관을 가진 그가 웬일로 이 시각까지 남아있는지 모를 일이었다.

테이블 위는 치워진 뒤였다. 키릴로차는 음식을 받아와서 일츠 앞에 앉았다.

"지금까지 뭐해? 식사는 일곱 시에 했을 거 아냐?"

"응."

일츠가 등받이에 기댔던 몸을 천천히 일으키더니 어서 먹으라는 것처럼 턱짓을 했다. 키릴로차가 씩 웃고는 빵을 쪼개며 말했다.

"그러고 있으니까 꼭 네가 차려 준 아침을 먹는 거 같다."

"그래?"

"잘 먹겠습니다."

일츠는 키릴로차가 식사하는 모습을 말없이 지켜보았다. 반쯤 먹었을 즈음에야 입을 열었다.

"키릴츠."

"응?"

"할아버지한테 편지 쓰고 싶으면 써서 나한테 줘. 집으로 보내는 편지에 함께 넣어서 보낼게."

"그래? 고마워. 안 그래도 한 통 쓰려고 했는데."

"고맙긴."

잠시 그릇과 포크가 부딪치는 소리만 들렸다. 다시 일츠가 말했다.

"모의투표 1위 축하해."

"모의투표일 뿐인데 뭐. 그것 때문에 괜히 창피하고, 누구 쓸지 헷갈리고 아주 안 좋아."

"누구 썼는데?"

"프란."

"왜?"

"아무래도 표가 적을 것 같아서. 너무 표가 없으면 집계하는 애들 보기에 좀 그렇잖아."

일츠는 빙그레 웃었다.

"사람들 그런 거 별로 신경 안 써."

"그런가?"

잠깐 사이를 두고 일츠가 물었다.

"키릴츠, 학교생활 하기 어때?"

"어…… 그런 건 갑자기 왜 물어?"

"괜찮아?"

"응. 좋은데. 너희랑 같이 있잖아."

"다른 녀석들은?"

"뭐, 나쁘진 않아. 딱히 이상한 녀석은 없던데. 알다시피 이상한 교수가 있을 뿐이잖아."

키릴로차가 피식 웃었다. 조금씩이기는 하지만 카 교수에게도 적응해가는 중이었다. 말대꾸를 안 하면 그럭저럭 조용히 하루를 넘길 수도 있었다. 그런데 일츠가 다시 말했다.

"교수는 교수니까 어쩔 수 없고. 만약 애들이 터무니없는 일로 널 안 좋게 말한다면 어떨까?"

키릴로차는 식사를 멈추고 일츠를 바라봤다.

"야, 왜 그래? 무슨 일이라도 있었어? 누가 너한테 뭐래?"

"아니. 난 괜찮아. 나 말고 너 말이야."

일츠의 태도가 특별히 진지하지는 않았다. 의자에 편히 앉아 평소처럼 조용히 말하고 있을 따름이었다. 그러나 키릴로차는 일츠를 오래 보아 왔기에 저런 모습이라 해도 그의 머릿속에 얼마든지 중대한 문제가 들어있을 수 있음을 알았다.

이윽고 키릴로차가 포크를 놓았다.

"난 그런 건 상관 안 해. 나한테는 너희가 있잖아. 다른 녀석들이 뭐라 하든 무슨 상관이야. 내가 그런 걸 걱정했으면 뱅트완에 남았지 여기까지 오지도 않았어."

"뱅트완 얘기가 나왔으니 말인데."

일츠가 몸을 일으켜 팔꿈치를 테이블에 괴었다.

"너, 그 이름이 부끄럽진 않지?"

키릴로차의 미간에 의혹 섞인 주름이 잡혔다.

일츠와 키릴로차 사이에서 뱅트완이라는 단어는 금기가 아니었다. 그러나 자주 화제에 오르지도 않았다. 그간 뱅트완 이야기를 꺼린 사람은 굳이 따지자면 일츠였다. 키릴로차는 숨기려 한 일이 없었다. 드라니라바티 학교에서 이스카시안, 프란디에, 롬디오와 사귀게 되었을 때도 아버지의 친구의 아들이라거나 하는 식으로 적당히 얼버무리려 했던 일츠와 달리 친구라면 출신 따위에 신경 쓸 리 없다는 순진한 믿음으로 그들을 대했다. 지금까지는 친구들도 그런 진심을 이해해 준다고 생각했다.

"오늘 너 좀 이상하다."

"이상하진 않아. 네 표정 보니 대답은 안 들어도 알겠다. 앞으로 무슨 일이 일어나도 그 마음 굳게 먹어 둬라."

"야, 그게 무슨 소리야?"

일츠는 자리에서 일어났다. 키릴로차가 따라 일어나려 하자 고개를 저으며 앉아 있으라고 손짓했다.

"덜 먹었잖아. 이따 수업 시간에 보자. 너무 걱정하진 말고. 며칠만 잘 견디면 괜찮을 거야. 만약 그 이상으로 문제가 커지더라도 하나만 기억해 둬."

"뭘 기억하라는 거야?"

"넌 내 세계 안에 있다는 것을. 난 내 세계를 완전하게 지킬 거야. 그러니 거기서 나가지 마라. 그럼 식사 잘 하고 와."

키릴로차는 말문이 막힌 채 식당을 나가는 일츠의 뒷모습을 바라보았다. 물론 그들 둘은 어려서부터 같은 공간에서, 많은 이야기를 공유하며 살아왔다. 일츠는 그것을 '내 세계'라고 불렀다. 나쁜 뜻 같지는 않았지만 묘하게 마음에 걸리는 말이었다.

점심식사를 마친 학생들이 오후 수업이 시작될 강의실에 미리 와 서성거릴 무렵이었다. 키릴로차는 전날도 카 교수의 심부름에 시달리다가 늦게 잠자리에 든 터라 점심까지 먹고 나자 졸음이 쏟아졌다. 곧 시작될 문법 수업은 드라니라바티에서 쌓아 둔 실력 덕택에 큰 부담이 없어서 미리 준비를 하지 않아도 괜찮았다. 그는 잠시 책상에 엎드려 자면서 이 시간을 보내기로 마음먹었다.

잠깐 사이에 키릴로차는 꿈까지 꾸었다. 아침에 일츠가 한 말 때문인지 뱅트완 거리의 풍경이 나타났다. 카바이유 저택으로 간 지 반년쯤 되던 때 할아버지를 놀래 주려고 혼자 돌아온 일이 있었다. 들에 나간 할아버지를 기다리며 골목 어귀에 숨어 있는데 누군가의 손이 목덜미를 찔렀다. 돌아보니 쥘리였다. 그가 반색을 하는데 쥘리의 얼굴은 시무룩했다.

'루이동에서 사니 재밌어?'

'응.'

'새 친구도 많이 생겼겠네?'

'응. 일츠랑 앙리랑 다 좋은 애들이야. 되게 재밌어. 우리가 보물찾기를 하면 아주머니께서 일부러 다락이나 커튼 뒤 같은데 과자랑 사탕이랑 숨겨 놓는데 그거 찾으면 되게 신나.'

'그래서 우리 동네에는 이제 안 오는 거야?'

'지금 왔잖아.'

'엄청 엄청 오랜만에 왔잖아.'

'그런가?'

'난 네가 다신 안 오는 줄 알았어.'

'저번에 왔을 때 못 만나서 그랬구나? 저번에도 왔었어.'

'어쨌든 우리 집에는 안 왔잖아.'

'너네 집에 갔는데 아무도 없더라. 빵집도 닫고 어디 갔었어?'

쥘리는 그 말에 대꾸 없이 잠시 땅만 내려다봤다. 한참 만에 다시 한 말이 이랬다.

'키릴, 너 키 많이 컸다.'

그 말대로였다. 키릴은 카바이유 저택에서 살게 된 후로 부쩍 키가 자라서 그새 쥘리보다도 커졌다. 키릴은 머리를 긁적거리며 헤어졌던 때로부터 전혀 자라지 않은 것 같은 쥘리를 내려다봤다.

'그러네.'

쥘리의 얼굴이 더욱 어두워졌다. 쥘리는 몸을 돌려 가려 했다. 키릴이 팔을 잡았다.

'가지 마. 오랜만에 봤잖아. 같이 놀자. 나 여기 있다가 할아버지 오시면 놀래 드릴 건데 너도 같이 숨자.'

'싫어. 이제 너하고 안 놀 거야.'

'왜?'

돌아보는 쥘리의 눈에 눈물이 그렁그렁했다.

'어차피 또 가버릴 거잖아. 그런 담에 또 계속 안 올 거잖아. 난 너랑 친구하기 싫어. 매일 같이 놀지도 않고, 놀러오지도 않고, 보고 싶기만 하고. 이렇게 만나봤자 옛날에 친구했을 때 생각나서 울고 싶단 말이야. 그래서 너하고 이제 친구 안 해.'

키릴로차는 퍼뜩 잠에서 깨어났다. 누가 등을 툭툭 치며 말을 걸었기 때문이었다. 깨고도 한동안 꿈에서 들은 쥘리의 목소리가 귓가에 쟁쟁해서 눈앞의 학생이 하는 말이 들리지 않았다. 돌이켜 보면 그날 결국 그는 쥘리와 화해했었다. 저녁도 할아버지 댁에서 같이 먹었고, 루이동으로 돌아올 때는 거리 앞까지 따라와 손도 흔들어 주었다. 하지만 세월이 흐르자 결국 그날 쥘리가 한 말대로 되었다. 꿈속의 어린 자신은 이런 미래를 조금도 상상하지 못했던가?

눈앞에 선 학생은 벨몽이라고 수업 시간에 안면을 튼 일이 있는 스조렌 출신 1학년생이었다. 그는 키릴로차가 정신을 차리는 동안 미소를 지으며 기다리고 있었다.

"잠 좀 깼냐?"

"어, 응."

"물어보고 싶은 얘기가 있어서 그런데."

벨몽은 책상에 비스듬히 걸터앉았다.

"내가 듣기로 너는 아르나브르에서도 제일 좋다는 학교를 졸업하고 여기 왔다면서? 이름이 '고귀한 문'인가 그렇지? 그런데 그 학교에서는 왕궁의 송년제 파티에 초대를 못 받을 정도의 귀족은 받아주지도 않는다던데, 그거 사실이냐?"

키릴로차는 갑자기 왜 이런 질문을 하는지 몰라 선뜻 대답하지 못하고 상대방의 얼굴을 올려다봤다. 벨몽이 다시 빙그레 웃었다.

"어때? 사실이야? 난 그냥 아르나브르가 어떤 데인지 궁금해서 그래. 시골 출신이라 그런 세련된 도시 얘기를 들으면 재밌거든."

놀리는 느낌이 희미하게 들어 있었지만 키릴로차는 잠에서 덜 깨어서인지, 상대의 악의를 잘 예상하지 못하는 성격이어서인지 뚜렷하게 느끼지 못했다.

"그런지 아닌지 잘 몰라. 난 그냥 학생이었을 뿐이라서. 그래도 기준이 왕궁의 송년제 파티처럼 이상한 건 아닐 것 같은데."

"그래? 그럼 뭐가 기준인데?"

"말했잖아. 모르겠다고."

"그래도 역시 주위에는 잘난 집안에서 온 녀석들뿐이었겠지?"

"글쎄……. 그랬나?"

"너랑 같이 여기 온 녀석들만 해도 다 그렇잖아. 설마 네가 그런 녀석들만 일부러 골라 사귄 건 아닐 거 아냐."

키릴로차는 그냥 고개만 끄덕거렸다. 동시에 약간의 두통이 느껴졌다. 평소 없던 일이었다.

"그런데 진짜 궁금하다. 그런 근사한 녀석들은 평소 어떻게 하고 노냐? 길을 걷다가 구두에 흙탕이 묻으면 '어휴, 아버지한테 말해서 내일 여기 다 포장해버려야겠어' 이러고, 파티에 가면 '어휴, 저 자식은 얼마나 가난하면 사흘 전에 유행하던 옷을 아직도 입고 다녀' 그러냐?"

키릴로차는 어리둥절했다. 그는 아직도 상대가 농담을 하는지 시비를 거는지 판단을 내리지 못했다.

"그리고 공부라도 할라치면 '오늘 우리가 공부방으로 써야겠으니 도서관 폐쇄해' 이러고, 말을 달리고 싶으면 '오늘 사람들이 거리에 나오는 거 금지해' 그러냐? 어때? 너희는 특권층이잖아. 그 정도는 아무것도 아니겠지? 아르나브르에서 귀족은 신성한 존재고, 평민은 벌레고, 빈민은 먼지라면서? 다른 얘기도 해봐. 더 끝내주는 얘기가 많겠지?"

드디어 키릴로차가 자리에서 일어섰다.

"무슨 소릴 하는지 모르겠는데. 그리고 나한테 왜 이런 얘길 하지? 하고 싶은 얘기가 뭔데?"

벨몽이 한쪽 어깨를 으쓱거렸다.

"오, 저런. 짜증이 난 거야? 그렇더라도 내가 한 말을 네 친구들한테 일러바치면 곤란해. 그런 고귀한 분들이 이런 얘기를 들으면 저녁 입맛이 안 난다는 이유로 아버지한테 고해서 날 감옥에 처넣을 거 아냐? 그럼 난 수십 년 동안 감옥에 갇혀서 햇빛도 못 보고 살다가 어느 날 감옥에 빈 방이 모자라다는 이유로 교수대에 목이 걸리겠지. 그러면 착한 네가 얼마나 죄책감을 느끼겠어? 그러니 조금만 참으라고. 약간의 인내심만 있으면 막을 수 있는 일이니까."

이제 상황은 분명해졌다. 도와줄 친구들은 마침 한 명도 없었다. 말재주가 있든 없든 키릴로차는 스스로 이 순간을 해결해야 했다. 어느새 다른 학생 서넛도 모여들었는데 모두 스조렌 출신으로 알려진 축들이었다. 그들 사이에 플로엔의 얼굴도 보였다. 익숙한 얼굴에 시선이 멈추자 플로엔이 씩 웃었다.

상대의 의도를 안 이상 그 웃음의 뜻을 모를 리 없었다. 그 순간 키릴로차는 자신의 태도를 정했다.

"네가 무슨 말을 지껄이든 문제는 안 돼. 사실이 아니니까. 내 친구들은 네가 말한 것 같은 사람들이 아니야. 그들은 명예를 알고 평민들의 생활을 존중해. 장차 네가 감옥에 가든 말든 내 친구들과는 아무 관계가 없을 거야. 하지만 네가 하는 행동을 보니 내 친구들이 굳이 도와줄 필요는 없어 보이는데?"

평소 언어생활이 단순하던 키릴로차의 입에서 이 정도로 상대를 비꼬는 말이 나오기도 쉽지 않았다. 그러나 얼결에 한 것 치고는 뜻밖에도 효과가 좋았다.

"뭐라고?"

그때까지 싱글거리던 벨몽의 얼굴이 굳어졌다. 막 분위기가 험악해지려는 찰나 플로엔이 나서서 그를 어깨로 슬쩍 밀어냈다. 어느새 스조렌 학생들은 키릴로차를 반원으로 둘러쌌다. 플로엔이 말했다.

"저런 소릴 하는 벨몽을 감옥에 처넣지 않겠다니 과연 로존디아 귀족들은 너그러운가본데? 아, 물론 나도 그 말을 믿어. 특히 네 친구들은 이만저만 관대한 분들이 아닐 거야. 벌레 같은 평민을 망토 폭에 감싸 데리고 다니다가 유학까지 같이 오는 분들인데 오죽하겠어?"

그러자 다른 학생이 말했다.

"그렇다기보다는 망토에 달린 꽃 장식 같은 거 아냐? 망토 챙기다 보면 굳이 가져오려고 안 해도 자연스럽게 따라오잖아."

"그거 편리하네. 망토만 잘 잡고 매달리면 왕궁 파티에도 들락거리고, 대륙 최고의 학교에 와서 마법도 배울 수 있네."

"그 학교에서 비의 왕이 되어 예쁜 여자애를 여왕으로 고를 수도 있고 말이야."

플로엔이 다른 학생들의 말을 막았다.

"무슨 소리야. 사실은 키릴로차한테도 꽤 괜찮은 아버지가 있을 거야. 그러니까 그런 친구들하고도 어울리는 거지. 내 생각에 충성스러운 르반 경께서는 국왕 폐하의 전폭적인 신임을 받으며 왕실 변소를 치우고 계실 것 같은데 말이야. 어떠냐?"

"아, 그래서 저 녀석도 남의 밑을 닦아주는 데 그렇게 능숙한 거였군? 하긴 로존디아 귀족들처럼 고귀한 분들이 자기 손으로 밑을 닦을 리 없지. 안 그래?"

사방에서 웃음이 터졌다. 강의실의 다른 학생들도 이쪽에 귀를 기울이다가 키득거리는 중이었다. 몇몇 학생들은 이쯤 되면 키릴로차도 참지 못하고 주먹질이라도 하리라 짐작했다. 싸움을 기대하며 기웃대는 축도 있었다.

키릴로차는 플로엔을 보고, 이어 다른 학생들을 천천히 둘러보았다. 침착한 얼굴이었다. 아니, 묘하게 맑은 얼굴이었다.

"이제 알겠어. 내가 너희에게 오해를 샀구나. 내가 어떤 사람인지 궁금하면 직접 물어봐. 추측할 필요 없어. 뭘 알고 싶어?"

누군가가 잽싸게 물었다.

"넌 부자도, 좋은 집안도 아닌데 어떻게 여기까지 왔지?"

"일츠의 부모님께서 어려서부터 나를 데려다 키워 주셨어. 이곳도 그분들이 보내 주셨고."

"왜? 일츠 시중들라고?"

"나는 일츠가 하는 일이라면 뭐든 돕겠지만 일츠가 내게 시중들기를 바란 적은 없어. 우린 형제처럼 모든 것을 나눠 쓰며 자랐어."

"네 부모님은 뭐하시냐?"

"부모님은 안 계셔."

"다른 가족은?"

"할아버지 한 분이 계실 뿐이야."

"할아버지는 뭔데? 귀족이야?"

"아니. 시골에서 양을 치거나 꽃을 가꾸면서 사셔."

"농장을 한다고?"

"농장은 없어. 남의 농장에서 삯일을 한 적은 있지만. 양도 다 남의 양이야. 옆집 아이가 거리에서 꽃을 팔기 때문에 꽃을 가꿔서 그 애한테 주면 그 애가 번 돈을 일부 나눠줘."

"……그게 다야?"

스조렌 학생들은 상상한 것보다 더 한심한 이야기에, 심지어 그걸 숨기지도 않는 태도에 기가 막힌 얼굴들이었다. 키릴로차가 고개를 끄덕였다. 어느 고귀한 가문의 외아들이라 해도 이상하지 않을 모습을 한 그가 삯일꾼이나 꽃 파는 소녀가 가족이며 이웃이라는 이야기를 하는 광경은 당혹스러우면서도 묘하게 주위를 압도하는 힘이 있었다.

"더 물어볼 게 없다면. 이제 없어?"

더 질문하는 사람은 없었다. 그러자 키릴로차가 다시 입을 열었다.

"그럼 이번엔 내가 좀 물을게. 너희는 왜 이런 게 알고 싶었지?"

선뜻 대답하는 사람이 없었다. 그들은 서로 눈짓을 하다가 플로엔을 바라봤다. 하지만 플로엔도 딱히 대꾸를 찾아내지 못했다.

"우리 할아버지께서 무얼 하시든, 부모님이 계시든 안 계시든 난 부끄럽게 생각한 일이 없어. 내 친구들도 마찬가지야. 그 애들은 나랑 같이 유학 간다고 우리 할아버지한테 인사도 드리러 왔었어. 그런데 왜 너희가 나나 내 친구들 대신 부끄러워하지? 뭐가 그렇게 부끄러운데?"

"……."

"너희가 무슨 말을 하든, 내가 우리 집안이나 우리 할아버지를 부끄러워하는 일은 없어. 내가 세상에서 가장 사랑하고 존경하는 사람이 그분이야. 또 내가 여덟 살 때 떠났어도 뱅트완 거리 사람들은 내가 찾아갈 때마다 반가워해. 언젠가 그들 틈으로 돌아가더라도 난 즐겁게 살아갈 수 있어. 그리고 그들을 위해 할 수 있는 일을 찾아볼 거야. 물론 그러더라도 여전히 지금의 친구들과 잘 지낼 거고. 그게 내가 살아가는 방식이야. 너희가 걱정해주지 않아도 내 삶은 이대로 괜찮아. 아무 문제도 없어."

주위가 조용해졌다. 이대로라면 키릴로차의 승리였다. 그러나 그는 꿈에 나온 쥘리의 말을 떠올리며 자신이 과연 뱅트완에 속해 있는가 생각해 보았다. 알 수 없었다. 그러자 안개 속에 서 있는 것처럼 답답해져 왔다. 자신은 정말 이대로 괜찮을까?

그때 문법 교수가 강의실로 들어오는 바람에 학생들은 제자리로 흩어졌다. 키릴로차는 자리에 앉으며 문득 등 뒤에서 시선을 느꼈다. 돌아보자 언제 왔는지 모를 클라리몽드가 뒷자리에 앉아 그를 빤히 보고 있었다.

오후에 몰아놓은 마법 수업이 끝나자 밤이었다.

키릴로차는 혼자 교정을 가로질러 기숙사로 돌아왔다. 사방에서 풀벌레 우는 소리가 들렸다. 평소 같으면 천천히 걸으며 귀도 기울여 보련만 오늘은 그러지 못했다. 걸음이 점점 빨라졌다. 방으로 돌아가면, 누구의 눈에도 띄지 않게 되면 마음이 편해질 듯했다.

낮에 있었던 일이 머리에서 떠나지 않았다. 하루 종일 그랬다. 악의에 찬 플로엔의 얼굴과 비웃는 듯했던 다른 학생들의 모습이 차례로 빙글빙글 돌았다.

오늘 자신은 당당했다. 뱅트완 출신임을 부끄러워하지 않았다. 어쩌면 꿈에 나온 쥘리 때문이었는지도 몰랐다. 눈물 글썽한 쥘리의 얼굴이 어른거리자 그 애를 실망시키고 싶지 않다고 생각했다. 하지만 뒤늦은 대답이었다. 쥘리는 이제 곁에 없었다. 자신은 그녀의 눈물을 소맷자락으로 닦아주고 화해할 수 있는 꼬마 키릴이 아니었다.

결국 오늘 벌어진 일은 쥘리에게 의리를 지키는 것과도, 어려서 만난 다섯 친구들에게 솔직했던 것과도 사정이 달랐다. 그 시절에 그들은 어렸다. 젊은이가 된 자신의 주위에는 호의가 없는, 심지어 악의를 가진 상대도 얼마든지 있었다. 그들에게 진실을 말해준 것이 의미 있는 일이었을까?

클라리몽드의 얼굴도 함께 어른거렸다. 생각할수록 마음이 어지러웠다. 그 전까지만 해도 당당했는데, 클라리몽드를 보는 순간 마음이 어두워졌다. 그녀의 시선은 아무것도 말하지 않았는데도.

그간 귀족들 틈에서 살아온 그가 악의적인 상대를 오늘 처음 만났을 리 없었다. 드라니라바티 학교에 다닐 때도 그를 은밀히 비웃는 아이들은 있었다. 그때는 상대하지 않으면 그만이라고 생각했다. 이미 가진 우정만으로 충분했기 때문에 그런 자들에게 호의를 구걸할 필요가 없었다.

클라리몽드는 달랐다.

필요했다. 버릴 수 없었다. 궁금하고 걱정스러웠다. 호의를 얻고 싶었다. 자신을 좋게 생각하기를 바랐다. 오해 받고 싶지 않았다. 오늘 같은 상황이 아니었더라면 클라리몽드에게 자신의 배경을 솔직하게 말했을까? 아니면 일츠가 늘 바란 대로 '아버지의 친구의 아들'이라고 대충 둘러댔을까?

그러자 다시 쥘리가 한 말이 떠올랐다. 어차피 또 가버릴 거잖아. 그런 담에 또 계속 안 올 거잖아.

갈피를 잡지 못해 심신이 지친 채 키릴로차는 이윽고 방 앞에 이르렀다. 문고리를 돌리려던 그가 갑자기 손을 멈췄다. 이상한 것이 눈에 띄었다. 문짝을 가득 메운 낙서였다. 숯이나 석필, 나이프로 그은 글자들은 삐뚤고 날카로워 흡사 비명을 지르는 듯했다.

'로존디아 거지는 아르나브르 시궁창으로 꺼져.'

'귀족들이 흘려주는 부스러기 주워 먹으려고 가족은 시궁창에 버리고 왔냐?'

'비의 왕은 너 같은 거지새끼한테 시키려고 만든 게 아니야.'

'여기는 로존디아 귀족들이 옷깃에 꽂고 다니는 꽃 장식을 넣어두는 창고입니다.'

'심부름하러 들어왔으면 심부름이나 할 것이지 마법은 뭐하러 배우는데?'

진정한 승자

다음 날 늦게 일어난 주제에 아침까지 든든하게 먹는 바람에 첫 수업을 빼먹은 앙리오트는 다음 수업이 시작되는 강의실 주위를 어슬렁대다가 창가에 앉은 키릴로차를 보았다. 슬금슬금 다가가 놀래주려 했지만 키릴로차는 자기 생각에 푹 빠져 주위를 의식하지도 못했다.

"어, 앙리."

키릴로차는 겨우 친구를 알아봤지만 한마디 하더니 대꾸가 없었다.

"이 자식이 눈 뜨고 잠을 자네? 체소 교수 수업이라도 듣고 왔냐? 왜 그리 멍해?"

"……생각 좀 하느라고."

"뭔 생각?"

그때 이스카시안이 다가와 앙리오트의 팔을 툭 쳤다.

"쟤 그럴 일 있어. 내버려 둬."

"그럴 일이 뭔데? 안 좋은 일 있냐? 그런 일이 있으면 친구가 먼저 알아야지!"

"알고 싶으면 키릴츠의 방에 가봐."

그러자 프란디에가 급히 다가왔다.

"아냐. 갈 것 없어. 곧 괜찮아질 거야."

"괜찮아지다니? 뭐가 괜찮아지는데?"

"어쨌든 가지 말라고. 그냥 여기 있어. 수업도 곧 시작이야."

프란디에를 흘끗 본 이스카시안은 그가 앙리오트를 말리는 뜻을 알아차렸지만 거들지 않았다. 겉으로 드러내지 않았을 뿐 그도 상당히 화가 나 있었다.

앙리오트가 상황을 더 물어보려 했지만 교수가 들어오는 바람에 학생들은 모두 자리에 앉았다. 그러나 앙리오트는 친구들, 그리고 교수를 번갈아 보더니 말도 없이 강의실 밖으로 뛰어나가 버렸다. 따라 나갈 수 없는 프란디에는 난감한 표정이었다.

"큰일 났네. 앙리한테는 대책을 세워서 말을 해야 되는데. 저 자식, 갔다가 문이라도 부숴놓는 거 아냐?"

이스카시안이 돌아보지도 않고 대꾸했다.

"그까짓 문 좀 부서지면 뭐. 오히려 잘됐지. 나도 아까 부숴버릴까 했는데."

"앙리가 징계실 신세가 되는 건 걱정 안 되고?"

"쉿."

곁에 있던 다른 학생이 교수의 눈치를 보더니 손가락을 입술에 갖다 댔다. 곧 강의실은 조용해졌다. 고전 필사본을 낭독하는 교수의 목소리만이 매미 소리처럼 오르내렸다.

평화는 오래 가지 않았다. 덧창 밖에서 쾅, 하는 요란한 소리가 울렸다. 창밖은 교정 풀밭이었다. 창가에 앉은 학생들이 반사적으로 밖을 내다보더니 동시에 놀란 숨을 들이켰다.

"뭐야?"

"왜 그래?"

소리는 거기서 그치지 않았다. 쾅, 쾅, 하는 소리가 연이어 나더니 누군가가 창이 열린 곳이면 어디서나 들리도록 외쳤다.

"숨어 있지만 말고 나와서 덤벼! 쥐새끼 같은 놈들아!"

벌떡 일어난 프란디에가 창가로 뛰어갔다. 이미 수업이며 교수는 안중에도 없었다. 하지만 교수 역시 창밖으로 목을 뺀 참이라 수업 방해로 혼날 걱정은 없었다. 다른 학생들도 십여 명이나 창가에 다닥다닥 붙었다.

교정에 선 앙리오트의 발밑에 그의 키보다 크고 넓은 나무판이 있었다. 문이었다. 그들이 기숙사 방 앞에서 늘 보던 것과 똑같은 문짝이었다. 억지로 뜯어내어 경첩이 부서지고 한가운데 구멍이 뚫렸다는 점이 다를 뿐이었다. 앙리오트는 다시 한 번 문짝을 걷어찼다.

"당장 나와! 내가 이 문짝처럼 박살을 내주겠어!"

밖을 내다보는 곳은 이쪽 강의실만이 아니었다. 위층, 아래층, 옆 탑할 것 없이 각양각색의 머리들이 창가에 매달렸다. 서로 알아보고 휘파람을 불거나 손을 흔드는 학생들도 있었다. 교수들도 대화를 나눴다. '저게 누구지?', '1학년 페레올 군 아닌가요?', '뭘 부수는 거죠?', '검술 선생님 부르세요!'

그때 어느 탑에서 한 학생이 뛰어나와 곧장 앙리오트에게 달려갔다. 이스카시안이 소리쳤다.

"저거 키릴츠잖아?"

멀리서 상황을 정확히 알기는 어려웠으나 행동은 잘 보였다. 키릴로차는 문짝을 밟고 선 앙리오트를 밀어내다시피 하더니 몇 마디 나누다가 다시 몸싸움 비슷한 것을 벌였다. 앙리오트가 키릴로차를 뿌리치고 어디론가 가려 했고, 키릴로차가 말리는 중이었다. 앙리오트가 물론 이겼다. 그가 어느 탑으로 달려가려 하자 키릴로차가 따라가 붙들었다. 다시 말다툼이 벌어졌다. 키릴로차가 마지막으로 외친 말만이 들려왔다.

"내가 학교 그만두고 아르나브르로 돌아가면 된다고!"

이스카시안은 뒤에서 누군가가 손목을 잡는 것을 느끼고 돌아봤다. 프란디에였다.

"나가보자!"

둘은 강의실 밖으로 뛰쳐나갔다. 세 층을 내려가 탑 입구에 이르렀을 때 키릴로차와 앙리오트는 이미 땅바닥에서 엉켜 구르고 있었다. 주먹질만 안 했다 뿐이지 제대로 싸우는 모양새였다.

"도망가겠다고? 내가 보내 줄 것 같아? 보내 줄 것 같냐고!"

"도망가는 게 아냐!"

"아니면? 아니면 뭔데? 네가 뭘 잘못했는데? 왜 네가 떠나?"

"난 상관없어! 하지만 너희까지 욕먹는 건 참을 수 없어!"

"장난하냐? 농담해? 우리가 왜 그따위 것들을 신경 써야 하는데? 그 딴 놈들의 썩어빠진 생각을 우리가 알 게 뭐냐고!"

아침에도 비가 내렸기 때문에 두어 번 구르고 나니 두 소년 모두 흙투성이가 됐다. 여덟 살 때 싸우다가 만난 둘이었지만 그날 이후로 이렇게 몸싸움을 벌이기는 오늘이 처음이었다. 위에 올라탄 앙리오트가 어깨를 잡아 키릴로차를 일으키려 하자 키릴로차가 손을 뿌리쳤다. 앙리오트는 화가 머리끝까지 나서 주먹을 꽉 쥐었지만 결국 때리지는 못했다. 누운 채 올려다보던 키릴로차가 낮게 말했다.

"네가 나라면 너도 그렇게 생각 못 해."

"웃기지 마. 왜 다부지게 못 덤벼? 나하고 처음 만났던 날처럼 해봐! 개소리 지껄이는 놈한테는 주먹을 날려주라고!"

"난 네가 아냐."

"그럼 내가 대신 주먹을 날려주겠다 이거야! 넌 내 친구야! 내가 못할 이유가 어디 있어?"

앙리오트가 벌떡 일어나려 하자 키릴로차가 다시 팔을 잡아당겼다. 덕택에 엎어질 뻔한 앙리오트가 간신히 한 팔을 바닥에 짚고 내려다보며 으르렁거렸다.

"어휴, 이 약해빠진 자식을 죽일 수도 없고, 살릴 수도 없고."

그때 등 뒤에서 누군가가 목 뒤 옷깃을 잡아당겼다. 돌아보니 프란디에었다. 그가 다른 손으로 붉은 머리에 덩어리진 진흙을 문질러 발라주더니 말했다.

"일어나. 진흙 괴물들아. 교수님들 오셨다."

일어난 앙리오트는 바닥을 짚었던 손으로 프란디에의 뺨을 슥 쓰다듬었다.

"친구라면 진흙 한 덩이도 나눠가져야지."

키릴로차는 바닥에 누웠던 터라 누구보다도 꼴이 엉망이었다. 뺨이며 입가에 흙탕물이 튄 것은 물론 긴 머리는 흙으로 반죽이 되다시피 했다. 바닥에서 머리카락을 떼어내고 있는데 이스카시안이 와서 손을 내밀었다. 키릴로차가 고개를 저었다.

"저리 가. 너까지 옷 버려."

이스카시안은 대꾸 없이 키릴로차를 안다시피 해서 일으켜 세웠다. 서로를 알게 된 이래 가장 많이 옷을 더럽힌 날이었다. 키릴로차는 난감한 표정으로 마주선 이스카시안을 바라보았다. 그러자 이스카시안이 키릴로차의 이마를 한 대 쥐어박았다. 뒤이어 한쪽 입가가 슬쩍 올라갔다.

다가온 체소 교수가 말했다.

"이 유서 깊은 멜헬디에서, 그것도 전교생이 지켜보는 가운데 강아지들처럼 뒹굴며 싸우다니, 너희는 학교의 명예를 훼손했다. 페레올 군, 르 반 군은 징계실로 가라. 나머지는 씻고 강의실로 돌아가 수업을 받도록."

그러자 곁에 섰던 실버실드 교수가 말했다.

"아니, 카리르밀 군은 날 따라와라. 지금 당장."

앙리오트 덕택에 안경알에도 흙이 묻어 반(半)장님이 된 프란디에가 더듬더듬 다가와 키릴로차의 손을 잡았다. 이어 머리카락을 만져봐서 상대방을 확인하더니 말했다.

"너, 교수님들 앞에서 학교 그만둔다고 했다가는 나까지 그만둬버린다. 농담 아니야. 분명히 말했다."

앙리오트가 팔짱을 끼며 소리쳤다.

"걱정 놔라. 내가 따라가니까! 또 허튼 소리 하면 그 자리에서 반 접어서 빨랫줄에 걸어버린다. 그건 그렇고 입학하던 날로부터 징계실이야말로 우리의 진정한 기숙사로구나. 암, 그렇고말고."

"잔소리 말고 둘 다 얼른 따라와!"

세 소년이 교수들을 따라 떠나고 나자 이스카시안만 남았다. 왕족인 그를 되도록 끌어들이지 않으려 하는 교수들의 고충이야 익히 짐작하고도 남았다. 그는 혼자 피식 웃다가 고개를 들어 아직도 내려다보는 학생들을 바라보더니 흙투성이 양 팔을 펴 보이며 소리쳤다.

"다들 잘 봤지? 바라건대 비의 왕인가 뭔가 하는 건 제발 다른 놈들한테 줘버려. 우린 그런 거 필요 없으니까."

롬디오는 그날 수업을 빼먹고 방에 틀어박혀 구애편지를 쓰느라 오전의 소동을 점심시간에야 알았다. 식탁에 모인 친구들은 진흙을 씻어내느라고 욕실에서 각자 한 시간씩 소모한 터라 피로한 얼굴들이었으나 기분은 괜찮아 보였다.

"앙리는 학교 기물 파손으로 정학 열흘 먹었고, 키릴츠는 학생들이 보는 앞에서 싸웠다고 열흘 간 외출금지야."

"그만하면 양호한 편이지. 지난번처럼 청소니 뭐니 시켰어봐."

"그래봤자 일만 더 커진다는 걸 알았나보지. 그때 우리가 일을 좀 망쳐놨나?"

"그나저나 실버실드 교수가 상황 제대로 파악하더라. 평소 그런 줄 몰랐는데 이번에 감탄했잖아."

"딴 녀석도 아니고 프란 널 불러갔으니까 그렇지. 오죽이나 논리적으로 설명을 잘 했겠어."

"그 덕택에 스조렌 애들한테 전부 경고가 갔대. 이걸로 싸움이 그치면 좋으련만."

저마다 롬디오에게 상황을 설명하는 가운데 프란디에가 문득 일츠를 보았다.

"일츠, 혹시 너 이럴 줄 알고 실버실드 교수님을 불렀던 거냐?"

프란디에와 이스카시안이 싸우고 있는 친구들에게 뛰어갔을 때, 일츠는 굳이 강의가 없던 실버실드 교수를 부르러 갔다. 일츠가 고개를 끄덕였다.

"떼 지어서 누구 따돌리고 하는 걸 대단히 싫어한다는 얘기를 들은 적이 있어서. 무엇보다 실버실드 교수는 낫소 사람이거든. 낫소에는 이조르칸트가 있잖아. 그래서 낫소 출신 마법사는 자기가 어느 한 나라에 속했다는 생각을 잘 안 해. 그러니까 멜헬디가 스조렌에 속했다는 생각도 하지 않을 게 뻔하지. 그런 사람한테 최근 스조렌 녀석들의 행동이 좋게 보였을 리 없다고 생각했어."

이조르칸트는 마법사들의 성지라고 불리는 도시로 낫소에 있기는 해도 독립된 소왕국이나 다름없었다. 낫소 출신 마법사라면 일찌감치 이조르칸트에서 공부할 것이다. 프란디에가 어깨를 움츠리며 웃었다.

"그랬구나. 어쩐지 나한테 스조렌 녀석들 얘기를 알뜰하게 물어보더라. 키릴츠 방의 문에 무슨 말이 쓰여 있었는지도 다 조사하고. 그나저나 낫소와 이조르칸트, 스조렌과 멜헬디의 관계를 딱 집어내다니 과연 일츠다운데."

일츠는 별 일 아니라는 듯 고개를 젓더니 키릴로차에게 시선을 주었다. 테이블 끝에 앉은 키릴로차는 식사를 반쯤 하다가 내버려둔 채 생각에 잠겨 있었다. 앙리오트가 어깨를 두드렸다.

"이제 쓸데없는 생각은 접었냐? 네 녀석 때문에 이 몸이 정학까지 당했다는 걸 잊지 마라."

그러자 프란디에가 이죽거렸다.

"앙리 녀석, 실은 수업 안 나가도 돼서 좋으면서."

"어이, 거기 삽상인은 조용히 하시고. 야, 이것 봐라, 키릴츠. 누구나 알다시피 학문의 정열에 불타는 내가 열흘이나 수업에 나갈 수 없게 된 비극적인 사건이 다 누구 때문에 벌어졌는지 모른다고는 안 할 테고, 그 결과 공부가 부족해진 내가 시험을 망치고 유급까지 당할지도 모르는 이 상황에 내 방에 쫓아와서 개인 교습을 해주지는 못할망정 아르나브르로 내빼버리거나 한다면……."

이스카시안이 킬킬 웃었다.

"앙리 저 자식, 오전에는 두들겨 패더니 오후에는 회유하는 거 봐. 완전 외교관인데."

"앗싸, 벌써부터 왕실에서 면접 보자고 연락 올 거 같고."

농담을 주고받으면서도 친구들은 키릴로차의 대답을 기다렸다. 한참 뒤에야 입이 열었다.

"엉뚱한 소리 한 거 취소할게. 미안하다."

"그렇지!"

앙리오트가 벌떡 일어나더니 키릴로차가 먹다가 내버려 둔 빵 조각을 허공에 던졌다가 잡았다. 막 분위기가 밝아지려는 찰나 이스카시안이 말했다.

"다 좋은데 키릴츠, 사과는 하지 마라."

키릴로차가 고개를 저었다.

"아냐. 나 때문에 앙리는 물론이고 너희 모두를 번거롭게 했잖아. 난 이번에 너희한테 정말로……."

"키릴츠."

이스카시안의 얼굴이 굳어졌다.

"이번 일이 너만의 문제 같으냐? 이건 우리 모두의 명예가 걸린 문제였어. 그놈들이 비웃은 건 우리의 관계 자체였으니까. 그래, 이 자리에서 하나 분명히 해 두자. 넌 내가 친구로 인정하는 녀석이다. 널 모욕하는 건 날 모욕하는 거나 마찬가지다. 지금도, 앞으로도."

그간 서로의 우정을 믿어 왔지만 오늘처럼 단호한 선언을 들은 건 처음이었다. 무엇보다 날 때부터 사교계에서 자란 왕족답게 단도직입적인 말을 꺼리는 이스카시안의 입에서 나온 말이어서 다른 소년들도 조금 놀란 기색이었다.

그런데 역설적으로 그 말을 듣는 순간 서로의 신분 차이가 한층 뚜렷하게 느껴졌다. 오늘까지 그들 사이에는 이런 말이 필요 없었다. 당연한 말이어서 생략했다기보다 굳이 꺼내 놓고 싶은 이야기가 아니었을지도 모른다. 어려서, 또는 젊어서는 신분을 가리지 않고 친구든 연인이든 사귀다가도 결혼을 하고 정식으로 귀족 사회의 일원이 되고 나면 천한 친구들과 거리를 두는 것이 당대 귀족들의 관습이었다. 그런 사정을 잘 알기에 터놓고 사귀더라도 다짐 따위는 두지 않았다. 귀족의 관대함에는 경계라는 것이 있는 법이었다.

그런데 오늘 이스카시안은 그 경계를 넘는 다짐을 했다. 키릴로차는 앞으로도 브릴모 가문의 일원이나 다름없기에 상황은 좀 다를 수도 있었지만 그렇더라도 하나는 왕족, 다른 하나는 근본도 모를 빈민이었다. 학창 시절의 우정은 영원할까?

생각하고 싶지 않아 잊고 지냈지만 결국 잃기가 쉬움을 모르지 않았다. 믿어도 좋을까? 아니, 결국 변하더라도 이 순간의 진심만은 영원한 가치가 있지 않을까?

마음속에서 목소리가 들려왔다. 저버려선 안 된다. 어떤 일이 있더라도. 심지어 상대가 먼저 칼을 겨누더라도.

"야, 야, 분위기가 왜 이래? 그럼 우리가 당연히 친구지, 원수냐?"

앙리오트가 손에 쥔 빵을 휘두르며 외치자 프란디에가 거들었다.

"나도 할까? 나 프란디에 카리르밀은 이제부터 키릴로차 르 반의 친구임을 선언합니다. 이의가 있는 분은 어두워진 뒤에 기숙사 뒤뜰로 나오십쇼."

"왜? 뒤뜰에 파묻게?"

"그래야겠는데 보다시피 내가 좀 연약하니까 네가 먼저 가서 구덩이 하나 파 둬라."

친구들이 능청을 떠는 가운데 키릴로차는 테이블에 엎드려 얼굴을 묻어버렸다. 롬디오가 툭툭 치자 잠긴 목소리가 흘러나왔다.

"아…… 진짜 너희 때문에 창피해서 얼굴을 못 들겠어."

이스카시안이 상황을 눈치 채고 한 손을 키릴로차의 등에 얹으며 다른 손을 펴서 흔들어댔다.

"어이, 아가씨가 그만하라잖아. 그쯤 해둬, 이 건달들아."

앙리오트가 키릴로차의 머리카락을 짓궂게 헤치며 지분거렸다.

"아가씨 수줍음 너무 타네. 그러다 시집도 못 가겠어."

슬슬 식사가 끝날 무렵 프란디에가 주위를 두리번거리더니 말했다.

"스조렌 애들, 오늘 식당에 안 내려오네."

"지금 다른 나라 출신들도 분위기가 안 좋대. 문짝에 쓰인 말이 좀 심했잖아."

"이대로라면 오히려 고립되고 말걸."

"한심한 짓을 하더니 잘됐지 뭐."

"그런데 말이야."

프란디에가 다시 친구들을 둘러봤다.

"그 문짝에 쓰인 말도 그렇고, 전날에 걔들이 키릴츠한테 했다는 말도 그렇고, 그 자식들이 어떻게 알았을까?"

"뭘?"

"키릴츠하고 우리 얘기 말이야. 우리가 말해주지 않는 한 달리 어디서 들었겠어?"

그러고 보면 아르나브르에서 온 그들의 사정을 스조렌 출신들이 들을 데가 있을 리 없었다. 앙리오트가 먼저 말했다.

"난 그런 얘기 한 적 없는데."

"나도 없어."

이스카시안까지 말했을 때 일츠가 입을 열었다.

"여기 처음 왔을 때 입학이 꼬여서 하인들도 며칠 머물렀잖아. 그들 입에서 나온 얘기가 슬슬 돌아다니다가 이번 기회로 터진 게 아닐까싶은데."

과연 그럴듯한 말이라 다들 고개를 끄덕였다. 일츠는 롬디오를 한 번

흘끗 보더니 다시 친구들을 둘러보며 말을 이었다.

"사실 입단속 할 문제라고는 생각하지 않았잖아. 키릴츠도 원래 그런 거 숨기고 싶어 하지 않았고. 어제도 당당하게 얘기했다면서. 출신이야 어쨌든 난 키릴츠를 형제처럼 생각하고, 너희도 그렇잖아. 난 그거면 충분하다고 생각해."

친구들은 다시 선뜻 찬성했다.

"맞아."

"남들이야 뭐라 하든 알 거 없지."

그러나 프란디에만은 여전히 생각하는 기색이었다.

"나도 일츠 네 말에는 전적으로 찬성이야. 하지만 누군가가 그런 쓸데없는 문제로 키릴츠를 궁지에 빠뜨리려 했다는 사실만은 변하지 않지. 조심할 필요가 있겠어. 이번에야 비의 왕 투표에서 일등이 된 것 때문일 테지만."

그러자 키릴로차가 말했다.

"그래. 그 문제 말인데, 다들 나 말고 다른 사람에게 투표해주지 않겠어? 이런 상태로 비의 왕 같은 게 됐다간 더 골치만 아파질 것 같거든."

그 말도 맞았지만 그래도 꽤 명예로운 자리인지라 선뜻 포기하는 친구를 보는 소년들의 얼굴도 그리 밝지는 않았다. 무엇보다 비의 왕은 비의 여왕을 택할 수 있었다. 모든 학생들이 클라리몽드가 여왕이 되리라고 예상하는 상황인데 키릴로차는 그런 권리를 포기하겠다고 한 셈이었다.

진정한 승자

사이를 두고 이스카시안이 말했다.

"좋은 생각이야. 너뿐 아니라 나도 그렇고, 우리 모두가 비의 왕 같은 건 안 되는 게 좋겠다. 차라리 스조렌 녀석한테 줘버리자고. 누가 좋을까. 플로엔 어때?"

그건 뜻밖으로 근사한 생각이었다. 이번 일로 스조렌 학생들에 대한 여론도 나빠진 상황인데 결국 비의 왕까지 스조렌 출신이 차지한다면 변명할 길 없는 가해자가 되고 말 터였다. 일츠가 가장 먼저 손가락을 딱 울렸다.

"바로 그거야. 플로엔을 밀어주자. 정말로 그 자식이 뽑힌다면 그 녀석들이야말로 비웃음거리가 될걸."

이번처럼 후보가 많은 상황에서 여섯 표는 적지 않은 수였다. 의견 일치를 본 친구들은 웃으면서 테이블에서 일어났다.

다들 강의가 있었지만 앙리오트만이 자유였다. 키릴로차는 돌아가는 길에 앙리오트를 붙들고 정학 기간 동안 점심시간마다 수업 내용을 설명해주겠다고 우겨댔다. 물론 앙리오트는 들은 체도 않고 마구간으로 내빼버렸다.

사흘 뒤, 모든 통에 빗물이 가득 찼다.

다음 날 새벽같이 일어난 일꾼들이 모든 물통을 학교 안의 연못으로 옮겨 물을 부어넣었다. 아침 무렵 멜헬디 학교로 모여든 인근 주민들과 학생들의 손바닥에는 마법 스승들이 그린 금빛 문자가 하나씩 박혔다.

두 번째 탑 동쪽 빈 벽에는 '솔카 다 엘라이드'에서 했던 것처럼 이름이 적힌 표가 그려졌다.

금빛 문자가 그려진 손바닥을 원하는 후보자의 칸에 한 번 찍으면 투표가 끝나고, 금빛 문자는 사라졌다. 그러니 중복 투표가 될 염려는 전혀 없었다. 벽 앞에는 큰 천막을 쳐서 누가 누구에게 투표했는지 보이지 않게 했다.

지난날 학교에서 발표한 후보자의 이름은 '솔카 다 엘라이드'의 여학생들이 고른 후보와 거의 일치했다. 키릴로차가 일츠, 프란디에와 함께 기숙사에서 나왔을 때 동쪽 벽 앞에는 이미 수많은 사람이 모여 웅성대는 중이었다.

"인형 극장에 나온 꼭두각시의 기분을 알 것 같은데."

동쪽 벽이 내려다보이는 둔덕에 도착하자 시선이 집중되는 것을 느낀 키릴로차가 중얼거렸다. 프란디에는 자신도 무안해서 얼굴이 붉어지는 중이면서 느긋한 체 했다.

"오늘 아니면 언제 이런 인기를 누려 보겠냐."

"일단 내려갈까."

손바닥을 내려다보던 일츠가 말했다. '존드(비)'라고 쓰인 금빛 글자가 희미한 광채를 뿌렸다.

"누구한테 투표해야 하는지 잊지 말자고."

셋은 차례로 둔덕을 내려갔다. 키릴로차는 중간에 몇 번인가 멈추고 정체 모를 사람들의 응원까지 받아야 했다.

투표는 저녁식사 시간 직전에 끝날 예정이었다. 끝나는 것과 동시에 집계가 이루어지고, 비의 왕이 발표되며 제전이 시작되었다. 투표를 마친 키릴로차와 두 친구는 사람들의 눈을 피해 두 번째 탑의 꼭대기로 올라갔다. 투표하러 모여든 사람들의 물결이 잘 내려다보이는 자리였다. 하늘을 보니 곧 비가 내릴 듯했다.

"정말 비까지 내리는 멋진 제전이 될 것 같군."

"누가 이렇게 멋진 걸 생각해 냈을까."

"비오면 여기서도 더 못 있겠네."

각자 한마디씩 중얼거리는데 일츠가 키릴로차를 돌아봤다.

"하나만 물어보자."

"응?"

"우리가 플로엔을 찍었더라도 솔직히 비의 왕이 될 가능성이 가장 큰 사람은 너잖아. 만약 네가 비의 왕이 된다면 클라리몽드를 여왕으로 택할 거냐?"

일츠는 평소처럼 조용한 얼굴이었만 키릴로차는 그 얼굴에서 다른 것을 찾아내고는 잠시 대답하지 않았다. 프란디에가 물었다.

"롬디오 앞에서 공개적으로 클라리몽드를 택할 수 있느냐는 얘긴가?"

키릴로차는 고개를 흔들었다.

"내가 되진 않을 거야. 스조렌 애들의 투표도 플로엔한테 쏠렸을 거고. 또……"

일츠가 그 말을 잘랐다.

"알아. 난 만일이라고 말한 거야. 가능성이 전혀 없어? 아니지. 그럼 현실이 됐을 때 어떻게 할 거냐고 못 물어볼 건 없지."

키릴로차는 입을 꾹 다문 채 우중충하게 흐린 지평선을 바라봤다. 아니, 지평선 같은 것은 없었다. 산맥 속에 자리 잡은 학교에서 눈이 닿을 수 있는 가장 먼 곳이라 해도 어느 산의 봉우리나 능선뿐이었다.

한참 만에 입이 열렸다.

"어려운 문제야. 시간을 두고 생각하고 싶지만 오늘로 닥친 일이니 그럴 수도 없겠지. 지금 이대로라면, 다른 사건이 벌어지지 않는다면, 클라리몽드를 택하지 않겠어. 난 롬디오를 잃고 싶지 않으니까."

프란디에가 되물었다.

"다른 사건이라니?"

셋은 더 이야기를 나누지 못했다. 바로 아래, 그들이 내려다보던 동쪽 벽에서 환호와 웅성거림이 솟았다.

"내려가 보자."

1위는 플로엔이었다. 그가 올해 비의 왕이었다.

키릴로차와는 단 한 표 차이였다. 이어 빌리반드, 이스카시안, 프란디에, 라파르트의 순위가 뒤를 이었다.

키릴로차의 표정은 밝다고도 어둡다고도 할 수 없었다. 포기하겠다고 먼저 말한 사람이 자신이었고, 계획한 대로 됐는데도 그랬다. 일츠는 그런 키릴로차의 얼굴을 슬쩍 엿보았다. 뒤이어 달려온 롬디오가 키릴로차의 어깨를 두드리며 일부러 큰 소리로 외쳤다.

"야, 겨우 한 표 차이잖아, 한 표! 다시 하자 그래. 억울하다, 야."

사람을 헤치고 다가온 앙리오트도 동참해서 너스레를 떨었다.

"뭐야, 이건 분명 출신 차별이야. 키릴츠가 어딜 봐서 플로엔 자식보다 못하다는 거야? 내가 보기엔 플로엔 같은 놈은 열 명이 와도……."

프란디에는 머리를 긁적거리다가 이스카시안을 돌아보았다.

"내가 5위씩이나 하다니 이거 창피한데."

이스카시안이 피식 웃더니 대꾸했다.

"평균으로 보면 로존디아 출신이 최고 아니겠냐?"

천막 앞을 지키던 윌로드 교수가 외쳤다.

"올해 비의 왕은 플로엔 오일란드!"

첫 번째 탑 앞에 비의 왕을 맞을 행렬이 대기 중이었다. 플로엔은 기쁜 기색을 숨기지도 않았다. 얼굴이 발갛게 되어서 주위 사람들의 축하 인사를 듣느라 정신이 없는 모습을 보자니 '솔카 다 엘라이드'의 여학생들이 썼듯 귀여운 구석이 있을지도 모르겠다는 생각이 들었다. 아니, 그런 생각을 한 장본인인 키릴로차는 실소를 터뜨리고 말았다. 그 귀여운 녀석이 며칠 전에 자신한테 퍼부은 말을 듣고도 그런 생각이 떠오르다니.

"끝나버렸네."

플로엔을 중심에 세우고 첫 번째 탑으로 몰려가는 사람들의 물결을 바라보던 앙리오트가 중얼거렸다. 허무한 기분은 다들 마찬가지였다. 키릴로차가 친구들을 돌아봤다.

"제전에 참가하지 않으면 교수님들한테 혼날까?"

"글쎄다."

"그럴걸."

"아무래도 그렇지 않을까?"

키릴로차는 고개를 끄덕거리더니 팔을 머리 뒤로 올려 팔짱을 꼈다. 아쉽지 않다면 거짓말이겠지만 고민할 이유도 함께 날아가 버렸으므로 홀가분하기도 했다. 하지만 이제부터 일어날 일은 보고 싶지 않았다. 보지 않는 쪽이 마음 편했다.

프란디에가 물었다.

"어쩌려고?"

"혹시라도 교수님이든 학생들이든 누가 날 찾거든 '좀 전에 저쪽에서 본 것 같은데' 정도로 대답해 줘. 알았지?"

"야……."

키릴로차는 정문 쪽으로 걸어가며 인사 대신 손을 높이 뻗어 흔들었다. 앙리오트가 중얼거렸다.

"저 자식, 외출금지 아니었나?"

프란디에가 잠시 생각하다가 씩 웃었다.

"자식, 똑똑한데. 오늘은 마을 사람들한테 학교가 개방됐잖아. 이 많은 사람이 드나드는데 학생 하나가 나갔는지 아닌지 교수들이 알 게 뭐겠어? 잘 놀다 와라."

다른 소년들은 처음으로 스조렌의 비의 왕 축제를 구경했다. 플로엔은 고대 이스나미르 인이라도 된 것처럼 리넨으로 만든 흰 튜닉을 입고 은빛 술이 달린 자줏빛 망토를 걸쳤다. 제 키의 두 배는 되는 긴 망토였다. 목에는 밀 이삭으로 만든 목걸이를 걸었고, 참나무로 만든 단장을 짚었다. 그렇게 꾸미고 나니 플로엔도 꽤 근사해보였다.

머리는 아무 장식 없이 늘어뜨렸지만 별로 길지 않다보니 평소와 다를 것도 없었다. 머리가 긴 키릴로차였다면 잘 어울렸으리라고 생각하며 앙리오트는 새삼 주위를 두리번거렸다. 그러나 키릴로차의 모습은 보이지 않았다. 어디로 갔을까.

바야흐로 제전은 절정이었다. 학생들과 교수들, 인근 주민들로 이루어진 거대한 행렬이 연못을 향해 느릿느릿 움직였다. 행렬 양쪽에 선 악사들이 현악기만 써서 장송곡 같은 곡조를 연주했다. 흐린 하늘도 이 축제와 잘 어울렸고, 바람이 불어 플로엔의 망토를 날리자 그것도 나름대로 멋이 있었다.

"여기에 비까지 쏟아지면 금상첨화 아니겠냐. 안 그래?"

롬디오의 짓궂은 속삭임에 이스카시안도 싱긋 웃었다. 그의 눈은 어딘가 있을 클라리몽드의 모습을 찾는 중이었다. 그녀가 이 자리에 나타나서 플로엔의 짝이 되려 할까? 하지만 그녀 같은 사람이 나타나지 않으면 바로 표가 날 텐데.

연못 앞에 이른 행렬은 플로엔의 자줏빛 망토를 벗겨내고 온 몸을 흰 천으로 둘둘 말았다. 잠시 시체가 되어야 하는 순간이었다.

세상에 큰 비가 셋이 있어
대륙에 몸 붙인 자 그 소리를 듣는다.
생명을 낳아 큰 무리로 번성케 하며
무쇠를 녹이고 물길을 바꾸는 이
강한 자 비여

올해도 이 땅을 찾으사 고귀한 제물을 흠향하옵소서.

세상에 밝은 비가 여기 있어
축복을 바라는 자 기원의 손 높인다.
검은 비가 더럽힌 땅을 맑게 씻으며
흰 젖줄기로 흙을 적셔 깨우는 이
희디흰 비여

올해도 이 땅을 찾으사 고귀한 제물을 흠향하옵소서.

세상에 귀한 비가 다시 있어
약속을 지키는 자 곧 일어나 찬양한다.

다음 해에도 갓 핀 밀꽃을 쓰다듬으며
미라티사의 눈처럼 영영 흡족할 이
다시 올 비여

올해도 이 땅을 찾으사 고귀한 제물을 흠향하옵소서.

노래가 끝나자 사람들은 플로엔을 연못 속으로 던져 넣었다. 물에 잠겼다가 곧 떠올라 너울거리는 흰 천을 향해 다양한 기원이 흘러나왔다. 비에 대한 기원뿐이 아니었다. 평소 생각해 온 온갖 소원이 외침이 되어 쏟아져 나왔다. 소원을 들어줄 누군가가 있다고 해도 저 외침 속에서 각각의 소원을 가려내기란 불가능하지 않을까 싶었다.

물속에서 숨을 참는 사람은 고통스럽겠지만, 기다리는 사람들에게는 한순간이었다.

"푸하!"

플로엔의 머리가 솟아오르는 것과 동시에 소원을 빌 수 있는 시간은 끝이 났다. 사람들은 큰 소리로 환호하며 돌아온 왕의 이름을 외쳐 불렀다. 성질 급한 사람들이 휘적휘적 연못으로 들어가 플로엔을 건져내자 수많은 손이 달려들어 흠씬 젖은 비의 왕을 높직한 가마에 올렸다. 시야를 확보한 플로엔은 재빨리 주위를 훑어봤다.

"클라리몽드!"

플로엔이 바라보는 쪽을 중심으로 사람들이 죽 갈라졌다. 그곳에 좁고 검은 드레스 차림인 클라리몽드가 있었다.

클라리몽드는 플로엔을 보지 않았다. 이 자리에 잘못 나타난 사람처럼 다른 곳을 보다가 불현듯 깨달았다는 듯 시선을 주었다. 무심하게 플로엔 쪽을 훑었으나, 그뿐이었다. 할 말도, 들을 말도 없는 사람의 태도였다.

"비의 여왕! 비의 여왕!"

플로엔은 싸늘한 반응에 움찔했지만 주위의 환호에 용기를 얻어 입을 열었다.

"너를 비의 여왕으로……."

클라리몽드가 오른손을 번쩍 들었다. 사람들의 눈이 쏠렸다. 펼쳐진 클라리몽드의 손바닥에는 아직 지워지지 않은 금빛 글자 '존드'가 선명하게 반짝거렸다.

"투표를 하지 않았잖아?"

"대체 왜……."

사람들의 속삭임을 뚫고 목소리가 들려왔다.

"비의 왕이시여."

그렇게 부르는 것이 오늘의 풍습이었다.

"저는 투표하지 않은 자인지라 비의 여왕이 될 자격이 없습니다. 그러니 그만 이 자리를 뜰까 합니다."

플로엔이 간신히 입을 열었다.

"투표를 했거나 말거나 그런 것은 아무 상관이……."

클라리몽드의 목소리가 그 말을 잘랐다.

"아실 텐데요? 이 정도로 끝내는 편이 모두에게 좋다는 것을요."

플로엔은 영문을 몰라 눈을 깜빡거렸다. 클라리몽드의 입가에 냉소가 어렸다.

"제가 투표를 했다면 누구를 지지했을까요?"

"아……."

다양한 의미를 품은 질문이었다. '내가 너를 지지하려 했다면 이 자리에서 비의 여왕이 되는 것을 거절하겠느냐?'고 해석할 수도 있었고, '나는 한 표를 행사함으로서 네 자격을 엎을 수 있는 그 사람을 지지하고 있다' 는 뜻일 수도 있었다.

모든 사람이 알아듣지는 못했다. 플로엔은 첫 번째 의미 정도는 알아차린 듯 얼굴이 굳어졌고, 눈치 빠른 이스카시안은 키릴로차를 찾아 주위를 휘둘러봤다. 클라리몽드는 몸을 돌려 인파 속으로 사라져버렸다.

"우리도 그만 갈까?"

제전의 중요한 부분은 다 봤고, 구경거리까지 덤으로 얻었으니 머문 보람은 충분했다. 다섯 소년이 제전 행렬에서 빠져나와 십여 걸음쯤 멀어졌을 때 다시금 행렬이 웅성거렸다. 이윽고 흥겨운 음악이 울리는 가운데 행렬은 첫 번째 탑을 향해 나아가기 시작했다.

"어느 여자애든 하나 고르긴 한 모양이네."

"어쩌겠어. 제전은 계속되어야 되잖아."

"우리 키릴츠 찾으러 갈까? 녀석한테 이 재미있는 이야기를……."

막 앙리오트가 말하는데 롬디오가 불쑥 말을 잘랐다.

"난 방에 가서 쉬는 편이 좋을 것 같다. 내일 보자."

이스카시안은 멀어지는 롬디오를 보면서 버릇처럼 손가락을 돌려 머리카락을 꼬았다.

"역시 눈치 챈 건가."

키릴로차는 밤이 이슥해서야 학교로 돌아왔다. 밤부터 비가 꽤 많이 오는 바람에 흔히 밤을 새우다시피 하는 제전도 일찍 마무리되고 마을 사람들도 대충 돌아갔을 즈음이었다.

키릴로차는 외출금지 상태이기도 했지만, 혼자 외출하는 것도 학칙에 어긋나기는 마찬가지였다. 프란디에는 몰래 들어와야 하는 친구를 위해 기숙사 입구에서 서성대며 기다렸다. 이윽고 어둠 속에서 나타난 키릴로차가 친구를 알아보고 웃었다.

"어, 나 기다렸구나. 고마워."

"웬 비를 그렇게 맞았냐? 얼른 들어가자."

흠뻑 젖어 머리에서 물이 뚝뚝 떨어졌지만 키릴로차는 기분이 좋아 보였다. 계단 양탄자에 줄곧 물 얼룩을 만들면서도 계속 웃음이 비어졌다. 프란디에가 물었다.

"뭐가 그렇게 신나냐?"

방에 들어간 키릴로차는 젖은 옷을 대강 벗어 던지고 침대에 기어 올라가 눕더니 대꾸했다.

"비가. 그리고 살아 있다는 느낌이."

녀석, 오다가 클라리몽드라도 만난 건가. 그렇게 생각하며 프란디에는 램프를 꺼 주고 안경을 닦으며 자기 방으로 돌아갔다.

탑 카드

우기가 끝나 쾌청해진 가을은 마른 낙엽의 냄새가 났다.
그건 죽음의 냄새였지만 아직은 잘 느껴지지 않았다.
잎이 죽고 나무는 잠들며 눈이 내려
모든 것을 감추는 계절이 눈앞이었다.
그때가 오면 마른 잎은 불 속에 들어가
죽음의 냄새를 물씬 낼 것이다.

마른 잎과 불과 겨울

　외부에서 편지와 소포가 오는 날이었다. 일찌감치 보관소에 들른 일츠는 자기에게 온 소포를 찾자마자 방으로 올라갔다. 빈 방에서 포장을 뜯고, 아버지와 어머니가 보낸 선물들을 한쪽으로 밀어놓은 다음 따로 봉인된 편지를 집었다. 녹색 테두리를 두른 봉투에서 붉은 봉인을 뜯어내고 내용물을 꺼내 천천히 읽었다. 내용은 길지 않았다. 보낸 사람의 서명도 없었다. 그는 몇 번 되풀이해 읽은 다음 도로 봉투에 넣고는 손가락을 세운 채 짧은 주문을 외웠다.
　"금하는 자의 손가락이 너를 침묵하게 하노라."
　작은 불꽃이 손가락을 타고 올라오더니 사각거리며 종이를 태웠다.
　이윽고 방에서 내려온 일츠는 기숙사 현관에서 마주친 친구에게 어머니께서 좋은 깃펜을 여러 자루 보내셨으니 이따가 나누어 갖자고 말했다.

"키릴츠, 그거 알아?"
"응?"
등을 기댄 소녀의 몸은 향기로웠다.
"너하고 있으면 온 세상이 평화로워."
키릴로차는 뒤를 돌아보려다 말고 빙그레 웃었다.
"나도 그래."
후훗, 등 뒤에서 웃는 소리가 났다.
"아냐. 달라. 그런 게 아냐. 너하고 있으면 세상이 맑아져. 네 눈으로 세상을 보면 뭐든지 사랑스러워."
키릴로차가 고개를 갸웃거리는 가운데 방울을 울리는 듯한 웃음소리가 났다.
"알겠니? 난 가끔 네가 천사가 아닐까 의심해."
"그건 나도 그런데."
"또 그 소리."
풀밭을 짚은 손가락들이 서로를 찾다가 어느 순간 겹쳐졌다. 매끈한 손톱과 긴 손가락이 얽히고 서로의 체온을 느끼다 멈췄다.
"네 곁에 있으면 정화되는 느낌이 들어. 누구든 너를 좋아할 수밖에 없어."
키릴로차는 어깨를 움츠리더니 고개를 저었다.

"그렇진 않아. 카 교수를 봐."

그대로 눕고 싶다고 생각했다. 하늘이 너무 맑고 푸르고 높아서. 느리게 흐르는 구름을 쳐다보고 있노라면 어느새 다른 모양으로 변해서 눈이 휘둥그레졌다. 오래된 탑들은 정겹게 어깨를 맞댄 듯했고, 그 아래 동그랗게 자란 클로버는 접시에 그대로 올려도 좋을 모양이었다.

우기가 끝나 쾌청해진 가을은 마른 낙엽의 냄새가 났다. 그건 죽음의 냄새였지만 아직은 잘 느껴지지 않았다. 잎이 죽고 나무는 잠들며 눈이 내려 모든 것을 감추는 계절이 눈앞이었다. 그때가 오면 마른 잎은 불 속에 들어가 죽음의 냄새를 물씬 낼 것이다.

"참! 너 수업 시작하겠다."

등을 대고 있다가 급히 일어난 둘은 머리를 부딪치고 말았다. 아야, 하는 표정으로 머리를 문지르던 클라리몽드가 얼른 가라고 손짓했다.

"괜찮아?"

다시 손을 내저었다. 수업 시작해, 얼른 가.

"이따가 보자!"

흘끔흘끔 돌아보며 아이카론으로 달려가는 키릴로차를 바라보면서 클라리몽드의 얼굴에 미소가 어렸다. 몇 달 전 키릴로차가 한 눈에 매혹당한 클라리몽드와는 어딘가 달라진 모습이었다.

클라리몽드가 달라진 것처럼 여섯 친구 사이에도 변화가 있었다. 비의 왕 제전이 끝나고 얼마 가지 않아 키릴로차와 클라리몽드는 연인 사이로 발전했고, 이야기를 전해들은 롬디오는 말할 나위 없이 펄쩍 뛰었다.

"네가, 다른 사람도 아니고 친구인 네가 그녀를 빼앗아갔다고?"

'빼앗았다'는 말에는 좀 어폐가 있었다. 클라리몽드는 그간 롬디오와 가까이 지낸 일이 없었다.

"롬디, 그러지 말고 침착하게 이야기해라. 이런 문제는······."

당장이라도 달려들 기세인 롬디오를 앙리오트가 붙들고 섰지만 난감한 얼굴이었다. 어떻게든 중재하려 애쓰는 프란디에도 곤혹스럽기는 마찬가지였다. 키릴로차는 말없이 바닥만 내려다봤다. 변명도 사과도 소용없는 상황이었다.

일츠는 팔짱을 끼고 바라볼 뿐 끼어들 생각이 없어 보였다. 보다 못한 이스카시안이 말했다.

"이런 문제는 당사자들이 함께 해결해야 해. 롬디, 내 생각엔 여기서 실랑이할 것이 아니라 클라리몽드까지 셋이 만나 얘기하는 편이 좋을 것 같다."

흥분한 롬디오의 귀에는 친구의 말도 들어오지 않았다. 그가 팔을 뿌리치려 하자 앙리오트가 아예 양 팔을 휘어잡았고, 프란디에는 키릴로차에게 자리를 피하라는 눈짓을 보냈다. 키릴로차는 고개를 저었다. 도망친다고 해결될 일이 아니었다. 이해는 어렵더라도 받아들여져야 했다. 그러지 못하면 롬디오와의 우정은 여기서 끝이었다.

친구들이 키릴로차를 편드는 분위기임을 눈치 채자 롬디오가 소리 쳤다.

"그래, 다 필요 없어! 너희 모두, 좋을 대로 해보란 말이야! 나보다 저 귀족도 뭣도 아닌 천한 녀석이 좋다면……."

순간 앙리오트가 롬디오의 어깨를 밀치며 사납게 쏘아보았다. 롬디오가 홧김에 해버린 말은 이들 사이에서 금기였을 뿐더러 특히 스조렌 학생들의 사건이 있은 후로는 키릴로차를 다른 녀석들의 편견으로부터 지켜주겠다는 의지가 그 어느 때보다 강해졌다. 그런 가운데 롬디오의 입에서 이런 말이 나왔으니 다들 아연해질 수밖에 없었다.

"너, 다시 한 번만 그따위 소리를 했다간 나하고 끝장이다. 알아!"

앙리오트는 제대로 화가 나면 물불을 가리지 않았다. 그런 그가 목소리가 갈라질 정도로 소리를 버럭 질렀다. 평소의 롬디오였다면 금방 잘못을 시인하고 달래려 했을 터였다. 그러나 오늘은 그 역시 화가 머리끝까지 치민 까닭에 오히려 똑바로 쳐다보며 쏘아붙였다.

"웃기는 소리! 하긴 너도 귀족은 아니었지? 돈만 많은 상인 출신 주제에……. 다 똑같은 족속이지! 처음부터 너희 같은 녀석들하고 사귀는 것이 아니었어! 내 쪽에서 먼저 절교. 절교란 말이다, 이 자식아!"

"롬디오!"

이스카시안이 단호하게 불렀다. 그러나 다음 순간 놀랄 만한 일이 벌어졌다. 프란디에가 주먹으로 롬디오의 얼굴을 한 대 갈겼던 것이다.

"픕!"

있는 힘껏, 그것도 예상치 못한 방향에서 날아온 주먹을 맞고 롬디오의 입술이 찢어져 피가 흘렀다. 언제나 중재자였고, 누구보다 온화한 성품에 폭력을 싫어하던 프란디에였다. 그리 건장한 편도 아니고 해서 한 번도 친구들 앞에서 이런 모습을 보인 일이 없었다.

"프란……."

키릴로차가 불렀을 때 프란디에는 왼손으로 안경을 벗어 바닥에 내던졌다. 얼마나 화가 났는지 얼굴까지 창백해졌다.

"너 같은 녀석을 친구라고 여겼던 내가 부끄럽다. 너도 치고 싶으면 쳐봐! 얼마든지 맞아줄 테니까. 나 같은 약골, 때리기도 쉽겠지? 안 그래? 대신 그렇게 되면 너하고 나도 끝장인 줄 알아라!"

롬디오도 눈을 크게 뜬 채 입가에 흐르는 피를 닦는 것조차 잊었다. 잠시의 침묵은 숨통을 짓누르는 듯했다.

키릴로차가 입을 열었다.

"다들 그만둬. 너희가 나 때문에 이러는 거 원치 않아. 내가 어떻게 하면 좋겠어? 어떻게 해야 화해하는데? 나와 클라리몽드가 헤어져야 해결되는 거야?"

아무도 대꾸하지 못했다. 잠시 동안 가쁜 숨소리밖에 들리지 않았다. 롬디오가 한 발짝 물러섰다.

"다 필요 없구나. 친구든 뭐든. 끝이라는 말…… 다들 내게는 쉽게도 하는군. 그래, 다들 끝이야. 좋을 대로 전부 해버려. 내가 바보였다."

롬디오는 몸을 돌려 탑 뒤편으로 달려가 버렸다. 그때까지 가만히 있던 일츠가 불쑥 입을 열었다.

"내가 따라가 보지."

일츠는 롬디오를 금방 발견했다. 연못가에 앉은 그의 곁에 다가와 앉는 일츠를 롬디오는 애써 쳐다보지 않았다.

"롬디, 네 심정은 이해한다. 그렇다 해도 지금 네가 하는 짓은 어리석을 뿐이야. 만일 네가 클라리몽드를 차지했다 치자. 그러면 키릴츠는 네게 어떻게 해야 하지? 아니, 어떻게 했을 것 같아?"

롬디오가 고개를 홱 돌려 일츠를 봤다. 곧 서서히 고개가 수그러졌다. 롬디오도 잘 알았다. 키릴로차는 그런 일로 누구를 미워하거나 화를 낼 사람이 아닌 것을.

일츠의 목소리가 이어졌다.

"더구나 넌 별달리 애쓰지도 않았어. 앉아서 기다렸을 뿐이잖아. 여자를 얻고 싶으면 노력을 했어야지. 노력도 없이 대가가 하늘에서 떨어질 줄 알아?"

"그건 틀려! 클라리몽드가 처음부터 키릴츠를 좋아했기 때문에 내가 끼어들 틈이라고는……."

롬디오는 말을 멈췄다. 자신의 말이 앞뒤가 맞지 않음을 깨달았기 때문이었다. 방금 한 말대로라면 키릴로차에게 무슨 잘못이 있겠는가. 클라리몽드에게 따진다면 모를까.

"그래. 그 말대로야. 다른 녀석들이 괜히 너한테만 참으라고 하는 게 아니야. 그 일은 그렇게 될 수밖에 없었어. 그리고 한마디 더 할게."

일츠의 눈빛이 엄숙했다. 둘 다 비슷한 암녹색 눈이었지만 일츠의 눈이 좀 더 깊고 어두웠다. 그는 점점 속을 꿰뚫어보기 힘든 소년이 되어

갔다.

"아까 네가 한 말 말인데, 틀린 점은 없어. 키릴츠나 앙리가 귀족은 아니지. 앙리야 웬만한 귀족보다 나은 집안 출신이니 제쳐 놓는다 쳐도 키릴츠는 좋게 따져봤자 우리 집에 얹혀사는 녀석일 뿐이야. 그런 녀석이 재주도 좋고 여자들한테도 인기가 있어서 학교의 여왕까지 빼앗아 가니 억울한 기분이 드는 건 자연스러운 일이다. 하지만 거기까지야. 후작 가문의 후계자인 프란디에는 물론이고 이스카시안이 왕족인 걸 생각하면 네가 먼저 나설 입장이 아니라고. 지난번에 이스카시안이 한 말 기억하지?"

어떤 말을 가리키는지 롬디오도 즉시 알아차렸다. 그러나 그보다 일츠가 이런 말을 한다는 사실이 더 놀라웠다. 그간 대놓고 편들지는 않았어도 일츠와 키릴로차는 형제나 다름없다고 다들 여기지 않았던가. 오히려 그래서 말을 아낀다고 생각해오지 않았던가.

"난 네가 이런 소릴 할 줄은 몰랐는데."

"왜? 키릴츠와 내가 같이 자라서? 이것 봐. 난 물론 키릴츠를 내 몸처럼 아껴. 하지만 넌 네 손이나 발을 형제로 여기나?"

롬디오는 얼른 이해하지 못하는 눈빛이었다. 일츠는 오른손을 눈앞에 올려 바라보더니 피식 웃었다.

"손은 손이고 발은 발일 뿐이야. 친구는 사람끼리 하는 거지. 친구들이 내 손발까지 소중하게 생각해주는 건 고맙지만."

그런 말을 하는 일츠의 눈빛이 너무 평온해서 롬디오는 갈피를 잡기가 힘들었다. 달래려고 꾸민 말도, 농담도, 계략도 아닌 게 틀림없는데 그럼 이 말을 믿으란 말인가? 롬디오는 비교적 평범한 정신을 가진데다 아직 소년인지라 오히려 이 순간 키릴로차가 안됐다는 생각마저 들었다.

롬디오의 표정을 본 일츠가 덧붙였다.

"자제하라는 말, 기억해 둬. 지난번처럼 키릴츠에 대한 소문을 퍼뜨리거나 해서 친구들을 화나게 하면 곤란해."

롬디오는 움찔했다. 클라리몽드 같은 소녀라면 재산도 작위도 없는 평민 따위는 싫어할 줄 알고 뒷이야기를 슬쩍 퍼뜨렸는데 일이 곤란하게 커져서 모르는 체 하느라 상당히 고생했다. 하지만 일츠가 눈치 채고 있을 줄은 전혀 몰랐다.

동시에 일츠가 왜 이 순간 이 말을 했는지도 깨달았다. 일츠는 지금 나눈 이야기를 친구들에게 퍼뜨리지 말라고 경고를 보낸 것이다.

"그럼 난 간다. 적절하게 화해할 시점이나 생각해 봐."

롬디오가 멍하니 쳐다보는 동안 일츠가 짤막한 단발을 날리며 일어섰다.

롬디오는 하루가 지난 후 친구들과 화해했다. 심한 말을 해버린 키릴로차와 앙리오트에게 일일이 용서를 빌었고, 프란디에가 때렸던 일을 사과하자 아니라며, 맞을 만한 말을 한 거라며 손을 내저었다.

일이 잘 풀리고 나자 그 다음으로 친구들은 프란디에가 홧김에 내던진 안경을 고치느라 한바탕 소동을 벌여야 했다.

그 후 키릴로차와 클라리몽드는 모두의 주목을 받는 연인이 되어 꿈 같은 나날을 보냈다. 훤칠한 키릴로차와 곱슬머리가 우아하게 넘실거리는 클라리몽드가 팔짱을 끼고 걸어가면 그림처럼 아름다운 나머지 질투하는 사람들조차 저절로 한숨을 내쉴 정도였다. '얼음 여왕'이라는 별칭까지 얻었던 클라리몽드가 연인에게 얼마나 다정하게 구는지, 또 키릴로차가 얼마나 연인을 챙기는지 둘이 다니는 모습을 볼 때마다 늙은 교수들의 입에서 청춘 시절 타령이 절로 나왔다.

이쯤 되니 두 사람을 알게 모르게 좋아하던 사람들도 마음을 접었다. 키릴로차의 방 앞에 종종 놓여 있던 꽃이나 쿠키도 없어졌다. 그 쿠키를 종종 얻어먹던 옆방의 앙리오트는 이 변화를 '아쉬운 일'이라고 부르면서 '쿠키 아가씨'의 정체를 알면 꼭 자기한테 연결해 달라고 너스레를 떨었다.

이스카시안은 그가 했던 말과 달리 빌리반드에게 들었던 이야기를 누구에게도 하지 않았다. 그래서 둘이 사귀게 되었을 때 빌리반드의 반응을 살필 수 있었던 사람도 이스카시안뿐이었다. 마음이 흔들린 듯 보였던 빌리반드는 교수의 심부름으로 사흘 동안 근처 도시에 다녀오더니 곧 평소처럼 침착한 모습으로 돌아왔다.

이제 둘의 사이를 인정하지 않는 사람은 플로엔 하나뿐이었다. 곧 벌어질 충돌은 누구나 예상할 수 있었다. 언제가 될지 모를 따름이었다.

날씨가 부쩍 추워진 어느 아침, 키릴로차가 수업에 나오지 않았다.

첫 수업이 끝난 뒤 프란디에가 방에 찾아가 봤지만 문이 잠겼고 두드려도 대답이 없었다. 몸이 아픈가, 하고 생각하다가 그렇더라도 대꾸도 하지 않을 키릴로차가 아니란 생각에 역시 외출한 모양이라는 결론을 내렸다.

친구들에게 알리지도 않고 나갔다면 역시 클라리몽드와 함께일 것이다. 프란디에는 싱긋 웃고는 다시 강의실로 돌아갔다.

키릴로차는 점심시간에도 나타나지 않았다. 한 테이블에 모인 친구들은 식사를 하는 둥 마는 둥 하며 저마다 추측성 농담을 하기에 바빴다. 근처 마을에 놀러간 모양이다, 북문으로 나가면 산책하기 좋은 숲길이 있다더라, 날씨도 추운데 학교 어딘가에 숨어 있을 거다, 이러다 오늘 일 저지르는 거 아니냐, 등등 온갖 짓궂은 소리를 하며 웃던 그들의 얼굴이 싹 굳어지는 사태가 발생했다.

입구에서 클라리몽드가 나타났던 것이다.

"……."

프란디에가 벌떡 일어나 클라리몽드에게 갔다. 키릴로차와 사귀며 친구들과도 자주 만나곤 한 터라 둘은 이미 꽤 친해진 사이였다. 프란디에가 다가오는 것을 보고 클라리몽드가 미소를 지으며 멈춰 섰다. 프란디에가 다짜고짜 물었다.

"클라리, 너 오늘 키릴츠 봤어?"

"아니."

"한 번도?"

"못 봤어."

클라리몽드의 시선이 테이블로 향하자 모두와 눈을 마주친 셈이 되었다. 클라리몽드가 테이블로 다가왔다. 그러자 롬디오가 늘 그렇듯 의자를 약간 빼더니 시선을 내리깔았다.

"무슨 일 있었어?"

이스카시안이 대답했다.

"있나본데 뭔지 몰라. 그게 문제야."

"내가 마지막으로 본 건 어제 저녁 먹고 마법 수업 들으러 가기 직전이었어."

클라리몽드가 먼저 말하자 그제야 소년들도 기억을 더듬으며 말하기 시작했다. 그러나 역시 가장 마지막에 만난 사람은 클라리몽드였다. 그 다음에 봤을 만한 사람이라면……

"카 교수뿐이지. 가서 물어봐야 하나. 젠장."

"그보다 기숙사 관리인에게 먼저 물어보자. 어제 마법 수업 끝나고 돌아왔으면 봤을 거 아냐."

소년들은 식사도 집어치우고 기숙사로 돌아갔다. 클라리몽드도 함께였다. 관리인은 어젯밤에 키릴로차를 보지 못했다고 대답했다. 관리부에 적힌 이름 옆에도 '보류' 표시가 찍혀 있었다. 마법 공부를 하는 학생은 종종 밤샘 수업을 받는 경우가 있어 정황을 알아보기 전까지 '보류'를 받았지만, 다른 학생이라면 '무단 외출' 표시가 찍혔을 터였다.

"결국 카 교수한테 가보는 수밖에 없겠는데."

함께 아이카론으로 갔지만 카 교수의 연구실 문에는 '방문객 사절' 표지가 붙어 있었다. 다른 사람도 아니고 카 교수가 그런 표지를 붙여 놨는데 문을 두드릴 만큼 대담한 학생은 없었으므로 그들은 우선 학교 안을 돌아다녀보기로 했다.

"첫 번째 탑하고 두 번째 탑은 나하고 앙리가 살펴볼게. 나머지 두 탑은 이스카하고 롬디가 봐줘. 일츠는 아이카론하고 정문 근처에 가봐."

각자 영역을 나누자 클라리몽드가 말했다.

"난 기숙사에 다시 가볼게. 오후 수업이 끝나는 시각에 이 자리에서 만나."

이스카시안이 불쑥 물었다.

"클라리, 혹시 짚이는 데 없어?"

클라리몽드는 시선을 사선으로 떨어뜨리며 잠시 생각했다. 오랜만에 예전처럼 냉담한 표정이 떠올랐다.

"장소는 없어. 사람이라면 있지만."

"누구?"

"플로엔."

"플로엔?"

반사적으로 되물었지만 다시 생각해보니 일리가 없지는 않았다. 그간 플로엔은 얌전히 지내는 듯했지만 클라리몽드에게 접근하려 애쓰는 건 예나 지금이나 그대로였다. 그건 아직 포기하지 않았다는 의미였고,

둘을 헤어지게 할 능력이 없는 이상 뜻밖의 일을 저질렀을 가능성도 완전히 배제할 수 없었다.

"플로엔이 오늘 하루 뭘 했는지 알아봐야 되겠는데."

이스카시안이 말하자 일츠가 말을 받았다.

"오늘뿐 아니라 어제도. 내가 알아보지. 플로엔도 아이카론에 드나드니까 가는 길에 조교들에게 물어보겠어."

해가 기울 무렵 그들은 다시 만났다. 모두 자체 휴강 상태로 오후를 보냈지만 얻은 정보는 얼마 되지 않았다.

"그럼 오늘 어디서도 키릴츠를 본 사람이 없다는 거야?"

"정확히는 어제 아이카론에 들어간 후로 누구도 그 녀석을 못 봤어. 땅 밑으로 꺼지든가, 공기 중으로 녹아버리기라도 한 모양이야."

"플로엔은 오늘 멀쩡히 수업 받았다던데. 어제도 그렇고."

"지금은 아몬 교수한테 마법 수업 받으러 갔다더군."

"카 교수는?"

"여전히 방문객 사절이라고 붙어 있어. 그런데 아이카론 조교한테 물어보니 카 교수는 오늘 아침에 학교 밖으로 나갔대. 며칠은 있어야 돌아올 모양이더라고. 자기 수업도 파르만센 교수한테 맡기고 갔다는 거야."

"그럼 지금 카 교수한테도 못 물어보게 된 거야?"

다들 낭패한 얼굴이 되었다. 앙리오트가 분통을 터뜨렸다.

"젠장, 학교가 뭐 이따위야! 학생이 실종됐는데 신경 쓰는 사람이 하나도 없다니!"

프란디에가 말렸다.

"앙리, 진정해. 아직 키릴츠가 실종됐는지 아닌지 확실하지 않잖아."

"그럼 뭘 더 어째야 확실해지는데? 이제부터 실종되겠습니다, 하고 쪽지라도 남겼어야 된단 거냐?"

"그런 말이 아니라…… 스승과 제자 간에 뭔가 수상한 실험이라도 하고 있는지도 모르잖아."

그 말을 듣자 소년들의 얼굴도 미심쩍어졌다. 확실히 어젯밤 카 교수에게 간 것이 마지막이고 이튿날 카 교수도 학교 밖으로 나갔다고 했다. 혹시 키릴로차도 데리고 간 건 아닐까? 비록 문지기는 못 봤다고 하지만.

프란디에가 다시 중얼거렸다.

"생각해 보면 투명화 마법 같은 것도 있잖아. 나야 아직 배우지 못했지만 키릴츠는 혹시 배웠을지도 모르고."

"그거 상당히 어려운 거 아니었어? 설마 벌써 배웠을 것 같지는 않은데? 진도는 너하고 비슷할 거 아냐?"

이스카시안이 말하자 프란디에가 고개를 갸웃했다.

"하지만 키릴츠 말로 카 교수는 교과서 순서대로 가르치지 않는다고 하더라고. 갈 때마다 뭘 가르칠지 전혀 예측이 안 된대."

"하긴 카 교수가 워낙 예측불허이기도 하고……."

다들 슬슬 납득하려는 분위기였지만 앙리오트만은 발을 구르며 반대했다.

"야, 너희는 카 교수를 믿냐? 그놈의 카 교수가 그 자식을 실험체로 만들어버렸을지도 모르잖아!"

롬디오가 앙리오트의 양 어깨를 눌렀다.

"앙리, 아무리 괴팍하긴 해도 그쪽은 괴물이나 악당이 아니고 교수야. 그 점을 좀 받아들여."

"웃기지 마. 난 그런 인간은 절대 안 믿어."

일츠가 입을 열었다.

"좋아. 그럼 어느 마법 교수든 한 분을 찾아가 이야기를 해 보자. 마법은 물론 카 교수에 대해서도 우리보다야 잘 아실 테니 이 문제가 심각한지 아닌지 판단을 내려 주시겠지. 심각한 일이라면 조치를 취해 주실 테고, 그분께서 걱정하지 말라고 하면 따르면 되잖아."

늘 그렇듯 애매한 문제는 일츠의 말로 결론이 났다. 이럴 때 가장 만만한 상대는 역시 프란디에를 가르치는 파르만센 교수였다. 모두 아이카론으로 가려 할 때 클라리몽드가 말했다.

"다녀와서 얘기해 줘. 난 다른 사람을 좀 만나봐야겠어."

키릴로차는 눈앞의 책장을 의아한 눈으로 바라보았다. 호두나무로 만든 육중한 책장의 높이는 키의 두 배쯤 되었다. 거기에 두꺼운 책, 얇은 책, 커다란 2절판, 손바닥만 한 기도서, 갖가지 가죽 표지, 색색가지 천 표지, 딱딱한 나무 표지, 양피지 표지, 귀퉁이가 닳은 책, 반짝반짝

하는 새 책, 쥐가 쏠았는지 절반만 남은 책, 이상한 냄새가 나는 책, 정체 모를 오물이 묻은 책, 근사한 자물쇠가 달린 책, 경첩이 있었지만 떨어진 책, 표지에 수를 놓은 책, 헝겊인형을 붙인 책, 보석을 아로새긴 책, 징이 박힌 책, 끈으로 묶은 책, 가죽으로 보강한 책, 쇠 띠를 두른 책 등 보기만 해도 입이 딱 벌어지는 기기묘묘한 책들이 아무 순서도 없이 꽂혀 있었다. 옆에는 높은 곳의 책을 꺼내기 위한 발판도 있었다.

키릴로차는 책장을 한 바퀴 돌아보았다. 뒤에도 같은 책장이 있었다. 그 뒤도 마찬가지였다. 너머를 봤지만 끝이 보이지 않았다. 이곳은 도서관일까?

그럴 리 없었다. 우선 그런 곳이 있다는 이야기를 들어보지 못했다. 멜헬디 학교에는 일반 학생들을 위한 도서실과 마법 교수와 학생들만이 출입 가능한 도서관이 있었다. 키릴로차는 물론 거기에 가보았다. 규모며 다양함은 여기와 비교가 되지 않았지만 거기가 멜헬디의 진짜 도서관이었다. 그럼 여기는 어딜까?

키릴로차는 다시 책장 앞으로 돌아와 책 제목들을 읽어보려 했다. 그런데 대부분 읽을 수 없는 글자거나, 아예 제목이 없었다. 그중 한 책을 뽑아 펼쳤다. 먼지가 일어나 코가 간질간질해졌다. 안에도 역시 낯선 글자들이 가득했다. 보아하니 고대 이스나미르어인 것 같은데 지금껏 배워온 것과는 상당 부분 달라서 제대로 읽을 수가 없었다. 키릴로차의 고대 이스나미르어 수준은 학생 치고 꽤 높았지만 그 정도로는 어림없었다.

키릴로차는 책장 사이에서 나와 책장이 즐비한 길을 천천히 거닐었다. 맞은편은 벽이었는데 한참 걸었지만 문은커녕 창문도 하나 나타나지 않았다. 그러고 보니 빛은 어디에서 오는 걸까? 주위는 책을 읽을 수 있을 정도로 밝았지만 램프나 촛불은 보이지 않았다.

다시 적당한 책장 사이로 들어갔다. 그런 식으로 책장 끝까지 갔다가 다음 책장 사이로 들어오기를 되풀이했다. 그렇게 걸으며 책 제목들을 죽 훑어보다 보니 드디어 읽을 수 있는 책이 하나 보였다. 키릴로차는 몹시 반가워져 책을 꺼내 보았다. 빨간 천을 두른 표지 위에는 고대 이스나미르어로 '오노르 다 휘프타'라고 쓰여 있었다. 뜻은 '태양의 탑'이었다.

키릴로차는 책을 펼쳤다. 안에는 아무 글자도 없었다.

페이지를 끝까지 넘겨보았다. 그러나 마찬가지였다. 종이를 비벼도 보고, 허공에 비춰도 보았지만 소용없었다. 키릴로차는 잠시 생각에 잠겼다. 혹시 이 책은 문자 아룬드(12월)에만 눈에 보인다는 고대 이스나미르인들의 신비로운 문자로 쓰인 게 아닐까?

지금은 점성술 아룬드(11월), 사흘 후면 문자 아룬드의 시작이었다. 그때까지 이 책을 갖고 있다가 펼쳐보면 어떨까? 뭔가 대단한 이야기가 적혀 있을지도 모른다. 이 특별한 문자 때문에 문자 아룬드가 되면 전 대륙의 학자들이 각국의 왕실 도서관으로 모여들어 이미 읽었던 책들 사이에 새로 나타난 글귀가 없나 점검한다는 이야기를 들은 일이 있었다.

키릴로차는 책을 옆구리에 끼고 다시 책장 사이를 걸었다. 고대 이스나미르어도 아니고 다른 어느 나라 말도 아닌, 전혀 읽을 수 없는 글자가 적힌 책도 많았다. 드문드문 제목을 읽을 수 있는 책이 나타날 때마다 꺼내 보았지만 역시 내용까지는 읽기가 어려워서 훑어보기라도 할 만한 책은 좀처럼 없었다. 그러다가 그는 한 책장 앞에서 문득 놀라며 멈춰 섰다. 공용어로 쓴 책이 있지 않은가?

그것도 한 권이 아니라 한 책장을 거의 메우다시피 했다. 키릴로차는 그 자리에서 이 책 저 책을 꺼내보았다. 몇 권은 예전에 도서관이나 다른 곳에서 본 적이 있었지만 대부분은 처음 보는 책들이었다. 제목 자체는 고대 이스나미르어여도 표기가 공용어인 것들은 읽기가 쉬웠다. 그 중 하나의 제목이 마음을 끌었다. '드라니라드리안 다 네냐.' 해석하자면 '비밀의 고귀한 어머니'라는 뜻이었다. 아무 곳이나 펼쳐보니 본문은 공용어였다.

어머니가 검은 돌로 지은 고향을 떠날 무렵 세계는 녹색에서 회색이 되었다. 어머니는 그 세계를 거닐었다. 잿빛 잎은 손을 대면 부서졌다. 열매는 단단한 돌이 되었다. 짐승들은 눈물을 흘렸다. 어머니는 바위에 앉아 그들을 불렀다. 다가온 짐승들 역시 곧 흙이 되었다. 어머니는 손에 남은 흙을 떨어뜨렸다.

어머니는 서쪽으로 걸었다. 어느새 회색 숲조차 사라지고 사방에 아무 것도 보이지 않았지만 계속 나아갔다. 바닥에 그득한 먼지에 발이 묻혔다. 아니, 그것은 더운 재였다. 온 세상에 재뿐이었다.

어머니는 계곡에 이르렀다. 밑은 바닥이 보이지 않았고 맞은편은 아지랑이에 감싸여 어른거렸다. 한때 걸려 있던 나무다리는 잡아맸던 끈만이 남았다. 어머니는 다리를 이을 힘이 있었으나 그러지 아니했다. 어머니는 계곡 앞에 앉아 닿지 못할 서쪽을 바라보았다.

태양이 지평선에 낮게 걸려 있었다. 몇 년 동안 그러했다. 아주 조금씩 아래로 떨어졌다. 마침내 넘어가면 언제 떠오를지 알 수 없었다. 세상은 그림자의 색을 띠었다. 그러다 그림자가 되었다.

태양이 떨어졌을 때 어머니는 인간이 되었다.

기분이 이상해지는 글이었다. 마치 멸망하는 세계를 그린 듯했다. 혹시 고대 이스나미르인이 사라지던 시절을 기록한 책일까? 키릴로차는 다른 곳을 펼쳐 보았다.

그들은 신성한 호수에서 첫 땅을 일구리라.
그들은 호수를 경외하고 숲에 경배하리라.
그들은 이야기하고 노래하며 춤추며
그들의 자식들에게는 아무것도 가르치지 않으리라.
그러나 자식들은 모든 것을 알리라.
그들의 자식들은 과거를 돌아보고 미래를 바라보리라.
그리하여 저들이 마침내 평화를 잃을 것임을 알리라.
그들은 고통스러워하리라. 두려워하리라. 분노하리라.

그러나 주술사들이 저들의 삶이 온 곳을 돌아보리니

그들은 저들의 세계가 오래 전에 끝났음을 느끼고

그들의 어머니가 준 삶은 단지 유예임을 알아차리리라.

그들이 전(前) 세계의 그림자임을 깨달으리라.

그들은 이 세계에 어떤 것도 요구할 수 없음을 알고

그들을 침략한 자들에게 스스로 호수를 내어 주리라.

그리하여 방랑이 시작되리라.

그들은 처음으로 자식들에게 전하리라.

그들은 이 세계에서 가장 낮은 자들이며,

그들은 종족들의 신(神)이자 깔개이자 거름이며,

그 자들을 비추는 샘이자 거울임을.

그들은 고대의 힘을 이어받았으나 침묵할 것이며,

그들은 최후의 변성이 일어날 날을 기다려야 하며,

그때를 위해 자갈밭과 수렁 속을 걷기를 택하였으며,

그들의 임무는 이 세계를 바라보는 것뿐이며,

그리하여 점차 이 세계에 동화될 것이며,

그럼에도 불구하고 이 세계가 끝난 후에도 살아갈 것임을.

키릴로차는 이 '그들'이 누구인지 궁금해졌다. 더 들춰보니 세상 사람들이 그들을 '네냐'라고 불렀다는 이야기가 적혀 있었다. 그렇다면 이 책의 제목은 '비밀의 고귀한 어머니'가 아니라 '네냐의 고귀한 어머니'였던 걸까?

 더 읽어보고 싶었지만 책이 많았으므로 우선 바닥에 놓고 다른 책을 꺼냈다. 이번 책의 제목은 '엔제고르', 즉 '잊힌 궤'였다. 내용은 로존디아의 국조(國祖) 알스님 여왕이 왕국을 세운 땅에서 발굴한 타로핀 돌궤에 대한 것으로 키릴로차도 구전설화처럼 들어 아는 이야기였다. 가장 굳은 광물인 검은 타로핀으로 만든 돌궤 속에서는 고대 이스나미르인들의 지혜가 담긴 문서와 두루마리들이 나왔으나 마법에 대한 기록만은 없었다고 했다. 그래서 지금까지도 로존디아가 마법만은 타국에 뒤처지는 것이다.

 그런데 더 읽어나가다 보니 의아한 내용이 나타났다. 이 책의 저자는 문제의 궤에서 나온 위대한 마법이 미지의 것에 대한 왕들의 경계심 때문에 영영 사라져버렸다는 둥, 마법에 관련된 뭔가도 나왔다는 전제 하에 이야기를 해나갔다. 그러면서도 그 마법이 어떤 것이었는지는 전혀 말하지 않았다. 하긴 영영 사라져버렸으니 저자도 못 봤을 수도 있었다. 그렇게 생각하니 이 책을 왜 썼는지 이해가 되지 않았.

 키릴로차는 맨 끝 페이지를 펼쳤다. 결론을 어떻게 냈나 볼 심산이었지만 그는 곧 헛웃음을 터뜨리고 말았다. 저자는 혹시라도 사라진 마법서를 손에 넣는 사람은 절대로 개인적으로 수련할 생각을 품어선 안 된다며, 그러면 큰 부작용이 일어난다는 경고로 글을 마무리했다. 대체 문제의 마법서를 본 적도 없는 저자가 어떻게 그걸 알았을까? 혹시 이 책 자체가 엄청난 상상력, 아니 망상에서 탄생한 게 아닐까?

그런 식으로 이 책 저 책을 읽어나가자니 시간 가는 줄도 몰랐다. 아니, 시간이 얼마나 흘렀는지 알 방법이 없었다. 바깥 세계로 통하는 창도 문도 없고, 빛은 늘 일정하고, 누가 와서 시간을 알려주지도 않았다. 심지어 배고픔도, 피로나 졸음도 느껴지지 않았다. 아무것도 먹지 않았고, 조금의 휴식도 취하지 않았는데도.

키릴로차는 윗 선반에서 오래된 고대 이스나미르어 시가를 공용어로 대역해 놓은 책을 발견했다. 언제 쓰였는지도 모를 이 책 속에는 지금 학교에서 배우는 고대 이스나미르어와는 상당 부분 다른 문장과 단어가 숱했다. 반면 이 도서실인지 도서관인지 모를 곳의 책에 적힌 고대 이스나미르어와는 꽤 일치하는 듯했다. 이 책을 다 공부하면 다른 책들도 읽을 수 있게 될까?

키릴로차는 주저앉아서 책에 빠져들었다. 방해하는 사람도, 방해하는 허기나 피로도 없는 이곳에서는 하룻밤이 한 시간처럼 흘러갔다. 이대로 몇 시간, 며칠이 흘러도 알 수 없을 듯했다. 책 내용이 지루할 때면 문득 이곳이 어디인지, 어떻게 들어오게 된 건지 궁금해하기도 했다. 나가려면 어찌해야 좋을까 하는 생각도 하긴 했다. 그러나 지금은 아니었다. 내보내준대도 사양할 판이었다. 아직 볼 책이 산더미처럼 많았다.

키릴로차가 사라진 채 하룻밤이 더 흐르자 하필 만사에 낙천적인 파르만센 교수에게 물어본 것이 잘못이었을지도 모르겠다는 생각이 프란디에의 머릿속에 떠올랐다.

그런 생각을 한 사람은 그만이 아니었다. 아침 일찍 기숙사 방문을 두드리는 소리에 문을 열자 일츠가 서 있었다. 이미 단정하게 수업용 옷을 차려입은 그에 비해 침대에서 머리를 헝클어뜨리며 생각에 잠겨 있던 프란디에는 세수도 하지 않은 상태였다.

"아침은 먹었어?"

"내 꼴이나 보고 말해."

일츠는 먹고 왔을 것이다. 이미 여덟 시였으니까. 프란디에는 물론 아침식사 생각이 전혀 없었다.

"들어가도 되지?"

프란디에는 한 팔을 펴 보였다.

"보다시피 누추하다만."

일츠가 안으로 들어와 앉자 프란디에는 창문을 열어 갔다. 바람이 들어오자 책 먼지와 실험용 약품 냄새가 뒤섞였던 방안 공기가 한결 나아졌다.

"기다리고 있을 일이 아니야."

일츠의 첫 마디를 들은 프란디에가 고개를 강하게 끄덕였다.

"너도 그 생각 하고 있었구나. 맞아. 파르만센 교수님만 믿고 있다가 친구 자식 한 놈이 멜헬디 5번 귀신이 되게 생겼어."

멜헬디 학교에는 역사상 실종됐다고 기록된 학생이 네 명 있었다. 긴 역사에 비하면 많지 않은 수일지도 모르지만 당장 아는 사람이 사라지고 나니 대단히 의미 있는 숫자로 느껴졌다.

"학교에 마법 교수들이 수두룩한데 결국 그 네 명을 못 찾았다는 게 무엇보다 놀랍지."

"알다시피 마법 교수들은 웬만해서 다른 교수의 연구에 참견하려 들지 않아. 상대가 카 교수처럼 괴팍하다면 더더욱 그렇게 뻔하고. 멜헬디에는 실질적인 학교장이 없기 때문에 그런 교수들을 조율하기도 어려워. 그러니 그때도 일이 그렇게 돼버렸겠지. 이런 식이라면 열흘은 지나야 교수들이 조사를 해볼까 말까 고민하기 시작할걸."

둘의 우려는 일치했다. 일츠가 말했다.

"그럼 네 생각을 말해봐. 키릴츠가 어떻게 된 것 같아?"

"학교 어딘가에 다른 세계로 가는 구멍이라도 난 게 아닌가 몰라."

프란디에는 농담처럼 중얼거렸지만 사실상 농담할 기분이 아니었으므로 보기보다 진심이 든 말이었다. 일츠는 바로 알아차렸다.

"만에 하나 그렇다 치고, 학교에 그런 곳이 있다면 어딜까?"

"아이카론이겠지."

"역시 그렇겠지? 하지만 파르만센 교수님이 그렇게 말씀하신 이상 교수님들은 협조해주지 않을 테고."

"교수님들의 도움이 없으면 조사도 곤란해. 거긴 학생들이 못 들어가는 방이 꽤 많거든. 조교나 연구생들도 자기들이 배우는 교수님의 연구실이나 허가된 몇 군데밖에 못 들어가."

"글쎄다. 내 생각엔……."

일츠는 주머니에서 열쇠 뭉치를 꺼내 만지작거렸다. 반들반들한 열쇠가 네 개 달려 있었는데 하나는 자기 방 열쇠겠지만 나머지는 무엇일지 짐작이 안 갔다.

"그게 다 뭐냐? 무슨 열쇠가 그렇게 많아?"

일츠가 열쇠 하나를 골라 쥐더니 프란디에를 향해 내밀었다.

"이건 기숙사 정문 열쇠."

"그런 거 학생한테는 안 주잖아?"

일츠는 이어 다음 열쇠를 골라 내밀었다.

"이건 우리가 주로 수업을 듣는 첫 번째 탑 정문 열쇠."

"그런 걸 어떻게?"

마지막 열쇠는 다른 것들보다 복잡한 모양이었다. 일츠가 말했다.

"이건 학교 정문 열쇠."

프란디에는 미간을 찌푸린 채 안경을 만지작거렸다. 정확한 요령이야 모르지만 아마 어떤 식으로인가 진짜 열쇠의 본을 떠 놓았다가 학교 밖의 누군가에게 의뢰해 만들어 두었을 것이다. 확실히 저런 열쇠들이 있으면 학교생활을 좀 더 편리하게 할 수 있다. 출입 제한 시간이 되어 문이 잠긴 후에도 볼일이 생겼을 때 쉽게 드나들 수 있을 테니까. 그러나 일츠는 규칙적인 생활이 몸에 배어있어 늦잠을 자거나 지각하는 법이 없었고, 어딘가에 물건을 빠뜨리고 오거나 밤늦게 외출하고 싶어 할 성미도 아니었다. 그런 그가 준비해둬서 나쁠 것 없다는 것처럼 저런 열쇠를 태연히 손에 넣고 있는 것이 놀랍기도 하고 왠지 위화감도 느껴져서 프란디에는 선뜻 입을 열지 못했다.

일츠가 열쇠를 주머니에 도로 넣더니 말했다.

"내가 이걸 왜 보여준 것 같아?"

프란디에는 잠시 생각하다가 일츠를 쏘아보았다.

"너처럼 그런 게 영 필요 없을 것 같은 녀석도 원하기만 하면 손에 넣을 수 있는 게 그 열쇠들이란 말이지. 그럼 그런 게 정말로 필요한 사람이 있다면 당연히 너처럼 행동했을 거다 이거냐?"

일츠가 고개를 끄덕였다. 프란디에가 말을 이었다.

"우리에게 필요한 건 아이카론의 열쇠들이고?"

"그렇지."

"그럼 그걸 갖고 있을 것 같은 사람을 찾아야겠군. 아마도 연구생이나 조교 중 하나?"

일츠가 입술만 움직여 미소를 보였다.

"프란, 새삼 느끼는 거지만 넌 참 똑똑해. 겁나도록."

"놀리냐? 너처럼 그런 걸 준비해 놓는 녀석이야말로 겁나잖아."

"글쎄. 그런 건 똑똑하다기보다 행동력이 있다고 해야겠지. 마음만 먹었다면 너도 못할 거 없었을걸. 하지만 넌 실마리만 주면 정말로 뭐든 다 알아내거든."

"그만해. 얼굴 간지럽다."

프란디에는 안경을 벗어 저고리에 닦았다. 기분이 약간 이상했다. 친구가 칭찬하는데 기분이 나쁠 이유는 전혀 없었지만 어쩐지 일츠가 한 말이 진심, 지나치게 진심인 것 같았기 때문이었다.

"자, 그럼 이제부터 어떻게 한다?"

"그럴 법한 사람을 골라야지. 그리고 요령 있게 말해야지."

"조교나 연구생들의 성격도 잘 모르는데 아무한테나 찾아가서 다짜고짜 그런 게 있느냐고 해봤자 헛소리나 하는 놈으로 찍힐 게 뻔하지. 좀 나은 방법이 없을까?"

둘은 잠시 생각해봤지만 그럴 법한 사람 몇 명이 떠오르긴 해도 친분이 없다보니 부탁을 들어줄 가능성은 매우 낮아 보였다. 프란디에가 미간을 모으며 중얼거렸다.

"약점이라도 잡히지 않은 한 후배들한테 자기 비밀을 노출하고 싶은 사람은 없겠지. 교수들이 알면 좋아할 리 없잖아? 연구생 자리가 날아갈 수도 있는 문젠데. 아는 사람이 있어야 해. 다른 녀석들하고 얘기해보자. 혹시 적당히 친분 있는 사람이 하나라도 나올지 모르잖아."

일츠가 일어나며 말했다.

"그리고 수업 시간 됐어."

오전 첫 수업이 끝난 후 일츠와 프란디에는 친구들을 불러 모았다. 그리고 그들끼리 한 이야기를 들려주었다. 다들 심각하게 듣긴 했지만 석연치 않은 기색이었다.

"야, 그거 정말 그럴까?"

"아이카론에 들어간 후로 소식이 없다는 걸 생각해 보면 거기서 없어졌을 가능성이야 있지만 다른 세계로 가는 구멍이라니, 좀 황당한 얘기 아냐?"

이스카시안이 말하자 프란디에가 고개를 저었다.

"그렇지 않아. 그런 거, 정말로 있어."

"어디에?"

"네가 봤어?"

"그런 건 아니지만, 책에서 읽었어."

"책에서 뭐랬는데?"

롬디오가 유난히 호기심을 보였다. 하긴 이 녀석은 어려서부터 어디 숨어서 남들을 놀래주기를 좋아하긴 했다. 하지만 그건 숨바꼭질하러 숨는 장소 따위가 아니었다.

"그걸 구멍이라 불러야 할지 문이라 불러야 할지 모르겠지만 어쨌든 그걸 통해 멀리 있는 어딘가로 갈 수 있는데 대륙 반대편에 있는 다른 나라일 수도 있고, 이 세상에 존재하지 않는 어딘지 모를 곳일 수도 있어. 어느 쪽으로 가든 문제가 되는데 우선 전자의 경우는 돌아오기가 힘들지. 그런 문은 한 방향으로만 작동하기 때문에 돌아오려면 기를 쓰고 알아서 걸어오는 수밖에 없거든."

"뭐야?"

이스카시안이 기가 막힌다는 듯 얼굴을 찌푸렸다. 프란디에가 말을 이었다.

"그런 경우도 곤란한 일이지만 후자의 경우가 사실 더 큰 문제야. 전자는 실재하는 곳이다 보니 그곳 사람들을 만나든가 해서 거기가 어딘지 알아낼 방법이라도 있겠지만 후자는 없거든? 자기가 어디로 왔는지도 모르고 헤매게 되는데 그러다가 이 세상에 있을 리가 없는 기이한 물건이나 수상한 생물, 예전에 죽은 사람, 이런 것들을 만나고서야 자기가 이상한 데로 왔다는 걸 알게 된단 말이야. 그런 데로 가는 문이나 구멍은 쌍방향이긴 해도 제멋대로 여기저기에 나타나기 때문에 저도 모르게 들어가는 수도 있는 모양이야. 꽤 많은 마법사들이나 또는 평범한 사람들이 무심코 걷다가, 문을 열었다가, 잠깐 잠이 들었다가 이상한 세계를 보았다는 주장을 했어. 또 대단히 위대한 마법사들은 그런 곳으로 통하는 문을 직접 만들기도 한대. 다만 문은 만들 수 있어도 그게 어디로 통할지는 알기가 어렵다는 것이 정설이야. 마법 교수들이 있는 아이카론 안이라면 그런 문이 한두 개쯤 있어도 이상하지 않지."

마법을 배우지 않는 친구들은 처음 듣는 이야기에 당혹스러운 표정이었다. 앙리오트가 되물었다.

"죽은 사람을 본다고?"

"야, 그건 좀……."

롬디오는 금세 흥미를 잃은 표정이 되어 양손으로 어깨를 감싸고 문질러댔다. 이스카시안은 생각에 잠긴 얼굴이었다.

"그럼 키릴츠가 그런 데 빠져서 돌아오는 방법을 못 찾고 갇혀있을 수도 있다는 거군. 하필 카 교수는 그 시점에 학교를 비웠고 말이야. 보통 그런 데 빠지면 자기가 스스로 돌아오지 못하는 건가? 다른 사람들은 어떻게 했대?"

"그냥 저절로 빠져나온 경우가 제일 많긴 해. 가까운 가족이 그 사람이 없어진 자리에 가서 부르니까 나타났다고도 하고. 영영 못 나온 경우는 실종돼버린 거지."

"그러고 보니 우리 학교에 실종된 학생이 네 명이나 있다면서?"

"우와, 점점 기분 나빠지는데."

앙리오트도 그답지 않게 심각한 표정이었다.

"키릴츠가 없어진 지 이틀이나 됐잖아. 만약 대륙 반대편이 아니라 네가 말한 이상한 세계에 갇혀 있는 거라면 그동안 아무것도 못 먹었을 거 아냐? 그런 세계에도 먹고 마실 게 있을까?"

"그럴지도 모르지만, 음……."

이틀이나 굶어본 적이 결코 없는 이들로서는 이틀쯤 굶으면 사람이 죽는 건 아닐까 하는 생각마저 들었다. 잠시 후 프란디에가 고개를 저었다.

"나쁜 일이 있지는 않았을 거야. 그랬다면 카 교수하고 정신 감응이 끊어져버렸을 거거든. 카 교수 성격에 그런 일이 생겼으면 출장 중이었다 해도 참고 있었을 것 같지는 않아. 당장 학교에 알려서 난리를 쳤겠지. 그러니까 너무 심각한 상상은 하지 말자."

나름 그럴듯한 추측이어서 소년들의 불안감도 좀 나아졌다. 이어 프란디에는 걱정을 떨치려는 것처럼 빠른 말투로 나머지 설명을 했다. 열쇠 이야기까지 하고 나자 이스카시안이 불쑥 말했다.

"그런 거 갖고 있을 사람이 하나 있긴 한데."

"한 명은 아닐 수도 있어. 어쨌든 혹시 잘 아는 사람이야?"

"연구생이니 조교니 하는 사람들이야 마법을 안 배우는 내가 알 일이 없지만 그 선배라면 분명 갖고 있고도 남을걸."

"선배? 연구생이 아니라?"

"응."

"누구?"

"빌리반드 라고트."

다들 잘 아는 이름이었다. 비의 왕 제전 투표 때 맨 위에 적혔던 이름인 것이다. 친구들이 서로 얼굴을 마주보는 가운데 프란디에가 고개를 끄덕였다. 빌리반드는 아직 연구생이 아니었지만 아이카론에 드나드는 프란디에는 그가 어떤 사람인지 꽤 알고 있었다. 아이카론에서 빌리반드만큼 여러 교수들과 친분을 갖고 유연하게 행동하는 사람은 없었다. 연구생이나 조교들도 담당 교수들에게만 집중하는데 반해 빌리반드는 아이카론 자체를 자신의 터전으로 여기는 사람이었다. 아이카론에서 일어나는 일치고 빌리반드의 귀를 거치지 않는 경우는 거의 없었다.

"그런데 너 그 선배하고 친해? 웬만큼 친하지 않고서야 그런 부탁을 들어주지 않을 것 같은데."

이스카시안이 눈썹을 올리고 잠시 생각하더니 말했다.

"이따가 만나서 얘기해 볼게. 너희는 기다려."

플로엔은 오전 수업을 마치고 나오는 길에 마치 누군가를 기다리듯 나무에 기대어 선 클라리몽드를 보았다. 발치에 노란 낙엽이 수북했고, 그녀의 치마는 진한 초콜릿색이었다. 어깨에는 보드라운 빨간 숄을 걸쳤다.

"뭐해?"

플로엔은 반가웠다. 전 같으면 키릴로차를 기다리고 있을 게 뻔하니 그냥 지나치는 것이 상책이었지만 오늘은 그럴 필요가 없었다. 그리고 왠지 클라리몽드도 전보다 상냥한 듯했다. 실은 엷은 미소를 지었을 뿐이었지만.

"낙엽이 내리잖아."

거기까지만 말해도 플로엔의 머릿속에서는 깊어가는 가을의 정취에 젖어 낙엽 비를 맞고 싶어 하는 그녀는 지금 감상적인 상태고 그럴 때 함께 교정을 걷다 보면 건설적인 얘기를 할 최고의 기회가 오지 않을까 하는 생각이 도미노처럼 떠올랐다. 클라리몽드도 그 점을 잘 알고 있었다.

"좀 걸을까?"

자신 있게 말이 나왔다. 방해할 사람이 없으니 이렇게 편했다. 클라리몽드는 어깨를 약간 올렸다 내리기만 했다. 그러더니 탑 뒤쪽으로 천천히 걸어갔다. 플로엔은 그 뒤를 따라갔다.

인적이 드문 곳의 단풍이 더 아름다웠다. 클라리몽드는 걸음을 멈추고 잎을 주웠다. 이곳에는 느티나무가 몇 그루 있었는데 단풍 빛깔은 빨갛기도 하고 노랗기도 했다. 플로엔이 가까이 다가서며 말했다.

"요즘 좀 심심하겠네."

키릴로차가 있을 때는 키릴로차의 존재를 상기시키는 말을 한 번도 먼저 꺼내지 않았지만 지금은 상관없었다. 대부분의 학생들은 키릴로차가 어제 오늘 카 교수와 함께 수련을 하러 나간 줄 알고 있었다. 그런데 클라리몽드의 대답이 뜻밖이었다.

"아니. 편해."

플로엔은 눈을 크게 떴다가 몇 번 깜빡거렸다. 이런 말이 이렇게 쉽게 나올 줄은 몰랐던 까닭이었다.

클라리몽드는 여전히 잎을 줍는 중이었다. 예쁜 잎을 몇 개 골라들고 비교하다가 하나를 떨어뜨렸다. 남은 잎을 햇빛에 비춰보는 것 같더니 플로엔 쪽으로 시선을 돌렸다. 갑작스런 시선을 받은 플로엔은 저도 모르게 몸이 굳어졌다. 이런 시선을 받는 것이 얼마만인지 몰랐다.

예전으로 돌아간 듯했다. 자신에게 가장 상냥하던 시절 말이다. 침이 바짝 말라 자꾸 입술을 빨았다. 온갖 상상을 그려보느라 자기가 어떤 표정을 짓고 있는 줄도 몰랐다. 그때 클라리몽드가 말했다.

"쳐다보기만 할 거야?"

"어…… 뭐?"

플로엔이 한껏 기대를 부풀렸을 무렵 클라리몽드가 대꾸했다.

"너도 와서 주워."

"……"

벌써 실망할 필요는 없었다. 플로엔은 몇 걸음 다가가 자기도 잎을 줍는 척했다. 그러면서 계속 옆의 소녀를 흘끔거렸다. 클라리몽드는 주운 잎 하나를 치마 앞주머니에 넣었다. 플로엔이 하나 내밀자 그것도 받아들여 넣었다.

"이렇게 같이 있는 거 되게 오랜만이다."

"응."

"조용하니까 좋은데."

"응."

"이런 일, 자꾸 있으면 좋겠는데."

"응."

대답이 너무 쉽게 나와서 플로엔은 자기가 혹시 공상에 빠져 제멋대로 대답을 들었다고 착각하는 게 아닌가 하는 생각까지 했다. 물론 아니었다. 플로엔은 점차 대담해졌다.

"지금까지는 왜 못 그랬을까?"

"그야 다른 사람이 있었으니까."

"지금도…… 어…….''

플로엔이 망설이며 말을 고르는 사이 클라리몽드가 말했다.

"헤어진 건 아냐."

"그, 그렇지."

"헤어질 수도 있겠지만."

이번에야말로 플로엔은 눈이 튀어나올 정도로 놀랐다. 며칠 전까지만 해도 클라리몽드의 입에서 저런 말을 듣게 되리라고는 상상도 못했다. 그만큼 다정해보이던 두 사람이었다.

"왜……."

"왜? 우리가 좋아보였니?"

클라리몽드가 허리를 펴더니 근처 나무 밑으로 걸어갔다. 돌아선 채 손을 올려 틀어 올린 머리를 매만지는가 싶더니 핀이 빠지며 머리채가 아래로 떨어졌다. 빨간 숄 위를 덮은 금발은 흡사 후광처럼 빛이 났다. 그런 모습으로 천천히 플로엔을 돌아보았다. 플로엔은 입술이 떨리는 것을 느꼈다. 다시 보아도 그녀는 천사였다.

"나, 나야 잘 모르지만…… 난 항상 너를……."

"응. 그랬구나."

끝까지 말할 필요도 없었다. 클라리몽드는 웃었다. 플로엔이 그 모습을 보며 넋이 나가다시피 했을 때 그녀가 말을 이었다.

"난 좀 답답해. 걔가 좀 많이 천진난만하거든. 그보다는 현실적인 성격이었으면 좋았을걸."

플로엔에게는 복음이나 다름없는 말이었다. 클라리몽드는 앞주머니에서 아까 주웠던 잎을 하나 꺼냈다. 그걸 잠시 들여다보다가 바닥에 버렸다.

"하나 버려도 또 남아 있어."

암시는 충분했다. 플로엔은 벌써 클라리몽드가 자신과 사귀겠다고 하기라도 한 것처럼 가슴이 벅차왔다. 사실상 그런 말은 한마디도 하지 않았지만.

"클라리."

드디어 가까이 간 플로엔이 망설이다가 숄에 떨어진 낙엽을 떼어 주었다. 그러면서 머리카락이 손에 약간 닿았다. 클라리몽드는 그의 손을 내려다봤다. 뒤이어 지은 미소야말로 줄곧 그녀를 뒤쫓던 플로엔조차 아직껏 단 한 번도 보지 못했던, 사람을 녹여버리는 미소였다. 그 순간 판단력이나 조심성 따위는 눈 녹듯 사라져버렸다. 한마디밖에 생각나지 않았다.

"나와 사귀어 줘."

클라리몽드는 눈을 약간 크게 떴다. 그러더니 고개를 저었다.

"곧 돌아올 거 아냐. 그때까진 안 돼."

"아냐. 괜찮아. 상관 안 해도 돼."

고개를 젓는 것을 보자 몸이 바짝 달았다. 이 순간 대답을 듣지 않고는 못 견딜 듯했다.

"그럴 순 없어. 남들이 날 뭐라고 생각하겠어."

"신경 쓰지 마."

"아니. 난 못 그래. 그 애가 돌아와야 얘기를 할 수 있어."

"그럴 필요 없어."

"왜 이렇게 서두르니? 내일쯤이면 올 텐데. 내일이 아니라도 적어도 사나흘 안에는 올 거 아냐. 기다려."

"난 못 기다려."

"고작 며칠을?"

지금 대답을 들어야 했다. 그러지 않고는 손끝도 댈 수 없음을 지금까지의 경험으로 잘 알고 있었다. 오늘만은 그럴 수 없었다. 대답을 듣고, 껴안고, 키스하고 싶었다. 그런데 그녀는 계속 '아니'라고만 했다.

조바심 때문에 머리가 어지러워진 플로엔은 마침내 비밀을 뱉고야 말았다.

"걱정 마. 그 자식은 영영 안 돌아와."

끝이 좋아도 좋지 않은 일

빌리반드는 연못가에 먼저 와서 기다리고 있었다. 이스카시안이 다가가며 우선 사과를 했다.

"갑작스레 번거롭게 해서 죄송합니다."

"아니. 괜찮아. 나도 지난번에 그랬지."

물론 이스카시안도 그때 일이 있었기에 이렇게 만나자고 부탁해도 들어주리라 짐작했었다. 이스카시안이 연못가에 앉자 빌리반드가 먼저 말했다.

"내가 용건을 예상하고 왔다고 하면 얘기가 좀 편할까?"

"네?"

빌리반드는 허리를 굽혀 턱을 괴었다.

"키릴로차의 일 때문이잖아. 그저께 밤에 아이카론에서 무슨 일이 있었는지 알고 싶은 게 아닌가?"

이스카시안은 곧 처음의 놀라움을 접고 물었다.

"누군가가 먼저 와서 물었습니까?"

빌리반드가 고개를 끄덕였다.

"어제 클라리몽드가 왔었어."

그제야 이스카시안도 파르만센 교수를 만나러 갈 때 클라리몽드가 함께 가지 않고 다른 사람을 만나겠다고 했던 것을 떠올렸다. 그러자 기분이 묘해졌다. 그들이 오늘에 이르러 움직이는 데 반해 그녀는 어제 이미 그렇게 했다. 마법 교수의 의견 따위는 굳이 들어볼 필요도 없다고 생각하고 자신의 판단대로 행동한 것이다. 역시 연인의 직감은 남다른 걸까?

"아이카론에서 정말로 무슨 일이 있었습니까?"

"그야 나도 모르지. 나라고 모든 일을 알 수는 없잖아."

"그럼 클라리한테는 뭐라고 하셨는데요?"

"그녀가 무얼 물었는지 묻는 쪽이 순서일 것 같은데."

이스카시안은 잠시 사이를 두고 말했다.

"저와 같은 질문을 하진 않은 모양이군요."

빌리반드가 웃었다.

"어쨌든 다시 묻는 수고는 덜어 줄게. 클라리는 그날 키릴로차가 아이카론에 들어와 카 교수님에게 간 시각, 그리고 플로엔이 아이카론에 들어와 아몬 교수님에게 간 시각을 묻더군. 물론 나간 시각도."

빌리반드는 과연 아이카론에 누가 언제 들어오고 나가는지 정도는 환히 꿰고 있었다. 키릴로차가 들어간 지 얼마 되지 않아 플로엔이 들어갔고, 키릴로차는 카 교수에게 곧장 갔지만 플로엔은 그러지 않았다. 그 뒤의 일은 자세히 모르지만 플로엔이 아이카론을 나간 시각은 늦은 밤, 거의 자정 무렵이었다.

"아몬 교수님은 플로엔을 그리 구속하지 않는 편이라서 사실상 수업 시간 중에도 녀석의 행동은 꽤 자유롭지. 너희가 그 녀석이 키릴로차를 어떻게 했을까 의심하는 거라면 개연성이 없는 건 아니야."

"하지만 카 교수는 그렇지 않을 텐데요? 키릴로차는 수업 시간 내내 화장실에 가는 것조차 눈치 보인다고 하던데요. 그날 오후 내내 키릴로차는 계속 카 교수와 함께 있었어야 하잖습니까?"

학교에 궁중에서처럼 '화장실'이라고 불릴 만큼 우아한 장소는 없었기에 빌리반드는 그 말을 들으며 빙그레 웃었다.

"그 말이야 맞지. 하지만 너희가 모를 사실이 하나 있어. 카 교수님이 어제 아침에 학교 밖으로 나갔다고 들었지?"

"네, 그런데요?"

"사실은 그저께 밤이야. 교수님들도 해마다 외출 일수에 제한이 있어서 그 날짜를 넘기면 안 되거든? 다만 갈 길이 멀거나 하면 이렇게 전날 밤에 출발하게 되는데 그럴 때면 관례적으로 다음날 아침에 나간 걸로 처리를 해. 그날 카 교수님이 나간 시각은 대충 땅거미 질 무렵이었으니 키릴로차가 아이카론에 들어오고 얼마 안 되어서인 셈이지."

이스카시안의 눈이 커졌다. 그럼 그날 키릴로차는 어디서 뭘 하고 있었을까?

"수업 계획에 따라 스승과 제자가 연습장에 가는 경우도 있고, 연구실에서 머무르는 경우도 있지. 그날 두 사제 간 모두 연습장은 쓰지 않았어. 그렇다고 연구실에 계속 있었다는 보장은 없지. 이층에는 도서관도 있고 마법 도구를 두는 보관실도 있으니까. 물론 그 말고도 여러 방이 있지."

"그 여러 방에는 뭐가 있습니까?"

"나도 다 몰라. 들어갈 수 없는 방이 많거든. 교수님들께서 실험용으로 만든 물건이나 다른 세계로 통하는 문이 있는 곳도 있기 때문에 함부로 들어가면 안 돼."

그거야말로 듣고 싶던 이야기였다.

"만약 누가 실수로 그런 방에 들어가면 어떻게 되죠?"

그러자 빌리반드도 무언가 느낀 듯 미간에 힘이 들어갔다.

"잘못 들어갔다가는 갇힐지도 몰라. 아니면 엉뚱한 곳으로 가게 되거나. 아, 만약 키릴로차가 그런 데로 들어갔다면 일이 아주 커지는데."

"왜요?"

"문 너머의 세계는 상태가 일정하지 않기 때문에 어떤 데로 떨어졌을지 전혀 알 수 없어. 운이 없으면 대단히 위험한 곳으로 갔을 수도 있단 말이야."

"위험하다고요? 어떻게요?"

"뭐가 나올지 전혀 모르는 곳이 위험하지 않다고 한다면 그게 더 이상한 말이지. 안 그런가?"

그 말을 듣자 이렇게 지체할 때가 아니라는 생각이 들었다. 이스카시안은 벌떡 일어나려다 말고 빌리반드를 보았다.

"실은 선배한테 부탁이 있어서 왔는데요."

"말해 봐. 너한테는 빚을 하나 졌으니까."

키릴로차가 클라리몽드와 사귀도록 이스카시안이 도와주거나 한 건 아니지만 결과적으로 빌리반드가 원하는 대로 된 것도 사실이었다. 비밀을 지키겠다는 약속도 유지하고 있었다. 그러나 이 문제를 생각할 때마다 이스카시안은 기분이 이상해졌다. 빌리반드는 정말로 만족하고 있을까? 자기가 차지하지 못한 여자가 냉정한 태도를 버리고 다른 녀석에게 상냥하게 대하는 모습을 보는 것만으로?

"그게 키릴로차를 도와주는 일이라도 괜찮습니까?"

"난 네가 만나자고 했을 때부터 그 일일 줄 알고 왔어."

상대가 이런 식이어서야 더 캐묻기도 어려웠다. 이스카시안은 고개를 흔들어버렸다. 어쨌든 빌리반드는 그의 친구도 아니었고, 그가 걱정해야 할 상대는 따로 있었다.

"아이카론에 들어가 흔적을 찾고 싶은데 도움이 필요합니다."

"프란디에에게 부탁하면 잠깐 들어갈 수야 있을 텐데?"

"그 정도가 아니라 오늘 밤에 들어가 조사해보고 싶거든요. 특히 선배가 말한 것 같은 문이 있을지도 모르는 이층을."

"난 그런 걸 허가해줄 권한이 없어. 알 텐데?"

이스카시안은 말없이 빌리반드를 바라보며 기다렸다. 빌리반드가 웃음을 터뜨렸다.

"나한테 뭔가 수단이 있을 거라고 생각하는 거야? 높게 평가해주는 건 고맙지만 난 조교도 아니고 아직 학생일 뿐이야."

이스카시안은 그렇게 말하는 빌리반드의 마음속에 어떤 벽이 있음을 눈치 챘다. 서둘러서 해결될 일이 아니었다.

"선배가 도와줄 힘이 있다고 믿고 왔지만……."

이스카시안은 잠시 사이를 두고 말을 골랐다.

"돕기 싫은 마음은 이해할 수 있습니다. 세상 일이 본래 그런 법이니까요. 저희 동기생 중에서도 요즘 달라진 클라리몽드를 보고 예전에는 안 될 것 같아 시도도 안 해 본 주제에 이제 와서 아쉽다느니, 나도 할 수 있었겠다느니 하는 녀석들이 있거든요."

"지금 그거 나한테도 하는 소린가?"

"그럴 리가요. 선배는 저한테 그런 부탁까지 했던 사람인데요. 하지만 한때 그런 부탁을 했던 선배가 오늘 생각이 달라진 듯한 것만은 아쉽네요."

"그건 무슨 뜻이지?"

"그때 선배에게 그 녀석이 필요했는데 지금은 아닌 모양이니까요. 상황이란 항상 달라지기 마련이지만 일관성 있는 태도에도 장점은 있습니다. 선배도 물론 그러시리라 생각하지만 저라면 그보다는 적극적으로 의견을 피력하지 않을까 싶은데요."

교묘하게 변죽을 울리는 화술은 딱 사교계 방식이어서 익숙하지 않은 사람은 어떤 부분에서 자신을 비난하는지 집어내기가 어려웠다. 그러나 빌리반드는 그걸 알고도 남을 만큼 머리가 좋았다. 이스카시안도 예상하고 한 말이었다.

"날 비난하는 건 알겠는데 내게 적극적으로 뭘 하란 거지? 난 이 일에서 제삼자야."

"글쎄요. 제삼자는 아닌데 남들이 제삼자로 봐주길 바라는 건 아닐까요? 또는 제삼자인데 아니라고 오해를 받고 있을지도 모르지요."

"그래? 내가 제삼자가 아니라면 왜 아닐까?"

"상황에 따라 언제라도 참여할 준비가 된 사람은 제삼자가 아니지요. 그렇지 않습니까? 무대에 오르지 않았더라도 배우는 배우고 관객은 관객이죠. 주연배우가 사정상 내려오더라도 관객이 대신 올라가는 경우는 없거든요."

빌리반드는 언뜻 이스카시안을 쏘아보는 듯했으나 곧 표정을 풀었다. 아니, 평온을 가장했다.

"내가 주연배우의 자리를 노리는 후보배우로 보인다 그건가?"

"그야 저로선 모를 일입니다. 하지만 문제의 두 사람 중 하나가 사라져버렸는데 선배가 처음 바란대로 되어간다고 보긴 어렵지 않을까 싶습니다. 선배가 정말로 제삼자라면 그걸 증명할 방법은 얼마든지 있습니다."

빌리반드는 낙엽이 뜬 연못을 바라보았다. 여전히 화를 내지도, 귀찮게 굴지 말고 꺼지라고 하지도 않았다. 잠시 후 그는 소리 내어 웃었다. 이스카시안은 약간 당황했다.

"그 방법이 바로 너희를 도와주는 거고? 이것 봐 이스카시안, 넌 내가 어떻게 도와줄 줄 알고 그렇게 밀어붙이는 거야? 이유나 들어보자."

"열쇠죠."

"열쇠?"

이스카시안이 빙그레 웃었다.

"밤낮 언제라도 아이카론에 들어가 원하는 방을 열어볼 수 있는 열쇠요. 분명히 선배 주머니에 한 뭉치 들어 있을 것 같은데요."

잠시 침묵이 흘렀다. 이윽고 빌리반드가 일어나며 말했다.

"로존디아의 궁중 화술이란 아주 몹쓸 것이로군 그래."

그날 밤, 몇 명의 소년이 아이카론 앞 교정에서 어슬렁거리며 뭔가를 기다렸다. 자정 무렵 마지막 연구생이 나와 기숙사로 돌아가자 그들은 서로 눈짓을 나눴다. 잠시 후 아이카론의 문이 닫혔다. 이 시각부터 정문은 안쪽에서 잠기고 창은 마법으로 보호되었다. 누군가가 밖에서 문을 열려고 하면 즉시 경보가 울렸다. 원칙적으로는 모든 학생과 연구생, 조교는 이 시각 이전에 아이카론을 떠나야 하지만 예외도 있었다.

"괜히 붙들고 밤샘 실험 시키는 교수들이 꼭 있지."

"실은 학생한테 뭘 가르치려 한다기보다 자기 실험에 조수가 필요해서 그러는 것일걸."

"어쨌든 공공연한 비밀이라니까."

똑같이 마법을 배우는 학생이어도 프란디에는 파르만센 교수가 붙들지 않는 한 아이카론을 나와야 했지만 빌리반드는 달랐다. 모든 교수가 믿고 조수로 쓰고 싶어 하는 학생인 까닭에 이쪽에 볼일이 없으면 저쪽에 만들고, 이쪽도 저쪽도 없어도 다른 쪽에 있다고 핑계를 대면 그만이었다. 문이 차단된 후에 빌리반드가 어슬렁거린다고 해서 굳이 옆방 문을 두드려 가며 '오늘 빌리반드를 조수로 쓰기로 했나?' 하고 묻고 다닐 만큼 한가하거나 꼼꼼한 교수는 없었다. 또한 빌리반드는 성실하기로 이름나서 아직까지 한 번도 그런 거짓말로 문제를 일으킨 적이 없었다.

"하지만 그 사이에 분명 거짓말도 있었을 텐데."

"안 걸리는 거야말로 진짜 실력이다."

"이번 얘기 듣고 나니까 그 선배, 존경하고 싶어졌어."

밤공기가 슬슬 싸늘했다. 잡담을 주거니 받거니 하며 몸을 움츠리고 기다리는 소년들은 일츠, 프란디에, 앙리오트였다. 조용히 숨어들어야 하는 입장에서 모두 몰려가기는 뭣했으므로 아이카론 내부를 안내할 프란디에, 혹시라도 위험해질 때를 대비한 앙리오트, 그리고 혹시라도 키릴로차를 문 너머의 세계에서 불러내어야 한다면 가족이나 다름없는 일츠가 낫겠다 하여 결정된 구성이었다.

낮에 플로엔을 심문할 때는 모두 함께였다. 플로엔은 어쩌다 그랬는지 몰라도 클라리몽드에게 자기가 한 짓을 실토해버린 후에서 뻔뻔스럽게 발뺌할 여지도 없었다. 플로엔은 그날 카 교수가 나간 뒤 교수의 필적을 교묘하게 베껴 쪽지를 써서는 잠시 자리를 비운 관리 조교의 책상 위에 슬쩍 얹어 놓았다. 조교는 카 교수가 나갈 때 두고 간 모양이라고 여기고 그 쪽지를 연구실에서 자습 중인 키릴로차에게 전해 주었다. 쪽지의 내용은 이층 끝의 금지된 방 안쪽에 있는 서고에서 어떤 책을 가져와 읽어놓으라는 것이었다. 쪽지가 든 봉투 속에는 열쇠도 함께 있었다.

키릴로차는 물론 허락 없이 그런 방에 들어가면 안 된다는 사실을 알고 있었겠지만 카 교수가 전부터 괴이한 명령을 잘 내렸으니만큼 무시하기도 난감했을 것이다. 열쇠까지 있는 바에야 교수가 내린 명령이 틀림없으려니 싶었고, 만약 아니라면 열쇠가 문에 맞지 않을 테니 일단 가서 열쇠까지 꽂아보는 것은 문제되지 않으리라 생각했을 가능성이 컸다.

키릴로차는 가서 그 문에 열쇠를 꽂았고, 아마도 안으로 들어갔다. 그 후에 어떤 일이 일어났는지는 플로엔도 몰랐다. 문제의 열쇠는 자기 연구실을 플로엔에게 공부방처럼 사용하게 해 주는 관대한 아몬 교수의 것이었다. 플로엔은 물론 열쇠를 되찾지 못했지만 아몬 교수도 아직까지는 분실된 열쇠를 눈치 채지 못한 상태였다.

이처럼 플로엔의 자백을 받은 뒤였으니 교수들에게 이야기하고 도움을 청해도 됐겠지만, 이유야 어찌됐든 금지된 문을 열었다는 것만으로도 퇴학 처분을 받을 만한 중죄가 성립한다는 점이 문제였다. 교수들의 방침을 잘 아는 빌리반드에게 의견을 물어보니 그런 문제는 담당 교수가 결정하게 되는데 카 교수라면 퇴학시키고도 남는다고 단언했다. 결국 범죄 사실도 밝혀지고 범죄자도 잡았는데 그쪽을 퇴학시키기는커녕 모든 일을 비밀에 붙여야 한다는 어이없는 상황이었다.

"그나저나 키릴츠가 정말로 수상한 세계에 갇혀서 쉽게 나올 수 없다면 결국 교수들한테 도움을 청할 수밖에 없을 텐데."

"지금은 일이 잘 되기만 바랄 수밖에 없지 뭐."

그때 빌리반드가 안쪽에서 불빛으로 신호를 보냈다. 모자로 램프를 가렸다가 열기를 세 번 반복하는 것이었다. 소년들은 아이카론의 정문으로 갔고, 잠시 후 안쪽에서 문이 열렸다. 문 뒤에 선 빌리반드가 손짓하자 세 소년은 신발을 벗어 들고 안으로 들어갔다.

"그럼, 수고해."

빌리반드의 도움은 여기까지였다. 소년들은 간단한 눈인사만 남기고 프란디에가 이끄는 대로 위층 계단을 찾아 올라갔다. 그중 플로엔이 말한 방을 찾는 것은 어렵지 않았다. 셋은 그 앞에 서서 잠시 고민했다.

"문을 열면 우리도 이상한 곳으로 빨려 들어가는 게 아닐까?"

"문을 열고 들어가야 성립하는 거 아니었어?"

"우선 문밖에서 불러보자."

셋은 번갈아가며 낮게 키릴로차의 이름을 불렀지만 문이 열리거나 친구가 튀어나오는 일은 일어나지 않았다. 준비해 온 유일한 방법이 통하지 않으니 이제부터가 큰일이었다.

"어쨌든 문은 열어보자."

그들은 빌리반드가 건네준 복제 열쇠를 갖고 있었다. 빌리반드도 열쇠만 있었지 아직 이 문을 열어본 적은 없다고 했다. 그러나 그의 의견으로는 문을 여는 것만으로 다른 세계로 들어갈 것 같지는 않고, 무심코 발을 떼어놓지만 않도록 주의하라고 했다. 다시 말해 문을 열고나면 꼼짝도 하지 말아야 했다.

프란디에와 앙리오트는 한 걸음씩 물러서고 일츠가 문이 열릴 공간을 감안해서 비켜선 채 열쇠를 꽂고 돌렸다. 셋 다 긴장해서 침이 넘어가는 소리까지 들렸다.

삐걱, 문이 열렸다.

안은 허름한 서고처럼 보였다. 야트막한 책꽂이 몇 개에 낡은 책들이 꽂혀 있었지만 오랫동안 손대지 않았는지 틈새마다 먼지가 그득했다. 마루도 마찬가지로 먼지투성이였는데 자세히 보니 누군가가 밟고 들어간 흔적이 있었다.

"저거 보여?"

앙리오트의 말에 다들 고개를 끄덕였다. 다들 한 걸음만이라도 들어가 방안을 둘러보고 싶었지만 꾹 참았다. 일츠가 나직이 불렀다.

"키릴츠, 거기 있어?"

키릴로차는 흠칫 놀라 뒤를 돌아봤다. 누군가가 자기 이름을 부른 듯했다. 그러나 사람이 나타난 기척은 없었다. 그는 자리에서 일어났다. 곁에 쌓여 있던 수십 권의 책이 무릎에 밀려 넘어졌다. 요란한 소리가 가라앉을 무렵 다시 누군가가 불렀다.

'키릴츠.'

마치 몇 층 아래 창밖에서 부르는 것처럼 먼 소리였다. 아니면 벽 두어 개는 가로막힌 듯했다. 키릴로차는 책장 사이에서 나와 걷기 시작했다. 소리가 들린 쪽으로 가보려 했다.

"뭐 달라진 거 없지?"
"보기에는 없는데……."
프란디에가 고개를 갸웃거리더니 말했다.
"희미하긴 하지만 무슨 소리가 들렸어. 뭔가 무너지는 것 같은…… 꼭 쌓아 놓은 책이 쓰러지는 소리 같았는데."
앙리오트가 픽 웃었다.
"왜 하필 책이냐? 저 앞이 서고라고 그 속의 세계까지 도서관이라는 보장은 없잖아."
"아냐. 거의 틀림없어. 내가 우리 집 서재에서 그런 소리를 한두 번 들어본 게 아냐."
"그게 맞다 치면, 그 소리는 뭐였을까? 설마 안에서 키릴츠가 책으로 볼링 하는 소리?"
심각한 상황이라 웃지도 못하고, 프란디에가 팔꿈치를 짚고 턱을 괴며 말했다.

"그럴싸한데."

한동안 걷던 키릴로차는 문득 여기 들어온 지 얼마나 됐을까 궁금해졌다. 거의 사흘 만에 떠오른 생각이었다. 시간의 흐름을 느낄 방법이 전혀 없다고 생각했지만 잘 생각해보니 기준이 하나 있긴 했다. 바로 자신이 읽은 책의 권수였다.

그는 조금 전에 자기 곁에 쌓여 있던 책 더미를 떠올리고서야 사태의 심각성을 깨달았다. 평소대로 잠을 자고, 식사를 하고, 휴식을 취해가며 읽었다면 열흘은 족히 걸렸을 양의 책을 이미 읽어치웠던 것이다. 그럼 자신은 이 안에 최소한 며칠은 있었다는 뜻이 아닌가?

그 동안 사람들이 찾았을 텐데? 카 교수는? 클라리몽드는? 친구들은? 다들 자신이 어디에 있다고 여겼을까? 더구나 그 며칠 동안 자지도 않고 먹지도 않았는데 어째서 이렇게 멀쩡할까?

잠깐, 어쩌다 이곳으로 들어오게 됐더라?

그때 다시 목소리가 불렀다.

'키릴츠, 돌아와.'

키릴로차는 대답하려 했다. 그런데 왠지 모르게, 아무 이유가 없는데도 망설여졌다. 한 번만 더 불렀으면 대답했을지도 모르는데 더 이상 부름은 들려오지 않았다.

왜 대답하지 못했을까? 이곳이 너무 조용해서? 도서관이라서? 아니면 왠지 꿈에서 깨어날 것 같아서? 깨어나면 안 될 이유는 무엇일까? 무슨 아쉬움이 남았기에?

키릴로차는 문득 옆구리에 낀 책을 내려다보았다. '오노르 다 휘프타'. 그러고 보면 이미 며칠이 흘렀다. 그렇다면 지금은 문자 아룬드가 아니겠는가?

그는 책을 펼쳤다. 안은 글자로 꽉 차 있었다.

세 소년은 그때 당황해서 얼어붙은 상태였다. 누군가가 계단을 밟고 올라오는 소리가 들렸기 때문이었.

그들이 선 곳과 계단은 상당한 거리가 있어 서둘러 적당한 곳에 숨으려면 그러지 못할 것도 없었지만, 그들의 머릿속에서는 똑같이 빌리반드의 경고가 떠올랐다. 한 발짝이라도 떼어놓았다가는 엉뚱한 세계에 빨려들어 갈지도 몰랐다. 도로 문을 닫으려 해도 선 위치가 애매했다. 문짝은 시야를 확보하려고 활짝 열어 옆 벽에 붙여 놓은 상태였다. 가장 가까운 프란디에가 손을 뻗어보았지만 난감하게도 닿지 않았다. 발을 뗄 수 없으니 취할 수 있는 자세에도 한계가 있었다. 그러다가 넘어지기라도 하면 더 큰일이었다. 마법을 쓰면 좋겠지만 파르만센 교수까지 뛰어올라오게 하고 싶지 않다면 자제하는 쪽이 현명했다.

발소리가 다가올수록 마음만 급해졌다. 친구들의 표정을 살펴본 일츠가 말했다.

"포기해."

"넌 그런 소리가 잘도……."

계단에서 그림자가 솟아오르더니 천천히 가까워졌다. 어두워서 잘 보이지 않았지만 키가 큰 남자였다. 이쪽을 발견했는지 걸음이 빨라졌다. 마침내 대여섯 걸음 앞까지 왔을 때 먼저 상대를 알아본 앙리오트가 깜짝 놀라 저도 모르게 한 발짝 뒷걸음질 쳤다.

"어!"

앙리오트의 모습이 지워지는 것을 모두가 보았다. 나머지 둘도 하마터면 움직일 뻔했다. 겨우 떨어지려는 발에 힘을 주고 섰는데 그림자가 우뚝 멈추어 섰다. 이제 나머지 둘의 눈에도 잘 보였다. 당황해서 숨이 멎을 지경이었다.

카 교수였다.

앙리오트는 깜짝 놀라 눈앞의 책장들을 보았다. 조금 전까지 문 밖에서 들여다보던 허름하고 낮은 책장들이 아니었다. 꽂힌 책도 마찬가지였다. 더구나 끝이 안 보이게 넓은 방이었다. 그는 즉시 이곳이 수상한 장소임을 알아차렸다. 뒤이어 그가 취한 행동은 역시 이것저것 복잡한 생각을 하지 않는 그다웠다.

"어이! 키릴츠! 여기 있냐?"

그러자 정말로 어느 책장 사이에서 키릴로차가 나타났다. 어리둥절한 얼굴을 하고, 손에는 책 한 권을 쥐고 있었다.

"야, 너 여기 어떻게……."

즉시 달려간 앙리오트는 한바탕 포옹부터 하고는 친구의 어깨를 두드려대며 물었다.

"너 괜찮아? 다친 데는? 뭐라도 먹었어?"

그 즈음 키릴로차도 진짜 배고픔이 아니라 심리적 허기를 느끼던 참이었다.

"어, 혹시 먹을 거 있어?"

이렇게 들어오게 될 줄 몰랐던 앙리오트는 주머니를 뒤져봤지만 당연한 것처럼 아무것도 나오지 않았다. 키릴로차는 곧 웃음을 터뜨렸다.

"하하하……."

"뭐가 우스워?"

"아니, 뭐 우스운 건 없는데, 그냥 이런 데서 만나자마자 주머니에서 빵조각 찾는 너나 나나……."

갑자기 앙리오트가 키릴로차의 뒤통수를 한 대 때렸다.

"이 자식이, 우리가 얼마나 걱정했는데 이렇게 멀쩡한데다 실실 웃기나 하고. 여기서 사흘이나 혼자 뭘 했어?"

"책 읽었어."

앙리오트가 주위를 다시 휘둘러보고는 대꾸했다.

"하긴 그거 말고 할 것도 없겠네. 재밌었냐?"

"응, 여기 재미있는 책 아주 많아."

"너니까 재밌지. 갇힌 사람이 나였다고 생각하면 아주 숨이 꽉 막힐 것 같네."

거기까지 말한 앙리오트는 자기도 사실상 갇혔음을 깨닫고 당황해서 눈을 깜빡거렸다.

"우와, 그럼 나도 이제 못 나가나?"

"그러고 보니 앙리 넌 어떻게 들어온 거야?"

"나? 그냥 문 열고 한 발짝……."

키릴로차도 기억을 더듬어 보니 상황이 똑같았다. 다만 차이가 있다면 키릴로차는 자기한테 일어난 일을 얼른 깨닫지 못했고, 심지어 여기 오게 된 과정을 어렴풋이 잊고 있었다. 그러나 앙리오트를 만나자 현실감이 되살아났다. 키릴로차가 말했다.

"맞아. 아까 너희가 나 불렀지?"

"들렸냐?"

"응. 돌아오라고 그랬지?"

"밖에 일츠하고 프란까지 와서 계속 너 불렀어. 그럼 소리는 전달된다는 거야? 혹시 그럼 이쪽에서 불러도 바깥까지 들리나? 너 혹시 대꾸했었냐?"

키릴로차는 고개를 저었다. 이쪽의 소리가 밖에 닿는지는 알 수 없게 됐지만 일단 시험해봐서 나쁠 건 없었다. 그때 앙리오트가 갑자기 한 가지를 생각해 냈다.

"혹시 아까 너 여기서 책으로 볼링 했냐?"

"볼링?"

그때 키릴로차와 앙리오트가 불렀다 해도 두 사람은 대답할 수 없는 상태였다. 카 교수는 몇 걸음 떨어진 자리에서 마법으로 문을 닫아버렸다. 학생은 허락 없이 마법을 쓰면 즉시 담당 교수에게 걸리지만 교수는 상황이 달랐다.

"여기서 뭘 하고 있었지? 그 문을 열면 안 된다는 걸 모르나?"

먼저 프란디에를 보고 그렇게 묻더니 일츠를 보았다. 카 교수의 미간이 기묘하게 일그러졌다.

"넌 마법을 배우지도 않는데 왜 여기 있나?"

제대로 설명하지 못하면 그들 둘은 물론 안에 갇힌 친구들까지 모조리 어찌될지 모를 상황이었다. 프란디에는 이제 퇴학을 면하려면 아르나브르에 있는 아버지에게 도움을 청하는 수밖에 없겠다고 마음속으로 중얼거렸다. 공사다망하신 카리르밀 후작께서 아들의 한심한 부탁을 받으면 무슨 반응을 보일지 상상이 안 갔지만 어쩔 도리가 없었다.

그때 일츠가 말했다.

"교수님. 긴히 의논드리고 싶은 일이 있습니다. 지금 잠시 따로 뵈어도 될까요?"

프란디에가 기억하는 카 교수라면 학생의 이런 소리 따위야 일언지하에 일축해버릴게 틀림없었다. 지금은 임기응변으로 무마될 상황도 아니었다. 일츠가 무슨 생각으로 저런 소리를 하는지 이해가 가지 않았다. 그렇다고 덮어놓고 말릴 수도 없었다.

일츠는 머뭇거림 없이 카 교수를 올려다보았다. 둘의 눈이 마주쳤다.

잠시 후 뜻밖에도 반문이 들렸다.

"의논이라고?"

"예. 중대한 일입니다."

"좋다. 날 따라와라."

이해할 수 없는 일이 벌어졌다. 카 교수가 앞장서 걸어가자 뒤따라가던 일츠는 프란디에를 돌아보며 거기서 기다리라고 눈짓했다. 둘이 멀어져가는 동안 프란디에는 붙잡지도 못하고, 그렇다고 속셈을 물을 수도 없고, 안절부절 못하며 안경테만 만지작거렸다. 그러다가 아차, 하고 문에 꽂힌 열쇠를 뽑아 주머니에 넣었다.

카 교수는 자기 연구실로 일츠를 들어오게 하고 문을 닫았다. 앉자마자 무시무시한 눈으로 노려보았다. 일츠는 맞은편의 의자를 당겨 앉으며 평온하게 교수를 바라보았다. 모든 사람이 겁내는 눈빛을 받으면서도 움츠러드는 기색이 없었다.

카 교수는 마법을 배우지 않는 일츠를 자주 볼 기회가 없었지만 평소 다른 학생들처럼 먼저 눈을 내리깔고 지나가던 모습을 기억했다. 그러나 이 순간만큼은 이례적이었다. 그는 대등한 협상 상대처럼 교수를 바라보았다. 이런 모습을 지금까지 숨겨오기라도 한 듯했다.

"말해 봐라."

"교수님께서는 이 학교에서 가장 훌륭한 마법사이시지요?"

카 교수의 눈이 약간 작아졌다.

"시답지 않은 소리를 듣자고 데려온 게 아니다."

"헛소리가 아닙니다. 대답을 들어야 하는 질문입니다. 저는 마법을 배우지 않기 때문에 교수님의 힘을 알아볼 능력이 없으니까요. 교수님께서 가장 훌륭한 마법사여야만 제가 하려는 이야기가 성립합니다. 그렇지 않다면 저는 이런 중대한 제안을 감히 발설할 수가 없습니다."

이 상황에서도 카 교수는 화를 내지 않았다. 다른 학생들이 알고 있는 모습과는 달랐다. 그가 대꾸했다.

"네가 드나들던 궁전에도 나보다 나은 자는 없으리라."

"그럼 좋습니다. 저는 우선 저 문 너머에 갇힌 제 친구들을 교수님께서 구해주시길 바랍니다. 물론 그 정도는 교수님께 물 한 잔 마시듯 쉬운 일이겠지요. 그러나 저는 그 일을 증표로 삼고자 합니다."

"무엇의 증표란 말이냐?"

"먼저 하나만 여쭙겠습니다. 그래도 되겠습니까?"

카 교수는 눈앞의 학생이 보이는 대담한 태도가 재미있는 모양이었다.

"물어라."

"교수님께서는 왜 교칙을 어긴 학생에 불과한 저와 이 순간 대화하는 쪽을 택하셨습니까? 제가 무슨 소리를 하든, 예전처럼 징계실로 보내셨어도 되었을 텐데요."

카 교수는 뜻밖으로 피식 웃었다. 일츠는 조용히 기다렸다.

"네놈이 예전에 한 흥미로운 행동 때문이지."

"흥미로운 행동이라니요?"

일츠의 눈에도 궁금함이 떠올랐다.

"그 문짝의 낙서, 네가 쓴 것이지. 그렇지 않나?"

이번에는 일츠도 움찔 놀랐다. 잠깐 침묵이 흐르고, 침착함을 되찾은 그가 말했다.

"알아내신 건 놀랍지 않지만, 그런 시시한 일에 관심을 갖고 계셨다는 점만은 확실히 놀랍군요."

"그런 말재간은 내게 안 통하니 집어치워라. 그 일로 학내의 여론이 대단히 너희에게 유리해졌지. 실버실드 교수 같은 사람이 참지 못하고 뛰어들었을 정도로 타국 출신들의 호응도 얻었고. 지나치게 상황이 반전된 것이 미심쩍더군. 더구나 누가 그런 짓을 했는지 목격자도 없었고. 그래서 그 문짝에 마법 기운이 남았는지 감지해 보았지. 실버실드 교수는 학생 가운데 담당 교수한테 들키지 않고 마법을 쓸 수 있는 놈은 없다고 생각해서 그런 조사를 하지 않은 모양이지만, 정신 감응에서 자유로운 놈도 아주 약간 있으니까 말이야."

마법은 배우고 왔지만 담당 교수를 배정받지 못한 일츠의 존재를 눈치 챈 카 교수의 판단은 예리했다. 일츠가 빙그레 웃었다.

"교수님의 판단력은 놀랍군요."

"놀라운 건 네놈이다. 네가 그런 낙서를 한 상대가 네놈의 친한 친구라는 점을 생각한다면."

"친구라기보다는 형제 같은 존재입니다만."

"그러니까 더 신기하다는 것이다."

"그게 제가 형제를 지키는 방식입니다."

"효율적으로 지키긴 했군. 그 자에게는 네가 한 짓을 말해 줬나?"

"말해봤자 마음에 상처만 입을 텐데 그럴 필요가 없죠."

둘의 눈이 다시 마주쳤다. 잠시 후 카 교수가 말했다.

"네놈의 통찰은 상당히 쓸 만하다."

키릴로차조차 한 번도 들어보지 못한, 카 교수의 칭찬이었다. 일츠는 고개를 숙여 답례를 했다.

"높게 평가해주셔서 고맙습니다. 그리고 저 역시 이제 저의 제안을 말씀드려도 되리라는 판단이 섭니다."

일츠가 일어나더니 주머니에서 봉투를 하나 꺼내어 카 교수 앞의 테이블에 놓았다. 봉투에는 붉은 봉랍 위에 브릴모 가문의 인장이 찍혀 있었다.

"아스테리온 종단의 대사제이자 로존디아의 존귀하고 지엄하신 시이를 8세 국왕 폐하의 외교 고문이신 저의 아버지, 아디아스 브릴모가 드리는 성의의 표시입니다. 오늘 보여주실 증표와 이 성의를 주고받아 교수님과 브릴모 가문 간에 동맹 관계를 맺고자 합니다."

침묵이 길었다. 이윽고 카 교수의 입에서 뜻밖의 질문이 나왔다.

"로존디아 왕실과 손이 닿는다 그 말이냐?"

그날 새벽녘에 키릴로차와 앙리오트는 본래의 세계로 돌아왔다. 갑작스러운 힘이 끌어당기는 바람에 둘은 상황 판단을 할 겨를도 없었다. 나오고 보니 문 밖이었고, 프란디에와 일츠가 기다리고 있었다.

"돌아왔구나."

일츠는 키릴로차에게 다가가 어깨를 두드려 주고 한 차례 껴안았다. 키릴로차는 얼떨떨하게 포옹을 받고 나서 문득 자신의 옆구리를 보았다. 조금 전까지 끼고 있던 책, '오노르 다 휘프타'는 감쪽같이 사라져 버렸다.

"어떻게 된 거야? 시간이 다 돼서 나왔나?"

신기해하는 앙리오트에게 프란디에가 말했다.

"카 교수가 구해준 거래."

그러자 키릴로차가 깜짝 놀랐다.

"교수님께서?"

일츠가 고개를 끄덕였다.

"우리가 널 구해내려고 여기 몰래 들어와 있다가 카 교수님한테 들켰어. 그래서 내가 교수님 방으로 쫓아가서 이런저런 헛소리를 늘어놨더니 다행스럽게도 일단 너희는 구해주겠다고 하더라고. 징계는 못 피하겠지만."

앙리오트가 의아한 표정을 지었다.

"징계라고? 여기 잘못 들어가면 퇴학이라며?"

"내가 플로엔 얘기를 슬쩍 해 놨거든. 보아하니 카 교수님은 그동안 아몬 교수님의 총애를 믿고 설쳐대는 그 자식이 상당히 보기 싫었나 보더라. 잘하면 우리가 아니라 그 자식이 퇴학될 것 같아. 심지어 그 자식은 자기 스승인 아몬 교수님의 열쇠까지 훔쳤으니까 달아날 구멍이 없을걸."

그거야말로 듣던 중 반가운 소리였다. 다들 신이 나서 서로의 등을 두드려대는 가운데 키릴로차가 물었다.

"플로엔이 퇴학이라니?"

앙리오트가 말했다.

"그 자식이 널 거기 처넣어 사흘이나 가둔 거야. 네가 없으면 클라리가 자길 봐줄 줄 알았나보지. 하지만 클라리가 어떻게 했는지 알아? 오히려 그 자식을 구슬려서……."

"자, 자, 자세한 얘기는 내일 하자. 어쨌든 이렇게 돌아왔잖아. 키릴츠가 얼마나 피곤하겠어."

이상한 일이지만 프란디에가 그렇게 말하자 정말 피로가 몰려오는 듯했다. 하긴 따져보면 사흘 밤을 꼬박 새운 셈이었다. 눈이 감기는 가운데서도 키릴로차는 클라리몽드를 생각했다. 사흘이나 만나지 않다니, 갑자기 보고 싶어 견딜 수가 없었다.

아이카론을 나와 기숙사로 가면서 다들 내일 수업은 생략하고 실컷 자야겠다고 떠드는 가운데 프란디에만은 생각에 잠겨 있었다. 과연 카 교수가 그 정도 말로 설득이 되었단 말인가?

기숙사 앞에 이르렀을 무렵 입구 앞에 사람 그림자가 어른거렸다. 관리인일지도 몰라 다들 걸음을 늦췄다. 잠시 후 키릴로차는 깜짝 놀라 그 자리에 멈춰 섰다. 클라리몽드였다. 기숙사 앞의 계단참에 혼자 앉아 있었다.

"저기 클라리 아니야?"

다른 친구들도 발견하고 걸음을 멈췄다. 키릴로차는 하늘을 올려다보았다. 밤이 깊다 못해 곧 날이 밝을 무렵이었다. 밤새 여기서 기다렸을까?

클라리몽드도 그들을 보았다. 천천히 일어나 다가왔다. 점점 가까워졌다. 세 걸음 앞에 멈춰 섰다. 두 달 전인가, 샌들 끈이 끊어졌다고 말하던 그때처럼 튤립 같은 치마가 바람에 흔들렸다.

친구들이 서로 눈짓을 나눴다.

"우린 먼저 갈게."

"좀 있다가 와라."

일츠는 문을 열고 친구들을 들여보낸 다음 키릴로차에게 열쇠를 건네주었다. 키릴로차는 이런 열쇠가 왜 일츠의 손에 있는지 몰라 눈을 둥그렇게 떴을 뿐이었다.

"그럼, 먼저 간다."

모두 들어가고 나자 마주선 두 사람만이 남았다. 클라리몽드가 입을 열었다.

"몸, 괜찮아?"

"응……."

오지 않는 자신을 걱정하며 밤새 기다렸으리라고 생각하자 가슴이 두근거리며 숨이 막혀왔다. 말없이 눈만 크게 뜬 키릴로차의 뺨에 클라리몽드가 손을 갖다 댔다. 얼굴 근육이 약하게 경련했다. 호흡이 불규칙해졌다. 클라리몽드도 그걸 느낀 듯했다.

"힘들었지? 그만 들어가 쉬어야지."

무슨 일이 있었는지도, 어떻게 돌아왔는지도 묻지 않았다. 다만 걱정할 뿐이었다. 불안하게 움직이는 눈썹과, 밤을 새워 창백해진 얼굴과, 다정하게 말하는 입술을 바라보았다. 속눈썹이 날개처럼 느리게 움직이고…….

손을 뻗어 속눈썹을 만졌다. 클라리몽드가 눈을 감았다. 감긴 눈을 쓸어내리다가 양 뺨을 감쌌다. 손끝이 입술을 스쳤다. 따뜻하고 부드러웠다. 입술이 움직였다. 그녀가 무어라 말하려 했다.

그럴 수 없었다. 키릴로차의 입술이 그녀의 입술을 덮어버렸다.

둘뿐이었다. 잠든 탑조차 지켜보지 않았다. 서로의 입술에 빠져들어 밤공기도, 인기척도 느끼지 못했다. 맞닿은 몸에서 전해오는 맥박과 온기, 그 느낌이 소중한 나머지 바깥세계는 보이지도, 존재하지도 않았다.

별빛에 젖은 풀들이 속삭임을 멈추고 누웠다. 사각거리던 바람도 한자리에 웅크렸다. 불안하게 날던 별들이 제 자리로 돌아가 잠들기 시작했다.

며칠 뒤에 교수 회의가 열리고 결국 플로엔은 퇴학 처분을 받았다. 카 교수가 소년들의 편을 들어준 이상 벌을 받을 사람은 그 한 명뿐이었다.

들리는 소문에는 실버실드 교수의 강경한 태도도 한몫 했다고 했다.

플로엔이 기숙사에서 짐을 빼는 날 여섯 소년들은 적당한 탑 옥상으로 올라갔다. 만나봤자 싸움만 일어날 터라 이런 날은 피하는 것이 상책이었다.

그 자리에 클라리몽드도 와 있었다. 스즈렌 녀석들의 배웅을 받으며 떠나는 플로엔을 내려다보던 이스카시안이 문득 클라리몽드를 돌아보았다.

"그런데 플로엔이 어째서 네게 그런 걸 실토했을까? 결국 그 말 때문에 저렇게 쫓겨나면서."

"그건."

클라리몽드는 손을 뻗어 곁에 선 키릴로차의 손을 만지작거렸다. 평소 자주 하던 일이었지만 친구들 앞인지라 키릴로차의 얼굴이 약간 붉어졌다.

"아마 자기가 세상에서 가장 잘났다고 생각했기 때문일 거야."

"아아."

이스카시안은 그 말만으로 알아들었지만 다른 녀석들은 그렇지 않았다. 앙리오트가 물었다.

"그게 뭐? 그렇다고 자기가 은밀히 저지른 일을 자랑스럽게 떠벌려? 그것도 너한테? 아무래도 바보 자식 같은데."

클라리몽드는 더 설명하는 대신 미소만 지었다. 앙리오트는 다시 아래를 내려다보다가 혀를 쯧쯧 차며 고개를 저었다. 플로엔은 정문을 나서기 직전, 돌아서서 교정을 한참 동안 쏘아보았다. 키릴로차는 플로엔이 자신을 찾는다는 느낌을 받았다. 단지 느낌이었을까?

이튿날, 키릴로차는 카 교수에게 불려가 그 문 안에서 뭘 보았느냐는 질문을 받았다. 그는 처음에는 솔직하게 책이었다고 했다가 곧 전부 말할 필요는 없음을 깨달았다.

"책이라고? 무슨 책을 봤나?"

"그게…… 제가 읽을 수 없는 언어로 쓰여 있어서 모르겠더라고요. 제목 몇 개밖에 못 읽었습니다."

평소 보여 온 인상 덕택에 카 교수도 키릴로차의 말을 그대로 믿었다. 키릴로차는 연구실에서 나오면서 혼자 미소를 지었다. 키릴로차는 돌아온 직후 아이카론의 도서관을 샅샅이 뒤져 거기가 어떤 곳인지 이미 알아냈다. 그가 들어간 곳은 역사상 몇 명만이 들어갔다고 알려진, 일종의 신비로운 서고였다. 그곳에는 수천 년의 역사에 걸쳐 전 세계에서 사라진 책들이 모여 있다고들 했다. 누가 그런 것을 모아 놓는지, 어째서 한 곳에 모여 있는지는 아무도 몰랐다. 그러나 그런 곳이 있고, 거기에 엄청난 지혜가 모여 있다는 것만은 많은 마법사들이 알았다.

수많은 마법사들이 간절히 가고 싶어 하며 자기들이 만든 문을 들락거리지만 일생 한 번도 가기 어려운 곳이라 했다. 키릴로차도 앞으로 다시 들어갈 가능성은 없다고 봐도 과언이 아니었다. 앙리오트는 어떻게 그렇게 쉽게 들어왔는지 의문이 남긴 하지만, 그 세계에 들어간 키릴로차가 친구들의 부름에 귀를 기울이다 보니 이쪽 세계와 약하게나

마 연결이 됐던 게 아닐까 싶었다.

  키릴로차는 그곳에서 읽은 책들, 특히 '오노르 다 휘프타'를 떠올렸다. 아직은 그 책에 쓰여 있던 곳이 어디인지 몰랐다. 그러나 언젠가 이 지식이 도움이 될 날이 올 것이다.

두 번째 겨울방학

"눈이 와!"

겨울 아침, 클라리몽드가 일찍 일어나 키릴로차의 방으로 왔다. 어깨에 눈빛 모피 외투를 걸치고 얼굴은 상기된 채였다.

"어서, 키릴츠. 응? 어서."

클라리몽드의 재촉에 밀려 키릴로차도 세수 안한 얼굴을 멋쩍게 든 채 탑을 나와 섰다. 손을 잡고 아무도 밟지 않은 눈밭을 돌아다니며 그 날 아침이 시작되었다.

여섯 소년이 학교에 온 지 한 해하고도 반년이 흘러 두 번째 겨울방학이 돌아온 참이었다. 아르나브르에서 송년제를 치르기 위해 다 같이 귀향하기로 해서 여덟 명이 탈 수 있는 대형 마차를 산 아래에 불러 놓았다.

처음 올 때 택했던 산길을 거슬러 북쪽으로 가는 길이 가장 빨랐지만, 이번에는 근방의 도시가 있는 곳까지 곧장 내려가서 아르나브르까지 이어진 큰길을 따라 여행할 계획이었다. 그 길을 택하면 일정이 꽤 지체되었지만 이번에는 시간이 넉넉했기 때문에 다들 편한 여행을 지지했다. 그래도 산을 내려가려면 말이나 나귀를 타야 했으니 따지고 보면 눈을 반가워할 처지가 아니었다.

그날 아침 나란히 눈을 밟던 어린 연인들에게는 그런 생각이 떠오르지 않았다. 그날따라 일찍 눈을 뜬 프란디에가 날씨도 살필 겸 창 덧문을 열었다가 날리는 눈송이 너머로 두 사람을 발견했다. 잠시 후 그의 얼굴에도 미소가 떠올랐다.

"프란! 일어났냐?"

덜컥 문이 열리며 앙리오트의 얼굴이 나타났다. 프란디에는 부스스한 꼴을 한 친구를 손짓해 불러 창밖의 풍경을 보여주었다.

"체, 재밌게들 놀잖아."

반은 질투 섞인 말투였지만, 이날 두 친구는 똑같이 저들의 사랑이 앞으로도 잘 되었으면 좋겠다는 기원 비슷한 것을 마음속에 떠올렸다.

클라리몽드가 소녀처럼 들뜬 몸짓으로 키릴로차의 손을 잡아끌며 풀밭을 한 바퀴 돌고, 갑자기 불어온 바람에 클라리몽드의 목도리가 날아가고, 그걸 집으러 달려간 키릴로차가 덜 깬 잠 때문에 한바탕 미끄러지자 클라리몽드의 낭랑한 웃음소리가 친구들의 귀까지 들렸다. 쓴웃음을 지으며 창을 닫은 두 친구는 이른 출발을 준비하기 위해 곧 세

면장으로 향했다.

　일행이 여장을 갖추고 산 아래로 내려가는 것만으로도 한나절이 걸렸다. 불러 놓은 마차가 기다리는 마을에 도착하자 벌써 점심을 먹을 시각이었다.

　일행은 일곱이었다. 여섯 소년 외에 하얀 모피를 두른 클라리몽드가 함께였다. 키릴로차의 할아버지께 인사를 드리러 가겠다고 졸라대서 동행했는데, 이번 연말은 아르나브르에서 지내고 스조렌의 집은 그 후에 들를 예정이었다.

　어쩌면 작년처럼 이듬해까지 떨어져 지내기가 싫었기 때문인지도 모른다. 둘은 이제 하나가 보이면 열 셀 동안 다른 하나가 나타난다고 할 정도로 떼려야 뗄 수 없는 연인이었다. 그간 친구들과도 허물없이 친해졌다. 롬디오만은 늘 핑계를 대고 사라져버리곤 했지만 이스카시안이나 프란디에, 앙리오트 등과는 날마다 농담을 주고받는 사이였다.

　"점심 뭐 먹을까?"

　"이런 마을에 괜찮은 데가 있겠어?"

　키릴로차가 마차에 놓고 온 뭔가를 가지러 되돌아간 사이, 프란디에와 앙리오트 사이에 선 클라리몽드가 두 손을 모으며 생각하다가 외쳤다.

　"난 레몬파이가 먹고 싶은걸!"

　키 큰 두 소년 사이에서 여동생처럼 응석부리는 얼굴을 한 클라리몽드를 흘끗 본 롬디오는 일부러 몇 걸음 앞질러 가 버렸다. 프란디에가 난처해져서 머리를 긁었다.

"이런 겨울에 레몬파이를 구할 데가 있을까?"

클라리몽드가 프란디에를 쳐다보더니 떼쓰듯 고개를 흔들었다.

"아냐, 아냐. 프란은 마법사잖아. 마법으로 그까짓 거 못 만들어? 응? 나 레몬파이……."

"하, 하하, 하하……."

곤경에 빠진 프란디에가 불안한 얼굴로 웃고 있는데 앙리오트가 클라리몽드의 머리에 알밤을 먹이는 시늉을 했다.

"야, 저 뒤에 오는 네 애인 쪽이 훨씬 대단한 마법사라고. 애꿎은 프란을 괴롭힐 일이 아냐."

홱 돌아선 클라리몽드는 그녀의 장갑을 갖고 달려오는 키릴로차를 향해 환하게 웃었다.

"키릴츠! 나 레몬파이가 먹고 싶어!"

영문을 모르는 키릴로차가 고개를 갸웃거리다가 대답했다.

"그래. 아르나브르에 가면 잔뜩 있을 테니까 조금만 기다려."

두 친구가 한꺼번에 웃음을 터뜨렸다. 앙리오트가 외쳤다.

"명답이구나! 대단한 마법사는 뭔가 달라도 다른데?"

클라리몽드는 점차 키릴로차를 닮아가는지 전처럼 어른들의 관능을 흉내 내기보다 또래 소녀처럼 명랑하게 웃는 일이 많아졌다. 그러나 몸에 밴 버릇은 어쩔 수 없어서 무심코 나오는 몸짓 하나하나가 아찔하게 매혹적인 것만은 변함없었다.

두 번째 겨울방학

키릴로차가 발갛게 언 클라리몽드의 뺨을 장갑으로 감싸주며 말했다.

"착하니까, 조금만 기다리자. 오늘은 다른 맛있는 게 기다리고 있을 거야."

"응!"

코를 찡그려 보이며 아이처럼 대답하는 클라리몽드를 약간 떨어진 곳에서 바라보던 이스카시안은 확실히 그녀가 달라졌음을 실감했다. 그래, 누구더라. 빌리반드가 말했지. 너희 중 하나라면 천사를 지상으로 끌어내릴 수 있을 거라고.

그러나 그 빌리반드는 학교에 없었다. 몇 달 전부터 건강이 나빠졌다고 하더니 어느 날 소식도 없이 사라졌다. 전해들은 바로는 요양을 하러 집으로 돌아갔다고 했다.

해가 중천에서 내려올 즈음 다시 출발했다. 여행은 순조로웠다. 날씨도 험악하지 않았고 눈도 드물게 내렸다. 오직 문제가 있다면 마차 안에서 조성되곤 하는 불안한 공기였다. 롬디오는 의식적으로 클라리몽드의 시선을 피했으나 사람들이 그를 주목하지 않을 때는 은밀히 그녀를 쳐다보곤 했다. 그런 행동은 며칠 안 가 모두의 눈에 띄었다. 다들 모르는 체 하긴 했지만 몇 번인가 분위기가 불편해져 각자 창밖만 내다보는 일이 생겼다.

송년제의 시작을 하루 앞둔 날, 일곱 사람을 태운 마차가 아르나브르에 당도했다. 어제 내린 눈으로 하얗게 된 큰 문이 먼저 눈에 들어왔다.

마주보고 앉은 소년들의 얼굴에는 반가움이, 소녀의 얼굴에는 기대감이 깃든 홍조가 감돌았다. 지난여름 후로 꼭 반년 만의 귀향이었다.

"한 잔 할 테냐?"

경쾌한 음악에 맞춰 빙그르르 몸을 돌린 앙리오트가 등 뒤를 지나가던 시종의 쟁반에서 잔 두 개를 들어올렸다.

"난 오른손."

"난 왼손을 내놔라."

짓궂은 친구들에게 하나씩 잔을 빼앗긴 앙리오트는 빈손을 흔들며 대꾸했다.

"둘 다 꼭 열 잔씩만 갚아라. 알았지?"

송년제의 절정인 한 해의 마지막 날, 루아얄 궁전의 연회장 '아르나의 방'은 백여 명에 가까운 왕족과 귀족으로 가득 찼다. 국왕이 베푸는 송년 연회였다. 모든 것이 최고급이었고, 무한했고, 완벽했다. 음악도, 술과 요리도, 멋지게 차려입은 귀부인들도.

오늘 그 속에 유난히 눈에 띄는 보석이 있었다. 스조렌에서 왔다는 낯선 아가씨, 풍성한 금발에 영롱한 푸른 눈동자를 지닌 장밋빛 드레스의 미녀를 훔쳐보느라 수많은 눈이 바쁘게 돌아갔다. 아직은 소녀에 가까웠지만 귀족 가문에서는 그만하면 혼담도 충분히 오갈 나이였다.

"저 아가씨 이름이…… 클라리몽드?"

"어쩌면 저렇게 이름도 예뻐요? 스조렌 출신이라고 했던가?"

"루아얄 궁엔 저 아가씨에 대적할 미모가 없겠는데?"

수군대는 소리가 일행의 귀에 들리지 않을 리 없었다. 이야기는 거기서 그치지 않았다.

"저 아가씨 곁의 젊은이가 브릴모 대사제 댁에 있다는 아이가 맞던가요?"

"아, 그래. 데려다 키운다고 했지. 키릴츠라던가."

"양자는 아니라던데? 그냥 말동무일걸."

"그런가? 출신은 어디라고 그래?"

클라리몽드가 주목을 받을수록 키릴로차도 사람들의 시선을 피할 수 없었다. 귀족 젊은이들이 다투어 클라리몽드에게 말이라도 건네 보고 싶어 안달이었지만 곁에 붙어 있는 키릴로차가 애인이라는 이야기를 전해 듣고는 다들 실망했다. 질투는 곧 노여움으로 변했다.

"뭐야, 저 자는. 귀족도 아닌 주제에."

"언제부터 저런 출신도 모를 놈까지 왕궁에 드나들게 됐어?"

"외국에 유학까지 하고 있다지? 거참, 같이 간 친구란 자들도 어떻게 된 거 아냐? 자존심들도 없나? 귀족도 뭣도 아닌 놈한테 미녀를 빼앗기고도 이런 자리에 나타나 허허거리고 웃을 마음이 나나?"

"세상에는 배알도 없는 놈들이 종종 있다니까."

그때 의전관의 목소리가 높이 울리고 시이를 국왕 부처와 주드마린 공주가 등장했다. 키릴로차는 고개를 숙인 채 오랜만에 다시 만난 어린 공주를 곁눈질했다. 공주는 이제 열세 살, 전과 마찬가지로 콧대 높은 표정을 보자 저절로 입가에 미소가 어렸다.

공주를 만날 기회는 곧 왔다. 사람들과 인사를 나누던 공주가 키릴로차를 보더니 곧장 다가왔던 것이다. 오만한 표정으로도 숨길 수 없는 반가움이 나타났다.

"오랜만이에요. 키릴로차 르 반."

이름도 정확히 기억했다. 곁에 있던 클라리몽드도 고개를 숙였다. 주드마린의 눈이 그녀에게 닿았다가 다시 키릴로차에게 돌아왔다. 질문이 나타난 시선이었다.

"스조렌 왕국의 프랑슈콘느 남작 따님입니다. 저와 함께 멜헬디 학교에서 공부하고 있는데 이번에 아르나브르 송년제를 구경하기 위해 방문했습니다."

둘이 사랑하는 사이라는 말은 나오지 않았지만 공주는 바보가 아니었다. 눈에 띄지 않게 입가가 굳어졌다. 형식적인 안부가 몇 마디 오가자 공주는 다가온 이스카시안에게 몸을 돌렸다.

"공주 전하! 연회장을 둘러보시겠습니까? 제가 에스코트해 드리겠습니다."

멀어져 가는 주드마린과 이스카시안을 바라보다가 클라리몽드가 말했다.

"공주님께서 키릴츠를 많이 좋아하시나 봐."

키릴로차가 고개를 갸웃거렸다.

"글쎄. 이번에 세 번짼가 뵈었을 뿐인걸. 지난번에 우연히 충성 맹세

비슷한 것을 했기 때문일 거야."

"충성 맹세?"

한편 일츠는 연회장을 둘러보며 누군가를 찾았다. 찾던 사람을 발견하자 몇 번 눈짓을 나누고 발코니로 향했다. 사람들의 눈을 피해 두 사람이 들어가자 발코니의 문이 닫히고 작은 걸쇠가 걸렸다.

"아버지께선 별고 없으십니까?"

"예, 도련님. 대사제님께서는 건강하시고, 어떤 징후도 놓치지 않을 정도로 여전히 날카로우시지요."

일츠가 고개를 끄덕였다.

"보내주시는 편지들은 잘 받아왔습니다. 모두 훌륭한 정보여서 아버지께서 틀림없이 자작을 크게 신뢰하시리라는 생각이 들더군요."

"과찬이십니다. 저는 대사제님의 자비가 없었더라면 오늘날 살아남지도 못했을 목숨입니다. 더한 일인들 하지 못하겠습니까?"

"저도 자작이 믿음직스럽습니다. 그럼 말씀을 해 주시지요."

"먼저 이것을."

자작이라고 불린 자가 일츠가 멜헬디 학교에서 받았던 열두 통의 편지와 똑같은 봉랍이 찍힌 봉투를 건넸다. 봉랍을 뜯고 내용물을 읽은 일츠는 잠시 입 속으로 뭔가 중얼거리더니 곧 편지를 없애버렸다.

"실력이 나날이 일취월장하십니다."

일츠가 고개를 흔들었다.

"그렇지도 않습니다. 어쨌든 정세가 급박하게 돌아가는군요. 내년

여름이 오기 전에 결판이 나겠지요?"

"옳은 분석이십니다. 다만 결판의 수위에 대해서 말인데……."

일츠가 대답했다.

"당연히 후환이 없도록 깨끗이 마무리 지어야지요."

"정말 그러셔도 괜찮겠습니까?"

자작이라는 남자가 놀란 기색으로 되물었지만 일츠는 가볍게 어깨를 으쓱하고 미소를 지었다.

"제 의견이 뭐 중요하겠습니까. 아버지께서 좋도록 하시는 일인데요. 저는 다만 따를 뿐이고, 조금이라도 도움이 되길 바랄 뿐입니다."

"역시 대사제님의 아드님이십니다. 조금이라도 의혹을 품었던 제가 어리석었습니다. 용서해 주십시오."

"아닙니다. 자, 그만 나가 봅시다. 제가 먼저 나가지요."

"예. 곧 다시 연락드리겠습니다."

"아버지께 제 걱정은 마시라고 전하십시오."

딸깍, 걸쇠가 열렸다. 일츠는 잠시 밖을 살펴보고는 미끄러지듯 연회장으로 빠져나갔다. 자작이라는 남자가 발코니를 빠져나간 것은 그로부터 반시간이 흐른 후였다.

멜헬디 학교에 유학 중인 이 나라 최고의 인재들을 만나보겠다는 국왕의 뜻이 전해지자 연회장 한쪽에 자리가 마련되었다. 나라 안에 인재가 이들뿐일 리는 없지만, 이들처럼 지체 높은 가문의 자제들이 계속 공부를 하는 경우는 드물었다. 귀족의 자식들이란 학교를 다니든 가정교사를 두든 공부에는 열의가 없는 것이 보통이었다. 이들 여섯 중에서도 이스카시안, 앙리오트, 롬디오는 딱히 학문에 뜻을 두지는 않았다. 다만 그런 친구들과 같은 분위기로 어울리다 보니 유학에 이르게 되었을 뿐이었다.

소개를 마치고 이야기를 나누는 가운데 주드마린 공주가 모습을 나타냈다. 공주의 뒤에는 이들과 비슷한 나이의 젊은이가 섰는데 연회를 즐기러 왔다기보다 임무를 수행하는 장교 같은 분위기였다.

"오, 공주가 왔군. 호위 기사도 함께인가?"

호위 기사라는 말에 젊은이가 얼굴을 붉혔다. 테이블에 둘러앉았던 여섯 소년은 그를 의아하게 쳐다보았다. 아직 정식 기사 서품을 받을 나이로는 보이지 않았고, 그렇다고 정말 호위를 임무로 하는 자라면 저렇듯 귀족다운 예복을 갖췄을 리 만무했다.

"로이카르트 르 덴이라 합니다."

아, 하고 이스카시안이 알겠다는 표정을 지었다. 르 덴 백작 가문의 후계자는 왕위 계승자를 섬기는 전통이 있었다. 근위대장인 르 덴 백작 역시 시이를 8세가 태자이던 시절부터 섬겨 왔고, 로이카르트라는 저 젊은이 역시 르 덴 가문의 후계자로서 곧 대공주가 될 주드마린을 섬기고 있을 터였다.

늙은 국왕은 몹시 기분이 좋아 보였다. 조카인 이스카시안을 아들처럼 사랑하는 터라 그의 친구들에게도 관대했고, 외국에서 온 소녀인 클라리몽드에게도 즐겁게 지내다 가라고 말을 건넸다. 주드마린은 자리에 앉았으나 기분이 좋지 않은 기색이었고, 로이카르트에게만 몇 마디 했을 뿐이었다.

로이카르트는 특이한 젊은이였다. 아직 혈기 넘치는 나이니 이런 연회에서 아름다운 아가씨들과 즐기고도 싶을 텐데 중책을 맡기라도 한 것처럼 한시도 주드마린에게서 눈을 떼지 않았다. 파티의 즐거움 따위는 먼 나라 이야기일 뿐, 왕녀의 안전과 그녀의 말동무가 되어주는 것만이 유일한 관심사인 모양이었다.

"그래, 훌륭한 마디렌들. 학교에서 검은 많이 배웠는가? 누구의 솜씨가 출중한가?"

'마디렌'이라는 말은 미혼의 남자를 부르는 경칭으로 얼마 전부터 궁정에서 유행하기 시작했다. 물론 그 유행을 부추기는 것은 바로 국왕의 저런 버릇이었다. 미혼의 여자는 '프로첸'이라고 불렀다.

"마디렌 페레올의 솜씨가 제법입니다."

"우리 중에서는 앙리오트의 검술이 가장 뛰어납니다."

친구들은 이구동성으로 앙리오트를 추켜올렸다. 시이를 8세는 마법을 비롯한 학문에는 큰 관심이 없어서 젊은 시절 좋아했던 검술에만 관심을 보였다. 곧 이런저런 일화가 화제에 올랐다.

"허허, 그런 일도 있었는가? 타국의 학교에서도 이름을 높였다니 나라 안 젊은 기사들 중에서도 최고랄 수 있을 터. 훌륭한 기사가 있음은 나라의 근심을 더는 것이니 짐의 마음이 참으로 든든하도다."

"성은이 망극하옵니다, 폐하."

"페레올의 자제라 하였는가? 그렇다면 작위를 가지지는 않았을 터인데 귀족들이 그대 앞에서 얼굴을 못 들겠구나."

앙리오트가 다시 '황공하옵니다' 정도로 답하려는 찰나 공주의 목소리가 울렸다.

"귀족들의 얼굴을 못 들게 하고 나라 안 젊은 기사들 가운데 최고가 되려면 로이카르트를 이긴 다음이라야지요."

움찔한 것은 앙리오트만이 아니었다. 이름이 거론된 당사자인 로이카르트조차 당황해서 공주를 바라봤다.

"어때요? 두 사람이 검으로 시합을 벌이는 거예요. 이기는 사람에게 내가 훌륭한 상을 내리겠어요."

아무리 공주라 해도 국왕 앞에서 하는 말로는 지나치게 당돌한 감이 있었다. 국왕이 공주를 흘끗 보더니 농담조로 물었다.

"그런가, 주드마린? 그러려면 상당한 상품을 걸어야 할 터인데 무엇을 내릴 생각이더냐?"

"어마마마께서 부마 될 사람에게 선사하라 하셨던 엘프 장인의 갑옷을 내릴 생각이에요."

"전하!"

로이카르트가 깜짝 놀라 부르짖었다. 국왕도 놀란 기색이더니 곧 엄숙한 목소리로 말했다.

"주드마린, 공주가 하는 말에 희언(戱言)이란 없느니라."

"잘 알고 있사옵니다. 아바마마."

"허!"

탄식하듯 한마디 뱉은 국왕은 잠시 말이 없었다. 이스카시안이 급히 입을 열었다.

"아니옵니다, 공주 전하. 저희 친구의 변변치 못한 실력으로 어찌 전하의 기사를 당할 수 있겠나이까. 황공하오나 말씀 거두어 주옵소서."

"오라버니께선 저에게 희언을 시키실 생각인가요?"

그 말에 더 이상 이스카시안도 뭐라 말하지 못했다. 앙리오트와 로이카르트가 눈을 마주쳤다가 돌리고, 키릴로차의 눈이 공주의 얼굴을 살폈다. 이제는 아무도 말릴 수 없었다.

"좋다. 오늘은 즐거운 송년제의 자리이니 시합은 사흘 후로 하라. 짐도 친히 지켜보겠노라. 이 자리에 있었던 자들은 그날 빠짐없이 짐의 곁에 있도록 하라."

갑작스러운 결투가 정해지고 말았다. 결투라기보다 시합에 가깝긴 했지만 국왕 앞에서 치러야 하니 긴장되지 않을 수 없었다. 소년들은 너나없이 불안한 표정을 감추지 못했다.

이윽고 국왕이 자리를 뜨자 분위기가 다소 풀렸다. 주드마린 공주는 클라리몽드에게 말을 몇 마디 걸었다. 키릴로차는 로이카르트와 이야기하다가 그들의 성이 비슷함을 깨달았다.

"그쪽은 르 덴이고 나는 르 반이군. 어쩌면 우리 조상이 가까운 사이였을지도 모르겠는데."

로이카르트는 오랜만에 소년답게 소리 내어 웃었다. 그러더니 즉시 제안했다.

"그럼 우리가 의형제를 맺으면 어떨까?"

"그것도 괜찮을지도……."

그때 공주의 음성이 불쑥 들려왔다.

"그럼 먼저 일어나겠어요. 파티를 마음껏 즐기시기를."

로이카르트는 키릴로차의 대답을 듣기도 전에 공주를 따라 일어서야 했다. 두 사람은 곧 사람들 사이로 사라졌다.

"전하께선 상당한 성격이 되셨는데."

공주가 사라진 쪽을 바라보며 한 이스카시안의 말이 모두의 생각을 대변했다. 앙리오트는 엉겁결에 대결을 하게 되었지만 그리 걱정하지 않는 기색으로 느긋하게 세 잔째 술을 마셨다.

곧 새해의 시작을 알리는 종소리가 궁전에 울려 퍼질 것이다. 사람들은 너나없이 잔을 쥐고 건배할 순간을 기다렸다. 넷, 셋, 둘, 하나. 요란한 종소리와 풍습대로 새해의 첫 잔을 높이 들어 건배하며 행운을 기원하는 사람들의 소란이 연회장을 쓸고 지나갔다.

그날 키릴로차가 만난 새로운 사람이 또 있었다. 알스노아라는 아가씨로 운젤스트 왕자의 외사촌이라고 했다. 알스노아는 예쁘다기보다 영리하고 강인한 인상이었으나 붉은 금발의 머리채만은 유난히 아름답게 굽이쳤다. 그녀의 어머니는 프란디에의 고모였기에 둘은 어려서부터 잘 아는 사이였다.

"오랜만인걸. 꼬마 학자님."

"나도 반가운데. 발끈하는 빨강머리 누나."

둘은 반갑게 농조로 인사를 주고받았다. 얘기를 듣고 보니 알스노아는 괄괄한 성격이어서 프란디에와 어려서 꽤나 치고받고 뒹굴었던 모양이었다. 어엿이 성장(盛裝)을 한 모습에서도 언뜻언뜻 다부진 성격이 엿보였다.

알스노아는 키릴로차에게 큰 관심을 보였다.

"귀족이 아니라고요?"

거부감이 아니라 친근감이 담긴 말이라 특이했다. 귀족 가운데서도 정통이라 할 법한 왕가의 외척 혈통인데도 그랬다.

"잠깐 같이 이야기 좀 할까?"

왈츠가 시작되자 클라리몽드가 장난스럽게 프란디에의 손을 잡고 홀로 나섰고 친구들 역시 춤을 추거나 춤추는 친구의 모습을 보며 웃고 있었다. 알스노아는 사촌 동생인 프란디에에게 하듯 키릴로차도 자연스럽게 반말을 썼다.

"키릴츠라고 했지? 너 말이야, 귀족이 되고 싶니? 입양이 된다거나 해서 말이야."

뜻밖의 질문이었지만 키릴로차는 솔직한 성격대로 답했다.

"아뇨. 제겐 할아버지가 계시고 그분 하나면 충분해요. 귀족이 될 생각은 없어요. 가능한 것도 아니고."

"그래. 그럼 지금처럼 평민들이 만든 것들로 귀족들이 놀고먹으며 살아가는 모습은 어떻게 생각해?"

"네?"

도무지 생각해 본 일이 없는 질문이 떨어져서 키릴로차는 당황했다. 표정을 본 알스노아가 피식 웃었다.

"아, 그래. 넌 귀족들과 똑같이 살고 있으니 다른 평민들이 어떻게 살든 별 관심이 없나보구나. 난 너 같은 입장이라면 이런 문제에 좀 더 관심을 가져봤으리라 생각했는데. 역시 내 생각이 틀렸나봐."

"그런……."

알스노아의 말은 사실 옳았다. 키릴로차는 그간 귀족 사회의 좋은 면만 보고 자라 와서 그들의 횡포나 몰인정한 처사에 대해선 거의 아무것도 몰랐다. 부자와 가난뱅이의 차이를 느끼고 가난한 사람들을 돕고 싶다는 생각 정도는 했지만 그것도 기껏해야 자선의 수준을 벗어나지 못했다.

키릴로차의 표정을 살펴보던 알스노아는 '그만 가도 좋아'라고 말하듯 어깨를 으쓱했다. 그러더니 먼저 자리를 떴다. 뒷모습을 멍하니 바라보는 키릴로차의 곁으로 상기된 얼굴의 프란디에가 다가와 어깨를 쳤다.

"뭘 그렇게 생각하냐?"

"아니, 저기, 네 사촌누나라는 사람 말이지. 뭔가 특이한 생각을 하는 것 같아서."

프란디에가 고개를 삐딱하게 기울이더니 잠시 후 물었다.

"혹시…… 평민과 귀족이 어쩌고 하는 이야기 아니었어?"

대답은 키릴로차의 표정만 봐도 알 수 있었다. 프란디에가 잠시 사이를 두고 말했다.

"음, 이건 좀 묘한 얘긴데 말이야."

프란디에는 얼굴을 식힐 겸 창가로 가서 덧문을 약간 열었다. 찬바람이 새어 들어오자 얼굴에 오한이 일어났다.

"알스노아가 한 얘기, 아무한테도 안 하는 편이 좋을 거야. 알스노아를 위해서도 그렇고, 널 위해서도 그렇고, 심지어는 날 위해서도 그래."

"프란디에 널 위해서? 그게 무슨 소리야?"

이어 프란디에가 해준 설명은 평소 키릴로차가 자신의 세계에서 일어나리라고는 한 번도 생각하지 못한 이야기였다. 그는 처음으로 현재 귀족들이 왕위 계승 문제를 둘러싸고 둘로 분열되어 한 파는 주드마린을, 다른 한 파는 운젤스트를 지지한다는 사실을 알게 되었다.

약간의 술기운이 아니었더라면 프란디에도 이런 이야기를 꺼내지 않았을지도 모른다. 프란디에를 비롯한 친구들은 키릴로차와 달리 학교에 있으면서도 부모의 편지를 받을 수 있었고, 따라서 궁정이 돌아가는 상황도 어느 정도 알고 있었다.

"머리가 어지러운 이야기야. 다른 녀석들도 그래서 아무 소리 안 하는 거겠지. 너도 들어만 두고 어디서 아는 내색은 하지 마. 그리고 웬만하면 알스노아하고 가까이 지내지 않는 게 좋아. 그녀는 좀 특이한 형태의 과격파라서 공주 전하도, 왕자 전하도 아닌 뭔가 다른 방식으로 나라가 바뀌길 바란다고 들었어. 그게 뭔지는 잘 모르지만 아마 알아보았자 좋은 일은 없을 거야."

 그것은 작은 소용돌이였다. 아니, 궁정에서는 큰 소용돌이였을지 모르나 키릴로차의 삶에선 그리 크지 않은 소용돌이였다. 그러나 그것은 곧 팔을 넓혀 생각지 못한 사람들을 끌어당겨 삼켜 버렸다.

 이스나이데 8763년, 새해 첫날의 밤이 추위 속에서 깊어갔다.

악몽

검은 손바닥이 허공에 떠 있었다.

커졌다. 아니, 다가왔다.

손목도 팔도 주인도 없는 검은 손바닥이었다. 주위는 온전한 암흑인데 어떻게 손만이 보이는 걸까.

손이 목을 쥐었다. 졸랐다.

"흡……."

흥건한 땀과 함께 깨어난 키릴로차는 누운 채 한참 동안 천장을 바라보았다. 축축한 베개가 서늘해질 즈음 몸을 일으켰다.

무엇이었을까. 경고일까? 아니면 망상에 불과할까? 키릴로차는 손을 올려 목을 만져보았다. 기억의 영향이었을 뿐, 답답한 느낌과 달리

목은 멀쩡했다.

 허리를 굽히고 구겨진 이불을 바라보며 불길한 생각을 털어내려 애썼다. 그러나 꿈속의 감각을 떠올릴 때마다 깍지 낀 손에 힘이 들어갔다.

 검은 손이 목을 조르는 순간 들려온 목소리가 있었다.

 미안해. 하지만 이게 내 최선이야.

 누구의 목소리였는가?

 "아…… 정말 작은 집들이구나."

 클라리몽드가 뱅트완 거리를 처음 바라본 소감은 그랬다. 나란히 섰던 키릴로차는 저도 모르게 같은 생각이 들어 기분이 이상해졌다. 고향은 해가 갈수록 작아지는 듯했다. 그가 먼 곳에 나가 많은 것을 보고 경험할수록 점점 더 작아졌다.

 겨울치고 온화한 음유시인 아룬드(1월)로 접어들긴 했지만 아직 바람이 찻기 때문에 두 사람은 마차를 타고 왔다. 늘 말을 타고 오다가 처음 마차를 타 보니 뱅트완으로 오는 길은 과연 형편없었다. 그리고 멀기까지 했다.

 날씨 탓인지 나와 있는 사람이 없었다. 언 눈을 사각사각 밟으며 할아버지가 사는 집의 야트막한 울타리를 돌았다. 인기척을 듣고 창 덧문을 연 조프뢰 노인은 눈 깔린 마당에 날아갈 듯 사뿐히 서 있는 흰 외투의 미인을 보았다.

"아니……."

한 해 반 전에도 그랬듯 이번에도 충격적인 일행과 함께 들이닥친 손자였다. 이어 벌어진 소동도 그때와 비슷했다. 그러나 클라리몽드는 다섯이나 되는 친구들보다 유능해서 금방 앉을만한 자리를 찾아냈고, 먼지 한 올 묻지 않은 부담스러운—노인이 보기에—외투는 높직한 다락 문고리에 걸어버렸다. 그 동안 조프뢰 노인은 난롯불을 돋웠고 키릴로차가 부엌에서 오트밀을 찾아내어 불에 올렸다. 노인의 생활은 세월이 가도 달라지는 법이 없어서 한 해에 한두 번 올까말까 한 키릴로차도 필요한 것을 금방 찾아냈다.

따뜻한 오트밀을 돌려 마시자 추위 속을 걸어온 몸이 노곤하게 풀렸다. 어떻게 하면 두 사람의 말문이 트일까 고심하던 키릴로차는 곧 아무 노력도 할 필요가 없음을 알았다. 어쩌다 말이 나왔는지 몰라도 둘은 똑같이 스노플의 열렬한 애호가였다. 키릴로차는 말없이 지켜보기만 해도 충분했다.

"그렇죠! 저도 드래곤을 둘 다 잃자마자 다음 차례에서 꼬마를 움직여 식량카드를 뒤집은 일이 있어요. 정말 다 진 판이 한순간에 뒤집혔다니까요."

"그렇지만 꼬마의 변신에 집착하다가는 전체 판을 깨뜨리기가 쉽소. 역시 드래곤과 전사, 마법사를 앞세워서 될 수 있는 한 카드 존을 피하는 것이 정공법이 아니겠소."

"그렇긴 하지만 역시 카드 존이 없으면 재미가 없어요. 물론 운 없게 독약 카드 같은 걸 뒤집어서 강한 말이 단번에 나가떨어지면 저도 기절할 것 같은 얼굴이 된답니다."

 노인과 소녀는 명랑하게 웃었다. 키릴로차도 미소를 지었지만 사실 그는 스노플을 즐기는 편이 아니었다. 그런 류의 놀이에는 이상할 정도로 약한 그였다.

 친구들 중에서는 일츠가 가장 스노플을 잘했다. 어려서 앙리오트의 어머니가 선물한 상아로 된 스노플 세트는 일츠가 아끼는 보물 중 하나였다. 일츠는 종종 키릴로차에게 '네가 스노플을 못하는 건 전략적 사고가 부족하기 때문'이라고 말하곤 했다. 버릴 말은 과감히 버리고 활로를 찾아나가야 하는데 키릴로차는 늘 쓸모없는 말도 희생시키지 못해 쩔쩔맨다는 것이었다. 어차피 스노플은 한 개의 말이라도 남아 상대의 '스노플'을 점령하면 이기는 놀이였다. 그런 상황에서 꼬마나 무녀처럼 별로 강하지 않은 말을 보호하려고 빙빙 돌아봤자 무슨 쓸모가 있느냐는 말이었다.

 "난 뭘 희생시키는 데 항상 서투르잖아."

 키릴로차는 그런 식으로 웃으면서 변명하곤 했다. 이렇다 보니 스노플은 둘이 함께 즐기지 않는 몇 안 되는 놀이 중 하나였다.

 스노플 이야기로 한참 이야기꽃을 피우고 나니 금세 저녁 먹을 때가 됐다. 이번에는 전처럼 일부러 식사를 대접하지 않는 일은 없었다. 한바탕 격의 없이 이야기를 나눈 두 사람은 할아버지와 손녀처럼 친근해져서 클라리몽드는 노인의 만류에도 불구하고 식탁 차리는 일을 돕기까지 했다.

키릴로차가 꼬맹이한테 줄 저녁을 가지고 밖으로 나오자 푸르스름하게 밤이 내렸다. 눈은 이미 그쳤다. 푸르게 빛나던 눈이 이윽고 검은 물이 들어 하늘과 같은 색이 되었다. 차갑지만 시원한 공기에 혀를 대보다가 곧 기침이 나와 콜록거렸다. 마을을 감싼 빛은 부드러웠다.

"자고 가겠어요."

조프뢰 노인은 난감한 표정으로 고개를 갸우뚱했다. 이 집에는 방이 하나밖에 없었다. 그 말고는 부엌 겸 식당이면서 창고로도 쓰는 헛간이 전부였다. 이 추운 날씨에 난로 없는 데서 자는 것은 말이 안 됐다. 더구나 귀족 가문의 아가씨라는 클라리몽드를 재울 만한 침대도, 이불도, 어느 것도 적당하지 않았다.

"그런 것은 필요 없어요. 할아버님이나 키릴츠처럼 저도 짚 침대에서 잘 수 있어요. 정말이에요. 밤에 빙판길로 마차를 모는 것도 안전하지 않고요. 전 정말 괜찮아요. 할아버지하고 스노플 이야기도 더 하고, 키릴츠가 어렸을 때 이야기도 듣고 싶어요."

이곳에서 클라리몽드는 더 이상 길 잃은 천사처럼 보이지 않았다. 아름다운 얼굴과 고급 옷가지만 아니라면 이곳에서도 어울릴 모습이었다. 클라리몽드를 데리고 할아버지를 뵈러 간다고 했을 때 솔직히 친구들은 말리는 눈치였다. 귀족 소녀가 그런 곳에서 좋은 인상을 받을 리 없다고, 아르나브르 구경만으로 충분할 거라고들 했다. 그러나 여기 오겠다고 끝까지 고집한 사람은 클라리몽드였다.

"저녁 아주 맛있었어요."

대단한 음식이 나왔을 리 없었다. 그러나 클라리몽드는 잘 먹었다. 입술에 양념을 묻히고도 웃었다. 그런 그녀를 바라보는 키릴로차의 마음은 더없이 따뜻해졌다. 그리고 클라리몽드를 여기 데려오면서 조금쯤 걱정하지 않았을 리 없었다. 그러나 불필요한 걱정이었다. 오히려 키릴로차 쪽이 이 집의 손님이고 두 사람이 할아버지와 친손녀로 느껴지기까지 한 그날 밤이었다.

덧문을 꼭꼭 닫고 할아버지가 내준 두터운 담요로 몸을 감싼 클라리몽드는 결국 이야기만으로 모자라 할아버지와 본격적으로 스노플을 하기 시작했다. 스노플 세트는 예전에 키릴로차가 할아버지에게 사다드린 것으로 일츠가 가진 것처럼 훌륭하지는 않아도 그럭저럭 괜찮은 물건이었다. 다만 할아버지가 너무 자주 사용한 탓인지 몇 개의 말은 반질반질 닳아 있었다.

밤이 이튿날로 흐르는 동안 두 사람의 스노플 대결은 4대 4로 막상막하가 되었다. 키릴로차조차 오랜만에 흥미를 갖고 지켜보며 이것저것 참견해 봤지만 솔직히 두 사람에게 별로 도움이 되지는 않았다. 클라리몽드가 웃으며 말했다.

"키릴츠는 1등만 하는 그 좋은 머리로 어째서 스노플은 못하지?"

"사실은 머리가 나쁜가봐."

머리를 긁적이며 대답한 키릴로차는 자신도 우스워져서 피식 웃음을 터뜨렸다.

마지막 한 판은 클라리몽드가 이기고 말았다. 할아버지가 허허거리며 머쓱한 표정으로 판을 내려다보는 가운데 클라리몽드가 생긋 웃으면서 말했다.

"마지막 판은 사실 할아버님의 방식을 조금 눈치 챘기 때문이에요."

조프뢰 노인이 눈을 둥그렇게 떴고, 키릴로차도 궁금한 얼굴로 그녀를 쳐다보았다. 클라리몽드가 손을 뻗어 드래곤을 집어 올렸다.

"이 말의 머리 귀퉁이가 유난히 닳았어요. 할아버님께선 드래곤을 대단히 고심하며 쓰시는 모양이라는 생각을 했답니다. 혼자서 수를 연구할 때면 말을 잡은 채로 자꾸만 만지작거리게 되잖아요."

"허허!"

조프뢰 노인의 감탄한 웃음이 터지고 두 사람도 마주보며 웃었다. 키릴로차가 일어나 창 덧문을 약간 열자 파르스름한 밤공기 속에 눈송이가 춤추며 내려왔다.

"이제 그만들 자거라. 늙은이가 놀이 욕심에 너무 오래 붙잡았구나."

"아니에요, 할아버님. 저도 즐거웠는걸요."

할아버지와 키릴로차가 일어나 분주하게 움직이자 곧 침대가 마련되었다. 겨울이라 짚이 부족했기 때문에 둘을 나누어 셋으로 만든 침대들은 모두 조금씩 낮아졌다. 그 위에 시트와 담요를 차례로 덮는 일은 세 사람이 어울러 해냈다. 겨울이라 집안에 들어와 자는 꼬맹이의 자리는 난로 앞이었다. 밖에서는 눈이 내려 작은 집을 동그랗게 감싸는 중이었다.

닳은 의자 발이 나무 마루에 끌리는 소리, 장작들이 몸 부대끼는 소리, 손바닥 온기에 녹는 눈의 촉감, 미소와 함께 퍼지는 입김. 그날의 모든 것은 사랑하는 연인과 가족과 함께 영영 사라지지 않을 것처럼 그 자리에 있었다.

먼 미래의 기억 속에서도.

멜헬디로 다시 출발하는 날은 맑게 갠 겨울날씨였다. 어느새 아르나브르에서 열흘이나 머물렀다. 저택마다 돌아가며 열린 신년 파티에 참석하거나, 드라니라바티 학교에 가서 교수들에게 꾸중인지 환영인지 모를 호령을 한바탕 듣거나, 멜헬디 유학을 지망하는 후배들을 만나 이야기하거나 하다 보니 열흘이 눈 깜짝할 사이에 지나갔다.

그간 치른 가장 큰 일은 국왕 폐하와 공주 전하가 지켜보는 가운데 열린 앙리오트와 로이카르트의 연습 시합이었다. 솔직히 결과는 싱거웠다. 공주의 자존심을 생각하여 앙리오트가 일부러 져주는 방향으로 진행됐던 것이다. 처음에 그런 제안을 들은 앙리오트는 펄쩍 뛰며 화를 냈지만 친구들의 꾸준한 설득과 이스카시안의 곤란한 입장을 이해한 결과 마음을 돌렸다. 못내 아쉬워하고, 나중에도 투덜거린 것은 사실이지만 그래도 시합 당일에 앙리오트는 잘해주었다. 그리고 공주가 내린 갑옷은 로이카르트의 차지가 되었다.

"으휴, 엘프 장인이 만든 갑옷이라니! 그렇게 멋진 상은 다시 만나기 힘든데 그런 걸 양보하게 하다니, 분명 너희가 더 나은 상품을 반드시 마련해 줄 걸로 이 몸은 믿는다."

물론 친구들은 옛날 단골이었던 주점으로 끌고 가 하사품 갑옷쯤은 영원히 잊어버리고 남을 정도로 술을 퍼 먹여 불만을 말끔히 해결해 주었다.

젊은이들의 출발을 가장 아쉬워하는 사람은 일츠의 꼬마 여동생, 아니 꼬마라기엔 훌쩍 커버린 안-마리였다. 멜헬디에서 막 돌아와 동생과 재회했을 때 일츠와 키릴로차는 깜짝 놀랐다. 안의 키가 일츠만큼이나 커버렸던 것이다. 그 후 두 소년은 이 키 큰 소녀가 과연 그들이 장난삼아 머리카락을 흐트러뜨려 놓곤 하던 꼬마가 맞는지 마주칠 때마다 자기 눈을 의심했다.

"정말? 정말 벌써 가? 그렇게 오래 안만 혼자 떼어놓았으면서 이렇게 빨리 다시 간단 말이야?"

키가 자란다고 나이를 두 배로 먹지는 않아서 안의 응석이나 칭얼거림은 예전과 별로 달라지지 않았다. 그런데 안은 키만 자란 것이 아니었다. 열다섯이라 해도 믿을 정도로 소녀다워졌고, 몰라보게 아름다워졌다. 브릴모 대사제의 지나가는 말에 의하면 벌써 며느리 삼겠다는 집안이 몇 군데나 나섰다는 것이다. 그들에게 '딸은 이제 겨우 열세 살입니다' 라고 설명하면 다들 깜짝 놀라더라는 그런 얘기였다.

남의 이야기에 웃을 일이 아니었다. 그런 안의 모습에 속은 사람은 의외로 가까운 데도 있었다. 실은 전에도 몇 번 만나봤으니만큼 진짜로 속았다기보다 일부러 속았는지도 몰랐다. 이번 휴가로 며칠 함께 어울리는 동안 부쩍 안과 친해진 프란디에는 짓궂게 '세 살만 더 먹으면' 하고 은근히 의지를 내비쳤다.

"야 인마, 여섯 살 차이야! 이거 아주 도둑놈일세."

앙리오트가 뒤통수를 한 대 때렸지만 프란디에는 특유의 학생다운 표정으로 안경을 매만지며 웃을 뿐이었다. 일츠는 별 말 없이 미소만 지었고 오히려 키릴로차가 흥분한 체 하며 소리쳤다.

"이 자식이 감히 어디서 남의 여동생을 넘보려고!"

어려서부터 브릴모 저택에서 안과 친남매처럼 자라온 터라 키릴로차가 그렇게 말해도 아무도 이상하게 생각하지 않았다. 이스카시안이 고개를 끄덕거렸다.

"아, 그래. 이제 슬슬 각자의 취향이 드러나는구나. 프란디에, 넌 역시 귀여운 여동생 취향이었단 말이지. 키릴츠는 성숙한 미녀 취향이고……."

롬디오가 가볍게 헛기침을 하는 가운데 프란디에가 대꾸했다.

"그러는 이스카시안 너는 '모든' 취향이잖아. 뭘 분석하는 체하고 그래."

다들 웃음을 터뜨렸다. 한참 만에 웃음을 그친 이스카시안이 앙리오트에게 물었다.

"그런데 앙리, 넌 뭐냐? 아직 발견 못했냐?"

앙리오트가 언제나처럼 '여자가 다 뭐냐! 역시 우정이 제일' 이라고 말하기 위해 입을 여는 순간 프란디에가 잽싸게 말을 가로챘다.

"뻔하지. 저 자식 취향은 우리 같은 남자잖아!"

뒤이어 일어난 소동은 누가 봤으면 귀족 집안의 청년들이라고는 짐작도 못할 진풍경이었다. 서로 목을 조르고 마루에서 한바탕 뒹굴어댄 끝에 다과를 든 하녀를 대동하고 나타난 안이 눈을 둥그렇게 떴을 즈음에야 겨우 진정이 되었다.

오늘은 아침식사가 끝나자마자 출발이었다. 긴 여행이 될 터라 다들 일찍 출발하고 싶어 했다. 여기까지 그들을 데려온 마차가 깨끗이 정비를 마치고 각 저택을 돌아다니며 친구들을 태웠다. 마차는 다시 남쪽으로 떠났다.

과거 불의의 사고로 첫째 공주 엘리스틴이 죽기 전에는 누가 왕위 계승자인가 하는 논쟁이 한 번도 일어나지 않았다. 주드마린이 태어나기도 전부터 대공주였던 엘리스틴이었다. 새로운 공주가 태어났을 때 그녀가 왕위와 관계가 있으리라고 생각한 사람은 아무도 없었다.

두 공주를 낳은 왕비가 먼저 죽었다. 왕은 곧 새로운 왕비를 맞았고, 그녀가 첫 왕자 운젤스트를 낳았을 때 주드마린은 이미 열 살이었다. 왕자 역시 왕위 계승자로 고려되지는 않았다. 아름다운 얼굴과 우아한 자태 덕분에 아르나브르 시민들에게 높은 인기를 누리던 엘리스틴의 위치는 그만큼 확고부동했다.

그런 엘리스틴이 이 년 뒤 낙마 사고로 죽었다. 신분이 낮은 애인과 밀회를 하다가 불시에 마주친 병사들의 눈을 피해 달아나는 도중에 울타리를 성급하게 뛰어넘던 말에서 떨어져 목뼈가 부러진 것이다. 곧이어 달려온 병사들이 발견한 대공주의 모습은 민망하기 이를 데 없었다. 애인이라는 남자는 공주가 즉사했음을 확인하자마자 자신 역시 목숨을 부지하기 어려움을 깨닫고 잽싸게 죽은 사람의 몸을 뒤져 값나가는 것을 챙긴 다음, 드레스를 반쯤 벗겨 병사들이 감히 접근하지 못하도록 만들어 놓고 도망쳤다.

공주의 드러난 몸을 바라보는 것만으로도 불경죄로 목숨이 왔다 갔다 하는 터라 병사들은 아무도 그녀의 생사를 확인할 수 없었다. 결국 가까운 별궁에서 왕실 의사가 불려오고서야 공주의 시체가 수습되었다. 그 소동이 벌어지는 동안 애인이라는 작자는 붙잡히지 않을 곳까지 유유히 도망쳐 버렸다.

이런 사정이니 엘리스틴 공주가 어떻게 죽었는지 사실대로 알릴 수는 없는 노릇이었다. 그래서 첫째 공주이자 대공주로서 왕위를 계승할 위치에 있던 엘리스틴의 죽음은 애매하게 사고였다고만 발표되었다. 그리고 그녀가 빨리 잊히도록 부랴부랴 주드마린의 존재를 내세웠다. 그 전까지 백성들은 물론 귀족들조차 잊고 있던 둘째 공주를 말이다.

언니처럼 우아하게 빛나지도 않았고 왕자처럼 생모가 곁에 있지도 않았기에 오랫동안 뒷전에 밀려나 있던 주드마린이었다. 왕실 모임이나 연회에서도 부수적인 존재였을 뿐이고, 교육에 있어서도 조금쯤 소홀했던 것이 사실이었다. 그러나 타국에서 입방아들을 찧기 전에 눈을 다른 데로 돌릴 필요가 있었기 때문에 초반에 왕실에서는 두 아룬드(달)

도 지나기 전에 주드마린을 새 대공주로 책봉하자는 분위기였다. 그리고 실제로도 그럴 뻔했다.

"왜 꼭 주드마린이어야 하죠? 운젤스트는 왕자예요. 폐하의 뜻을 가장 잘 이어나갈 수 있는 자식은 역시 아들이 아닐까요?"

엘리스틴이 살아 있을 때는 왕위 계승 문제에 입도 뻥끗한 일이 없던 새 왕비의 친인척들이 서서히 의견을 모으기 시작했다. 주드마린과 운젤스트의 나이 차이는 열 살이나 되었으니 억지에 가까운 주장이었지만, 새로 들어와 국왕의 총애를 한 몸에 받아온 젊은 왕비의 입김은 강력했다. 초반에는 '왕자라니 언제부터 남자만 계승권을 갖게 되었단 말이냐' 라며 상대도 않던 귀족들이 하나씩 둘씩 왕비 편으로 돌아섰다. 아니, 꼭 돌아서지는 않았다 해도 '둘 다 권리가 있기야 하지' 라며 한 발 물러서는 무리도 많아졌다. 죽은 왕비의 친척 몇이 공주의 편이 되어주었지만 역부족이었다.

무엇보다도 시이를 8세의 태도가 처음과 달리 눈에 띄게 미적지근해졌다. 결과적으로 한 해 반이나 지났지만 정국은 제자리걸음, 대공주도 태자도 없는 상태로 왕실은 불안정한 침묵을 지키고 있었다.

키릴로차는 연못가에 앉아 나뭇가지로 흙바닥에 선을 몇 개 그었다. 학교로 돌아와 수업이 시작되었고, 봄이 서서히 몸을 뒤채는 중이었지만 연못을 덮은 얼음은 아직 두꺼웠다.

오랜만에 혼자였다. 클라리몽드는 키릴로차가 마법 수업 중인 줄 알

것이다. 그러나 오늘따라 카 교수의 변덕으로 그는 갑자기 무료한 오후를 보내게 됐다.

조금 있으면 클라리몽드도 대륙사 수업을 끝내고 첫 번째 탑에서 내려올 것이다. 그 앞으로 가볼까. 그러나 이날 키릴로차의 머릿속에는 복잡한 생각이 맴돌아 혼자 있는 쪽이 편하게 느껴졌다. 또 클라리몽드에게 걱정을 끼치기도 싫었다.

어제, 키릴로차도 잘 아는 브릴모 집안의 늙은 집사가 멜헬디까지 급히 달려왔다. 일츠의 어머니 루이즈 무녀가 위독하다는 소식이었다. 일츠는 당장 짐을 싸서 그날 밤 마차로 신성령 달크로이츠를 향해 떠났다. 처음엔 키릴로차도 당연히 함께 갈 생각이었으나 우선 융통성도 동정심도 없는 카 교수가 용납하지 않았고, 일츠 역시 괜찮다며 혼자 가보겠다고 해서 그는 이곳에 남았다.

아직은 아프다는 얘기뿐 왜 갑자기 아픈지, 어째서 생사의 경계를 오갈 정도로 위험한지는 전혀 전해지지 않았다. 경황이 없어서 차근차근 물어볼 겨를도 없었다. 일츠의 얼굴이 그렇게 파래진 모습은 십여 년을 함께 지내고도 처음 보았다. 입이 굳어버렸는지 제대로 된 설명은커녕 친구들의 걱정 섞인 말에도 대답할 정신이 없어 보였다.

작년에 잠깐 뵈었을 때만 해도 옛 모습 그대로였기에 키릴로차는 그분이 돌아가실지도 모른다는 말이 도저히 믿어지지 않았다. 머리를 싸쥐고 골똘히 생각해 봐도 답은 마찬가지였다.

'만일 정말로 돌아가신다면 일츠도 충격이 크겠지.'

별로 현실감은 없었지만 그렇게 생각해보니 역시 같이 갔어야 했다는 후회가 솟았다. 혹시라도 나쁜 일이 생기면 충격을 달래 줄 친구가 곁에 있어주어야 할 텐데. 브릴모 집안엔 친척도 별로 없었고 신성령에서 만날 사람도 무녀들뿐이니 일츠가 기댈 만한 사람이 아무도 없을 것만 같았다. 약간은 두려운 브릴모 대사제나 철부지 꼬마, 아니 키다리 소녀 안이 녀석에게 위로가 되어 줄까.

"뭐야. 네 짝은 어딜 가고 콩 반쪽만 굴러다니는 거냐."

등 뒤에서 나타난 사람은 역시 마법 수업을 받고 있어야 할 프란디에였다. 키릴로차가 돌아보며 의아한 얼굴을 했다.

"너도 오늘 수업 없어?"

"그래. 너도냐?"

프란디에는 키릴로차 곁에 나란히 앉더니 말했다.

"오늘 마법사들이 모여서 달보고 제물이라도 바치는 날인가."

물론 그런 날은 없었다. 마법을 모르는 일반인들 사이에서 미신처럼 나도는 말을 장난삼아 따라했을 뿐이었다.

"무슨 생각 중인 것 같던데, 일츠 어머님 걱정했냐?"

"응. 역시 따라갔어야 했다싶어서."

"카 교수가 안 보내주는데 어떻게 따라간단 말이냐."

프란디에는 키릴로차가 놓은 나뭇가지를 집더니 그 위에 선을 몇 개 겹쳤다. 키릴로차는 허리를 굽혀 턱을 괴었다.

"녀석, 혼자 근심이 많을 텐데."

악몽

프란디에가 키릴로차의 옆얼굴을 바라보았다. 표정이 묘했다. 잠시 후 프란디에가 말했다.

"키릴츠. 너 알스노아 누나 기억나지?"

"물론……."

프란디에는 키릴로차가 대꾸한 후에도 한참이나 말 잇기를 지체했다. 눈을 내리깔고, 입술을 꽉 다물었다가 얕은 한숨을 쉬기를 반복했다. 결국 부드러운 마음이 이겼다.

"오늘 아버지께서 보내신 편지를 받았는데 생각보다 일이 급박하게 돌아가나 보더라고."

키릴로차가 눈을 둥그렇게 뜨며 자세를 고쳐 앉았다.

"어떻게?"

프란디에는 키릴로차의 얼굴을 보다가 훗, 하고 웃었다. 키릴로차는 친구가 웃는 뜻을 몰랐다.

"이 말을 해도 좋을지 모르겠다. 아냐, 아니지. 우린 뭐든 숨기는 일이 없던 친구들인데. 그랬는데…… 상황이 이상하게 변하고 있어서 말이지. 확실히 꼬여가고 있어."

키릴로차는 친구의 말에서 불안감을 감지하고는 무심결에 추리해 보았다. 숨기는 일이 없던 친구들인데 숨길 것이 생겼다면 그건 뭘까? 그들끼리는 어떤 문젯거리라도 말다툼 몇 번, 심해봤자 주먹 한 대씩 주고받으면 해결되지 못할 것이 없었다. 더구나 프란디에는 그런 싸움을 늘 중재해주던 친구였다. 그런 그가 이렇게 고민한다면 원인은 그들

밖에 있어야 했다.

"알스노아는 운젤스트 왕자에게 외사촌이 되지. 그리고 내게는 고종사촌이 되고."

키릴로차는 말뜻을 알면서도 일부러 말을 받았다.

"그러니까 네 고모님의 부군 되시는 분께서 왕비 전하의 오라버니가 되신다는 거지? 그러니까 너희 집안, 카리르밀 후작 가와 왕비 전하의 집안은 사돈 간이란 거잖아?"

프란디에가 다시 한 번 후훗, 하고 웃었다.

"아버지만은 그런 싸움에 끼어들지 않으실 줄 알았는데, 결국 나쁜 예상대로야. 워낙 국왕 폐하를 지근거리에서 보좌하시니 중립을 지키려 해도 상황이 그렇게 놓아두지 않았겠지. 지금 폐하의 측근이란 왕비 전하의 측근과 거의 일치하게 돼버렸거든. 그 가운데서도 추밀원 의장인 아버지는 수장으로 적격인 인물이지."

그 정도로도 충분히 짐작이 갔다. 카리르밀 후작이 운젤스트 왕자를 지지하는 편에 섰다는 것이다. 그렇지만 그것만으로는?

"그럼 공주 전하는?"

세 번째로 후훗, 하고 웃은 프란디에는 머리카락 사이에 손가락을 쑤셔 넣었다.

"왕비 전하 친족들의 입김이 워낙 세서 공주 전하의 입지는 많이 약한 모양이더라고. 그래, 솔직히, 만약 나한테 누가 묻는다면…… 아니 이젠 묻는다 해도 솔직히 말할 입장은 아니지만…… 그래도, 그래도 대답한다면 난 연장자이신 공주 전하께서 왕위를 계승하셔야 된다고 생각한다."

말을 맺은 프란디에의 얼굴이 움찔거렸다. 혼란을 느끼는 모양이었다.

"그래, 나 하나의 생각 따윈 대단치 않다고 칠 수도 있어. 너처럼 공주 전하께 충성을 맹세한 적도 없으니까. 두 분 전하 모두 충분히 자질이 있으시고, 자격도 있으시고, 어느 쪽이든 훌륭히 이 나라를 이끌어 가시리라고 가정했을 때, 사실 이런 싸움은 전혀 도움이 안 돼. 어느 쪽에게도. 심지어 나라를 위해서도. 이 정도로 대립이 뚜렷해진 상황에서 한 쪽이 승리하면 그 다음은 어떻게 될 것 같으냐?"

키릴로차는 고개를 숙이고 생각에 잠겼다. 평소 정치에 뜻을 두거나 관심을 갖고 논해본 일은 없었다. 그러나 아무리 관심이 없다 해도 키릴로차의 머리는 스스로의 짐작보다 명석했다.

"아직 두 분 전하께서 어리시니 왕위를 물려받기까진 상당한 세월이 남았다고 봐야겠지. 지금 한 분이 계승권을 인정받는다 해서 여러 해가 흐르는 동안 뒤집히지 말라는 보장은 없겠고……. 결국 이긴 쪽은 진 쪽의 자격을 지워버리려 하겠군."

프란디에의 얼굴은 이제 슬픈 빛이었다.

"그거야. 만일 공주님께서 대공주 전하가 되신다면 왕자님은 물론이고 그분을 태자로 세우고자 한 자들은 남김없이 날개가 꺾이게 돼. 반대의 경우도 마찬가지고. 죽지는 않는다 해도…… 몰락은 자명할 거야."

그렇게 말했지만 프란디에의 얼굴은 자기 집안의 몰락을 걱정하는 사람과는 거리가 있었다. 두려움이나 초조함보다 막을 수 없는 파국이 다가오는 것을 지켜보며 안타까워하는 모습이었다.

드디어 키릴로차도 눈치를 챘다.

"우리 중에 공주 전하를 지지하는 집안이 있구나."

"그래."

두 친구는 침묵했다. 키릴로차는 당연히 물어야 할 질문조차 잊은 채 갑자기 접한 상황의 비극성 때문에 말문이 막혔다. 그의 소년다운 세계에서 친구들과 갈라서야 하는 상황은 떠오른 일조차 없었다. 심지어 갈라설 뿐 아니라 서로 죽고 죽여야 한다면?

프란디에가 손을 들어 얼굴을 감쌌다. 동시에 키릴로차의 입도 열렸다.

"누구지?"

"……."

이런 상황이 늘 그렇듯 침묵은 대책이 되지 못했다. 프란디에가 입을 열었을 때 키릴로차는 나뭇가지를 다시 들어 열 몇 번째의 선을 어지러운 흙바닥 위에 더하고 있었다.

"브릴모 대사제께서 공주 전하를 적극 감싸신다고 한다."

뚝, 나뭇가지가 부러졌다.

일츠가 떠나고 약 한 달 후, 일츠의 어머니, 아스테리온 종무녀 루이즈 브릴모가 숨을 거두었다는 소식이 전해졌다. 동시에 또 다른 소식도 왔다. 전자의 소식이 수업 시간에 고인을 위해 묵념하는 형식으로 전 학교에 알려졌다면 두 번째 소식은 편지의 형태로 친구 몇 명에게만 은 밀히 전해졌다.

두 소식 모두 즐거움과는 거리가 멀었다.

"결국 돌아가셨다고……."

아르나 아룬드(3월)도 끝나 가는 오후, 봄빛 가득한 고원의 유혹을 견 디지 못하고 묵념이 이루어진 수업 시간에 불참하고 말았던 앙리오트 는 한바탕 말달리기에서 돌아와 루이즈의 죽음을 전해 듣는 순간 고개 를 떨어뜨렸다.

"병으로 돌아가셨다는 얘기뿐이야. 아직 한창이셨는데 그렇게 갑작 스럽게……."

이스카시안의 말을 듣던 앙리오트가 손을 내저으며 잠시 방에 올라 가 쉬어야겠다고 말했다. 돌아서 가는 앙리오트의 뒷모습이 어울리지 않게 어두웠다. 평소 그런 모습을 잘 보이지 않는 친구라 더욱 마음에 걸렸다.

"어려서 일츠 어머님에 대한 추억이 많아서일 거야."

그렇게 말하면서도 키릴로차의 가슴에서는 의혹이 떠나지 않았다. 앙리오트는 나쁜 일이 생기면 상심은 할망정 저렇게 어두운 모습을 보 이는 녀석이 아니었다. 생각은 저절로 궁정의 암투와 연루된 귀족들의 행보로 돌아갔다. 혹시 페레올 가문도 그 판에 뛰어든 것일까? 아냐, 페레올 씨는 그만한 상단을 이룩할 정도로 균형 감각이 탁월하신 분인데. 그런 암투에 꼭 끼어야 하는 귀족 신분도 아니고.

친구들은 하나 둘 흩어졌다. 이상스럽게도 다들 혼자 있고 싶어 하는 얼굴들이었다. 키릴로차의 곁에 남은 사람은 프란디에밖에 없었다. 둘이 얼굴을 마주봤다.

"따라 와라, 키릴츠. 너한테는 편지가 안 왔을 테지. 내가 보여 줄 테니까 내 방으로 가자."

그렇게 말하는 프란디에의 얼굴에 맥없는 미소가 걸려 있었다.

방으로 올라가자 프란디에는 베개 안쪽에서 일고여덟 통이나 되는 편지들을 쏟아내었다. 그 가운데 가장 깨끗한 한 통을 뽑아 키릴로차에게 건넸다. 봉투는 뜯어져 있었고 키릴로차는 내용물을 내어 천천히 읽었다.

"보다시피 그렇게 되었다."

키릴로차가 편지를 다 읽고도 한참 종이를 들여다보는 동안 프란디에가 그렇게 말하며 침대에 벌렁 드러누워 버렸다.

"……"

보낸 사람은 프란디에의 아버지 카리르밀 후작으로, 쓴 날짜는 나흘 전이었다. 아르나브르에서 멜헬디까지 나흘 만에 편지가 전달되는 것은 기적에 가까운 일로서 후작이 아들에게 소식을 빨리 전하기 위해 얼마나 서둘렀는지 짐작하고도 남았다.

"그럼 일츠는……"

"돌아오지 않을 거야. 아니, 정말 녀석의 어머님께서 돌아가시긴 했을까? 이젠 그것조차 의심스럽군."

키릴로차는 가슴에서 뱃속까지 차가운 기운이 내려가는 기분이었지만 애써 부인했다.

"그렇지는 않을 거야. 어머니 소식이 왔을 때 그렇게 충격을 받은 모습은 처음 봤어. 분명…… 아닐 거야."

루이즈 무녀가 살아 있다면 누구보다 기뻐할 사람이 키릴로차 자신이었다. 그러나 지금만은 일츠가 그런 거짓말을 했으리라는 상상을 하고 싶지 않았다. 그것만은 안 되었다.

덜컥, 방문 열리는 소리가 들렸다. 돌아보자 문가에 이스카시안이 서 있었다. 프란디에가 들어오라고 손짓했다. 이스카시안은 들어오며 문을 딱 잠갔다.

"너도 편지 받았구나."

"그래. 알리당스 대공께선 뭐라시냐?"

"당장 돌아오라 하시는군. 지금 수도를 떠나 있을 상황이 아니라나. 넌?"

"나도 돌아가야겠지."

두 소년은 침대 위에 앉고, 키릴로차는 의자를 거꾸로 놓고 앉아 둘을 바라보았다. 이윽고 두 소년의 눈이 키릴로차에게 쏠렸다.

"키릴츠, 넌…… 어때? 브릴모 저택으로 돌아가야겠지?"

키릴로차는 대답하지 않았다.

프란디에가 보여 준 편지에 적혔던 귀족들의 이름이 머릿속을 맴돌았다. 카리르밀 후작, 알리당스 대공을 비롯한 십여 명의 귀족들, 이어 대상인 페레올을 비롯한 몇 사람의 세력가들……

다른 두 소년은 저들이 보지 못한 편지를 똑같이 떠올렸다. 롬디오는 그 편지를 받았을 것이다. 브릴모 대사제를 위시한 주드마린 공주파의 결의를 알리는 편지를.

누가 어느 파에 속했는가는 이미 궁정에서도 비밀이 아니었다. 남은 것은 대결, 그리고 국왕의 결정뿐이었다. 날짜는 가까웠다. 아르나 아룬드가 끝나 가고 곧 타로핀 아룬드(4월)가 다가온다. 약속과 신의의 돌로 신성시되는 타로핀의 축복이 깃들이기를 바라는 마음에서, 나라 사이의 조약이나 동맹은 물론 왕위 계승자나 왕실의 혼사 등 중대한 발표는 전통적으로 이 아룬드를 택했다. 타로핀을 걸고 한 약속을 지키도록 도울 뿐 아니라 어기는 자에게는 저주마저 가져다준다는 약속의 돌 타로핀.

상황이 급박하게 돌아가고 있으니 다음 해는 너무 늦다. 결정은 이번 타로핀 아룬드일 가능성이 컸다. 여섯 친구의 집안은 양쪽으로 갈라져 버렸다. 곧 다가올 결정에 따라 집안의 파멸은 물론 죽음까지도 가져다줄지 모를 갈림길이 코앞이었다.

두 친구는 한 배를 탄 반면 키릴로차의 입장은 애매했다. 그는 귀족이 아니었지만 굳이 따진다면 브릴모 집안의 사람이었다. 그러면 브릴모 저택으로 돌아가야 할까? 갈피를 잡기 어려웠다. 프란디에나 이스카시안의 집안에서 어서 돌아오라고 재촉하는 것은 아들들이 호위도 없는 곳에서 위험한 일을 당할까봐 우려하기 때문일지도 몰랐다. 그러나 키릴로차에게는 그럴 일도 없거니와 굳이 돌아오라고 부를 사람도 없었다. 그렇다고 남아 있는 것은 무슨 의미가 있을까?

"키릴츠."

프란디에가 입을 열었다. 그는 이런 상황을 다 알면서도 굳이 따지자면 반대편인 키릴로차에게 정보를 알려준 셈이었다.

"넌…… 굳이 돌아갈 필요는 없을 거야. 나하고 이스카, 롬디, 앙리는 다들 편지를 받은 모양이니 오늘 중으로 짐을 싸겠지. 넌 마법 수업에서 중요한 부분을 배우는 중이기도 하고…… 떠나는 건 별로 좋지 않을 거야. 일이 잘 되면 함께 돌아올게. 전처럼 말머리를 나란히 하고 웃으면서 돌아올게."

안경 너머로 보이는 눈이 어둡게 가라앉았다. 이스카시안은 말없이 창밖만 내다보았다. 셋 다 알고 있었다. 그렇게 되기란 어려움을. 나이는 비록 많지 않아도 그만한 세월을 귀족들의 암투를 보며 자라온 그들이었다.

"좋은 소식 기다려 줘라."

"그래."

네 친구는 그날 저녁, 교수들에게 인사를 올리고 키릴로차와 작별했다. 클라리몽드도 나와서 배웅했다. 이미 해질녘이었다. 산 거름 너머로 서서히 멀어지다가 어둠 속에 녹아버리는 친구들의 모습을 키릴로차는 오랫동안 지켜보았다.

이레가 흘렀다.

타로핀 아룬드로 접어들고도 닷새째였다. 혹시라도 하는 마음으로 좋은 소식을 손꼽아 기다리던 키릴로차는 하루하루 가슴이 타들어갔다. 클라리몽드의 위로도 소용이 없었다. 피하지 못할 결과를 앞서서 기다려야 하는 그에게 위로가 줄 수 있는 위안은 너무도 적었다.

프란디에가 마지막으로 했던 말의 의미를 가만히 되씹어 보았다. 여기에 남아 있으라던 말, 그것은 무슨 의미였을까. 사실 키릴로차가 어디에 있든 이번 사태에 끼칠 영향은 전혀 없었다. 그러나 키릴로차가 돌아간다면 갈 곳은 브릴모 대사제의 집, 일츠의 집이다. 현재 브릴모 대사제가 수장이다시피 한 주드마린 공주파의 입지는 많이 약하다고 했다. 그 생각은 '공주 지지파가 져서 브릴모 집안이 위험해진다면'이라는 상상으로 이어졌다. 프란디에의 말은, 브릴모 집안이 무너지기라도 하면 돌아오지 말고 어디든 다른 곳으로 떠나라는 말이었을까?

그렇다면 일츠는? 롬디오는? 할아버지는?

수습할 수 없는 불안이 꿈속에서조차 무겁게 짓눌러와 잠도 편히 자지 못했다. 본국 소식을 알 수 없는 타국의 학교에 있다는 사실이 이렇게 답답하게 느껴진 것은 처음이었다. 수업도 귀에 들어오지 않았다. 웬일로 카 교수가 요즈음 부쩍 한가해진 듯 쉽게 수업을 연기하거나 조정해 주었기 때문에 밖에 혼자 나와 생각에 잠기는 시간이 많아졌다.

등 뒤에서 풀잎을 쓰다듬는 옷자락 소리가 나자 키릴로차는 몸을 돌렸다.

"할 말이 있어서 왔어."

클라리몽드가 곁에 앉으며 말했다. 키릴로차가 고개를 끄덕이자 곧장 말을 이었다.

"아르나브르로 가는 편이 좋겠어, 너."

키릴로차는 연인의 눈을 말없이 바라보기만 했다.

"걱정해서 해결되는 일은 없어. 친구를 돕고 싶다면 가서 돕고, 도울 힘이 없더라도 노력해 봐. 그게 다 불가능해도 소식은 알 수 있어. 오지 않는 소식을 기다리면서 속만 태우는 것은 어디에도 도움이 안 돼."

"친구가 여기서 기다리라고 한 뜻이 무엇일까 생각해봤어."

흘러내린 머리가 클라리몽드의 옆얼굴에 그림자를 드리웠다.

"그건 네가 짐작하는 대로야."

키릴로차가 다시 고개를 끄덕였다. 그도 알고 있었다.

"클로."

그것은 키릴로차 한 사람만이 부르는 애칭이었다. 클라리몽드는 잠시 사이를 두고 대답했다.

"응."

"나, 가도 괜찮겠어? 가면 돌아오지 못할지도 몰라."

클라리몽드가 고개를 저었다.

"그럴 리 없어. 난 네가 안전하게 돌아오리라 확신해."

"그럼 친구들은?"

"……."

클라리몽드는 말없이 다른 곳을 바라보았다. 시선이 닿는 곳에 클로버 한 뭉치가 둥그렇게 자라나 있었다. 결심하기까지 필요한 시간은 짧았다.

"키릴츠, 나 말이야, 너한테 하지 않은 이야기가 있어."

"뭔데?"

반문은 가벼웠다. 클라리몽드는 대조적으로 오래 망설였다.

"네가 답답해하는 모습을 보자니 나조차 견디기 힘들어서…… 그래서 가보라고 한 것은 맞아. 그것만은 진심이야. 하지만……."

이번에는 더 오래 망설였다. 그러자 키릴로차도 이상한 느낌이 들었는지 연인의 손목을 쓰다듬었다.

"괜찮으니 이야기해 봐. 무슨 일인데?"

클라리몽드는 마음속으로 늘 하던 말을 뇌까렸다. 사랑스러운 사람. 당신은 언제나 내게 관대했어. 지나칠 정도로.

"네가 말을 안 하고 그러고 있으니까 걱정이 되잖아."

손가락이 소매와 팔을 쓸어 올라갔다. 어깨에 닿자 온기가 옷 안까지 전해져 왔다. 클라리몽드는 이상스럽게도 잠시 떨었다. 다른 손이 어깨를 감싸고 이윽고 끌어안았을 때, 탑을 올려다보던 그녀의 고개가 떨어졌다. 다시 한 번 클로버에게로, 무덤가에서 피는 풀, 시체의 풀 클로버.

풀냄새에 취한 봄이 빙글빙글 돌며 하늘까지 오르려 했다. 탑 꼭대기까지, 그 너머까지. 석벽은 말라비틀어진 빵 껍데기처럼, 어깨를 맞댄 조개들처럼 밀려 올라가다 우뚝 멈춰 장려한 햇빛에 물들었다.

멀리 탑 아래 풀밭에 두 남녀가 앉아 있었다. 그들은 이야기하고, 또 이야기하고, 남자가 흠칫 놀라 껴안던 손을 멈추고, 멀리서는 알아볼 수 없는 표정으로 몇 마디 한 뒤 여자의 손을 뿌리치며 벌떡 일어났다. 그는 한 발을 헛디딘 듯, 정신이 아득해지는 듯, 잠깐 비틀거렸다. 여자는 이제 말이 없었고 남자도 마찬가지였다. 한 걸음, 두 걸음, 물러선 남자는 탑 안으로 달려 들어갔다.

빛과 그림자로 얼룩진 탑 아래 혼자 남은 여자는 움직이지 않았다. 봄 오후를 그린 그림처럼.

달리는 말 위에서 세상은 천둥 같은 소리를 냈다.

비는 내리지 않았다. 그러나 키릴로차를 둘러싼 대기가 떨렸다. 사납게 으르렁거렸고 벽력처럼 후려쳤다.

쿠르릉……

어쩌면 머릿속에서만 울리는지도 모른다. 땅을 가를 듯, 하늘을 무너뜨릴 듯, 소리가 그의 세계를 두드려댔다. 불빛들이 밤을 가르고 구전광(球電光)이 어지러이 날았다. 고통스럽게 펄떡이는, 죽어 가는 생선 같은 심장에 의지해 말 등에 매달렸다. 들판은 까마득히 넓어 영영 그 너머에 다다르지 못할 듯했다.

클라리몽드의 목소리가 귓전을 맴돌았다.

그들은 죽을지도 몰라.

죽는다고?

키릴로차는 부정했다. 열렬히 부정하면서도 어느 순간에는 이미 다 끝나버린 일이고, 자신은 단지 절망에 빠져 달아나고 있을 뿐인 듯했다. 꿈과 현실의 경계에서 그런 일은 수번이나 일어났다. 멜헬디를 떠나 산을 내려오고, 일전에 마차를 빌렸던 마을에서 말을 구한 것이 벌써 열 시간 전이었다. 그 사이 말을 한 번 갈아탔지만 기수는 바꿀 수 없었기에 말을 탄다기보다 억지로 달라붙어 달렸다. 허벅지가 뻣뻣해지고 허리가 쑤셔왔다. 숨쉬기가 힘들었고 말도 할 수 없었다. 그러나 그 모두보다 더한 두려움이 그를 뒤따라왔다. 그는 한시도 쉬지 못하고 쫓겨 달아났다.

뺨에 빗방울이 스쳤다. 점차 거세졌다. 말은 아직 꽤 빨랐기에 얼굴에 칼날들이 와 박히는 듯했다. 비가 오면 길을 잃는다. 지리가 낯선 이곳에서 길까지 잃으면 생존을 위협받게 된다. 아무 준비도 없이 출발했고, 야영을 해본 경험도 없었다. 찾으러 올 사람도 없었다.

비는 쉽사리 그치지 않았다. 젖은 몸이 싸늘해졌다. 머리가 어지러웠다. 하늘과 땅이 엉켜 구별이 가지 않더니 나중에는 뒤집힌 세상을 달리는 듯했다. 오던 길로 되돌아가는 것 같기도 했다. 달려도 달려도 제자리인 듯했다. 마지막 마을에서 물어 알아둔 방향은 천지간에 젖은 풀뿐인 벌판을 달리는 동안 다 흩어졌다. 새벽이 오면 좀 더 보일까. 태양이 떠오르고, 하늘이 밝아지면……

쿠르르르…… 쿠쾅!

히히히힝!

젖은 번개가 벌판에 꽂히자 놀란 말이 한바탕 앞발을 들어 주인을 떨어뜨릴 뻔했다. 흠칫 긴장하자 다시 정신이 돌아왔다. 동시에 참을 수 없는 싸늘함이 밀려왔다. 뱃속에 무거운 돌이 든 듯했다. 벼락 소리도, 말이 울부짖는 소리도 들리지 않고 오직 두려움만이 보였다. 검은 안개처럼 실체로 변해 눈앞에 드리워져 있었다.

저 어둠 너머에 아르나브르가 있으리라. 거기 갇힌 친구들의 운명이 그를 사로잡았다. 멈출 수도, 쓰러질 수도 없었다.

죽을지도 몰라. 그럴지도 몰라. 아니, 죽을 거야.

"그런 일은 없어!"

목이 잠겨 스스로에게도 들리지 않는 외침이었다. 오직 머릿속에서만 뚜렷하게 울렸다.

하늘이 서서히 밝아졌다. 장막처럼 드리워졌던 검푸른 구름이 찢어지더니 갈가리 흩어졌다. 이윽고 날려갔다. 보랏빛 안개 사이로 흰 달이 나타나 한 뼘뿐인 하늘을 빠르게 가로질렀다. 고삐를 쥔 손바닥에서 부르튼 감각이 되살아났다. 고통이 정신을 맑게 했다. 늦어선 안 된다. 아무것도 하지 못할지라도, 그들 곁에 서야 한다.

"기다려……. 기다려 줘!"

젖은 꼬리를 철썩이며 나아가는 말, 한 몸이 된 것처럼 매달려 감기지 않는 눈으로 앞을 쏘아보는 사람, 그들은 현실이 아닌 듯 푸르스름한 들판을 통과해 갔다.

며칠이 지났을까.

아르나브르의 동문이 보이기 시작했을 때 키릴로차는 눈을 깜빡이며 헛것이 아닌가 확인해 보았다. 날짜도, 시간 감각도 지워져버렸다. 남은 건 말을 다섯 번 바꿔 탔다는 기억뿐이었다.

문을 통과하고서야 마침내 도착했음이 실감났다. 그렇게 서두르고도 그는 흘러버린 시간 때문에 불안에 떨었다. 말이 천천히 걷는 가운데 익숙한 풍경이 차례로 나타났다. 그는 무언가 달라진 점이 없는지 자꾸만 살펴보았다. 그런 것이 있을 리 없었다. 그의 세계는 부서지기 직전이건만 세상은 여느 때와 똑같았다. 아무도 큰일이 생겼다고, 서둘러야 한다고 외치지 않았다.

어디로 가야 할까?

무심코 브릴모 저택으로 향하던 키릴로차는 퍼뜩 다시 생각하며 고삐를 잡은 손을 늦췄다. 일츠를 만나기 전에 상황을 먼저 알아보아야 하지 않을까? 어디서 정보를 얻을 수 있을까?

다시 클라리몽드의 목소리가 떠올랐다.

'위험한 쪽은 공주님을 지지하는 사람들, 그러니까 일츠와 롬디오가 아냐.'

키릴로차는 고개를 흔들었다. 어느 쪽이 위험에 처했든 그에게는 상관없었다. 이쪽이든 저쪽이든 한 명도 잃을 수 없었다. 그러나 클라리몽드의 말을 믿는다면 프란디에나 앙리오트, 이스카시안을 먼저 찾아가야 할까?

어쩌면 그건 일츠를 믿지 않는 행동일지도 몰랐다. 아직까지 한 번도 의심하지 않았던 그의 형제였다. 다른 일이었다면 그는 끝까지 일츠의 편을 들었을 것이다. 그러나 이 순간 그는 결정을 내려야 했다.

분수 광장까지 온 키릴로차는 말을 멈추었다. 남쪽으로 이어지는 발모르 거리 입구에 드라니라바티 시절에 친구들과 들르곤 하던 작은 요릿집이 있었다. 문을 열자 높은 천장에 달린 망가진 샹들리에와 종류가 뒤죽박죽인 의자들이 친숙했다. 그는 잠시 서서 눈을 비볐다.

"이게 누구야? 키릴츠 맞지?"

주인이 바를 닦다 말고 나오며 반색을 했다. 오전이라 손님은 한 명도 없었다. 키릴로차는 어색하게 웃으며 다가섰다. 얼굴이 굳어 웃음도 잘 나오지 않았다. 사실 예전에 종종 올 때도 눈인사만 나눴을 뿐, 주인과 농담을 주고받아 가며 친하게 지냈던 사람은 앙리오트였다. 하긴 이곳뿐 아니라 모든 술집 주인들이 앙리오트를 좋아했다.

"그나저나 도련님 행색이 말씀이 아니네. 어디서 밤샘이라도 한 게야? 그리고 왜 혼자야? 친구들은 어쩌고?"

이쪽 거리는 메르라바티 학생들이 주로 오는 곳이고 드라니라바티와는 꽤 떨어져 있어서 주인은 키릴로차와 친구들이 유학을 떠났다는 이야기를 전해 듣지 못했던 모양이었다. 그래서 일부러 이쪽으로 온 것이기도 했다. 드라니라바티 근처로 가면 그를 알아볼 사람이 너무 많았다. 동창생 한 명만 만나면 그가 돌아왔다는 소문이 삽시간에 퍼질 터였다.

"저, 아저씨. 부탁 하나만 드려도 될까요? 편지 심부름할 사람이 필요한데 물론 삯은 두둑이 드릴게요."

"돈주머니가 두둑하면 심부름할 놈이야 널렸지. 편지는 썼고?"

주인에게 양피지 조각 하나와 펜을 빌렸다. 손가락이 굳어 펜이 잘 잡히지 않았다. 덕택에 오히려 누구의 필적인지 알아보지 못할 편지가 되었다. 키릴로차는 편지를 접으면서 말했다.

"브릴모 저택에 가면 루크두크라는 문지기가 있을 겁니다. 그 사람한테 앨윌드라는 하녀를 불러 달라고 부탁하세요. 그 하녀에게 제 이야기를 한 다음, 그 댁 아가씨께 이 편지를 전해 달라고 하면 돼요. 그들 외에 다른 사람은 이 편지의 존재를 알면 안 됩니다. 특히 그 댁 도련님께는 절대로 알려져선 안 됩니다……."

"키릴츠 오빠! 어떻게……."

키릴로차가 안-마리 루이즈 브릴모를 만난 시각은 한밤중이었다. 반쯤은 도박이었는데 다행히 예상이 들어맞았다. 커가면서 사내애처럼 대담한 성격이 된 안은 키릴로차를 만나기 위해 남장까지 하고 저택을 빠져 나와 주었다. 약속 장소는 일부러 한 번도 가본 일이 없는 발모르 거리 안쪽의 술집 2층으로 정했다. 키릴로차가 상황을 말하는 동안 안은 아무 말도 하지 않았다.

"그래. 그랬구나."

키릴로차가 설명을 끝내자 안은 고개를 끄덕거리며 천장을 올려다보았다. 일츠와 똑같은 흑녹색 눈동자를 보자 기분이 묘해졌다. 어릴 때부터 늘 봐 왔기에 안을 잘 안다고 생각해왔지만 이제는 확신이 없었다. 일츠는 어떠했던가. 그가 어떤 사람인지 충분히, 아니 완벽하게 안다고 생각하지 않았던가. 그러나 이 순간 일츠가 무슨 생각을 할지 한 가지라도 짐작할 수 있는가.

"오빠, 난 많은 건 몰라. 하지만 오빠가 한 얘기를 몇 개 확인해 줄 수는 있어. 그, 프란디에 오빠 말이야……."

안이 말을 멈췄다. 사실 그랬다. 키릴로차가 안을 믿고 부른 가장 큰 이유는 바로 그녀와 프란디에 사이의 유대감이었다. 클라리몽드의 말대로라면 지금 프란디에는 위험한 처지일 것이다. 안은 꾸밈없는 아이였고, 무엇보다 프란디에가 위험한데 모르는 체 하리라고는 생각되지 않았다.

"오빠들이 학교를 떠난 게 키릴츠 오빠보다 훨씬 먼저였다고 했지? 그런데 말이지, 프란 오빠는 집에 돌아오지 않았어."

"뭐?"

키릴로차는 자리에서 벌떡 일어날 뻔했다. 가까스로 자신을 누르며 안의 얼굴을 뚫어져라 보았다. 돌아오지 않았다니? 그러면 대체 어디에 있다는 말인가?

"그럼 이스카…… 이스카시안은? 혹시 앙리오트의 소식은 모르니?"

"이스카시안 오빠는 집에 있어."

더더욱 이해가 가지 않았지만 최소한 오다가 사고를 당하지는 않았구나 싶어 조금 안심이 되었다. 그러나 곧 새로운 불안감이 머리를 쳐들었다. 그렇다면 아르나브르에서 실종됐다는 말인가? 카리르밀 후작가의 후계자가?

"그리고 앙리오트 오빠는 아르나브르에 있긴 한데 페레올 저택이 아니라 다른 집에 있어. 페레올 씨 상단에 속한 대리인의 집이 아닌가 싶은데. 어쨌든 집에는 돌아가지 않는 것 같아."

"프란디에가 어디에 있는지는 모르고?"

"모르겠어."

짤막한 대답에서 한숨이 묻어났다. 안은 머리를 쓸어 올리며 키릴로차의 얼굴을 들여다보았다.

"오빠, 오빠는 아마 모르겠지만, 아니 나도 잘 모르지만…… 궁전에서 무슨 일이 벌어졌나봐. 어젯밤부터 낯선 병사들이 모든 문을 단단히 막고 있어. 도시 밖에서 적이 침입하거나 한 기색은 전혀 없어. 아르나브르는 평온하거든. 수도를 경비하던 병사들도 움직이지 않았고. 그리고 프란디에 오빠의 아버님께서도 열흘인가 전부터 행방불명이야. 카리르밀 후작 댁 근처에 가보았지만 문이 굳게 닫힌 데다 역시 낯모를 병사들이 지키고 있어서 소식도 못 물어봤어. 또 알리당스 대공저도 출입이 통제되었대."

키릴로차는 숨을 죽인 채 그 말을 다 들었다. 오는 내내 떨쳐버리려 애썼던 상상, 클라리몽드가 해준 말이 현실이 되는 상상이 점차 가까이 다가오자 몸이 떨렸다.

"안…… 고마워. 하나만 더 물어볼게. 일츠는 어떻게 하고 있어?"

"오빠는 요새 집에 잘 안 있고 밖으로만 다니나봐. 아빠도 마찬가지고. 엄마가 돌아가신 후부터는 집안이 뭔가……."

키릴로차는 퍼뜩 놀랐다. 얼마 전에 어머니를 잃은 안에게 위로의 말을 하는 것조차 잊고 있었다. 더구나 키릴로차를 그토록 잘 돌봐준 루이즈 무녀의 일인데.

"미안해, 안. 어머니께서 돌아가신 일은 내게도……."

안이 고개를 들더니 미소를 보였다. 괜찮다며 고개를 저었지만 속눈썹에 맺힌 눈물을 가리지는 못했다.

"안."

키릴로차는 안에게 다가가 어깨를 껴안았다. 안은 잠자코 마룻바닥만 내려다봤다. 키릴로차에게 안은 친동생처럼 사랑스러운 존재였고, 안 역시 키릴로차를 친오빠보다 멀게 생각해 본 일이 없었다.

안이 조그맣게 물었다.

"키릴츠 오빠는 이제 집에 안 오는 거야?"

뭐라 대답해야 좋을지 몰랐다. 키릴로차는 입을 벌렸다가, 다물었다가, 다시 열어 천천히 말했다.

"지금은 아니지만…… 좀 더 알아보고 나서…… 그런 다음에 돌아갈게. 아냐, 그래. 돌아가지 않을지도 모르겠다."

아니, 키릴로차도 돌아가고 싶었다. 그와 일츠가 함께 소년 시절을 보낸 친근한 곳으로, 마주보는 침실과 둘만의 거실, 작은 서재가 있는 그의 집으로 돌아가고 싶었다. 그러나 서서히 그도 깨달아갔다. 그 행복은 돌이킬 수 없다고, 어쩌면 영영 돌아오지 않을지도 모른다고.

차라리 꿈이었다면. 깨어나는 순간 사라질 악몽이라면.

"저예요, 아바마마."

커튼은 움직이지 않았다. 누군가 놀란 듯 뒤척이는 소리와 어린아이가 칭얼대는 소리만이 흘러나왔다.

"아바마마, 주드마린이에요. 긴히 드릴 말씀이 있으니 알현을 허락해 주세요."

시이를 8세의 목소리는 들리지 않았다. 잠시 후 공주 뒤에 서 있던 기사가 다가와 직접 커튼을 걷어버렸다.

"……"

커튼 안쪽에 얇은 막이 한 겹 너울거렸다. 그 너머로 뜻밖에 정식 의전 복장을 갖춘 늙은 국왕의 모습이 보였다. 그 곁에 바짝 붙어 앉은 왕비, 그리고 누워 있는 어린 왕자의 모습도 어렴풋이 보였다.

그들은 궁전의 주인인 국왕 일가였고, 이곳은 국왕의 침실이었다. 비록 공주라 하더라도, 아니 그 누구라 하더라도 이런 내밀한 공간에 멋대로 들어와 자기 말을 듣도록 강요할 수는 없었다.

"무엄함을 용서하세요. 지난번 제가 올린 청에 어떤 답도 내려주지 않으시니 부득이 이리 할 도리밖에 없었답니다."

 방은 어두웠다. 왼쪽에 반쯤 열린 문 너머에서 들어오는 빛만이 실내를 어슴푸레하게 밝혔다. 공주를 따라온 십여 명의 기사와 대신들의 모습은 서서히 어둠에 잠겨들어 무한히 많은 것처럼 보였다. 그들은 지옥에서 오기라도 한 것처럼 기침 소리 하나 내지 않았다. 방은 바다 밑처럼 잠잠했다.

 공주는 아직 어리되, 이제 어리지만은 않았다. 이번 일이 모두 공주의 머릿속에서 나온 것은 아니지만 이 정도로 대담한 계획에 동의하고 행동으로 옮기는 일 역시 아무나 해낼 수는 없었다. 오늘 주드마린은 국왕과 마찬가지로 성장(盛裝)을 했다. 예복을 갖춰 입고 세력을 거느린 모습은 왕을 찾아온 또 하나의 왕과 다르지 않았다.

 "제가 무엇을 원하는지는 잘 아실 거예요."

 이렇게 찾아오기 전, 두 번에 걸쳐 보낸 편지를 읽었다면 이미 알고도 남을 일이었다. 국왕은 그때와 마찬가지로 침묵했다.

 "침묵은 아무것도 해결하지 못해요. 영원히 대답을 기다릴 생각도 없고요."

 딸이 아버지에게 하는 말이라고는 믿기 어려웠다. 국왕의 고개가 약간 움직였다.

 "아바마마의 딸을 잘 보세요. 호랑이를 탔으니 중도에 내리지는 못한답니다. 목적지까지 가든가, 아니면 잡아먹힐 뿐이죠. 혹시라도 잊으셨을지 모르니 다시 한 번 말씀드리지요. 대공주의 위(位)를 원합니다.

지금 즉시 서명되어 내일 아침에 공포할 문서를 원합니다."

뒤에 선 자들은 공주에게서 그간 몰랐던 면모를 느끼고 말없이 동요했다. 영리하고 단호할뿐더러 원하는 것을 위해 뭐든 희생시킬 수 있는 잔인함까지 갖춘 어린 공주였다. 처음에는 저들의 권력 다툼을 위한 도구에 불과했는데, 돌이켜보니 그들이 공주를 끌어들였는지 공주가 그들을 끌어들였는지 도무지 분명치 않았다. 더구나 일이 이미 이렇게 된 이상 얌전한 체 방에 박혀 기다리기만 해도 될 텐데 자기 발로 국왕을 찾아와 대공주의 자리를 요구하는 주드마린의 모습은 그들이 어렴풋이 생각한 어린 소녀와는 까마득히 거리가 멀었다.

한참 만에 국왕의 입이 열렸다.

"왕자를 어찌할 참인가."

며칠 사이에 갑자기 늙기라도 한 것처럼 쇠약한 목소리였다. 아직은 어리다고 생각했던 딸이 은밀히 사병을 키워 온 불충한 대사제와 결탁하여 아버지의 목에 칼을 들이대는 현실을 받아들이기에 왕은 너무 늙었다.

"왕자라……. 거기 잠든 운젤을 어찌할 것이냐고 물으셨나요? 정말 알고 싶으신가요?"

왕비의 목에서 겁에 질린 외침이 튀어나왔으나 그뿐이었다. 공주는 아무 소리도 듣지 못한 것처럼 말을 이었다.

"운젤은 제 동생이지요. 저는 동생을 사랑한답니다. 어마마마와 다른 방식이기는 하지만, 어쨌든 사랑하는 것만은 틀림없지요. 그런 동생을 제가 어찌 해치겠어요?"

되묻는 왕비의 목소리가 떨렸다.

"그게…… 그게 정말이오, 공주? 운젤스트를 해치지 않겠다는……."

주드마린이 무례하게 말을 잘랐다.

"어마마마께서 동생을 죽일 뻔 하셨으니 저라도 살려야 하지 않겠습니까? 다만."

"……."

'다만' 뒤에 이어질 말이 무엇일지 온갖 불길한 상상을 한 왕비의 얼굴이 푸르스름하게 굳어졌다. 순리로 보자면 공주가 차지했어야 할 왕위 계승자의 자리를 무리해서 제 아들에게 주려 했기 때문에 지금의 사태가 생겼는지도 모른다. 따르는 세력이 많았을 때는 그만한 일은 아무 것도 아닌 줄로만 알았다. 국왕은 그 즈음 왕비의 청이라면 거절하는 법이 없었고, 애어른 같은 주드마린은 죽은 엘리스틴처럼 부왕의 사랑을 받지 못했다. 당돌하고, 상냥하지 못하고, 사교적이지 못하고, 아무리 좋은 옷을 차려 입혀도 태가 나지 않는 창백한 주드마린은 부왕뿐 아니라 누구의 눈에도 그리 사랑스럽지 않은 아이였다. 그런 애를 도와줄 사람 따윈 없을 줄 알았다.

그러나 사람들의 사랑을 얻을 줄 모르는 저 서투른 소녀는 왕실의 꽃이기 이전에 왕위 계승자였다. 어디서든 사랑받는 여자로 살아온 왕비에게는 이해하기 힘든 문제였을지도 모른다. 왕의 여자가 되는 것과 왕이 되는 것은 전혀 다른 영역이었다. 주드마린은 똑똑했지만 그걸 숨길 줄 알았고, 대담했지만 조용하게 움직였다. 그런 공주의 자질을 알아본 사람은 따로 있었다.

오늘 이 순간이 오기 전까지 왕비의 원망은 주로 공주를 사주하고 사병까지 제공한 브릴모 대사제를 향했었다. 그러나 이 자리에서 공주를 대하고 보니 왕비가 두려워했어야 마땅한 것은 그런 대사제의 힘보다 공주의 차가움 자체였다. 어린 주드마린 아미냑에게 핏줄간의 정이나 부녀간의 관습 따위는 아무것도 아니었다. 이 소녀는 이미 정치가였고, 모든 것은 협상의 대상에 불과했다.

"운젤스트와 저는 똑같이 아바마마의 피를 이어받았어요. 그러니 아바마마를 사랑하듯 저는 그 아이를 사랑해요. 아마 제게 동생은 운젤 하나뿐이죠?"

무슨 말을 하려나 싶어 왕비의 눈이 커졌다.

"그러니까 제가 사랑하고 보호해야 할 대상도 동생 하나뿐이겠죠?"

왕비와 국왕은 물론 공주 뒤에 시립한 자들도 모두 말뜻을 알아들었다. 주드마린이 뒤를 돌아봤다.

"제 의무는 그걸로 충분하다고 생각하지 않으세요, 크레드니에 백작?"

롬디오와 똑같은 곱슬머리와 눈을 한 크레드니에 백작이 허리를 굽히며 대답했다.

"물론입니다, 공주 전하."

"그 말은……"

왕비가 두려워하는 것도 무리가 아니었다. 주드마린의 말은 동생이 아닌 다른 사람들은 가차 없이 숙청하겠다는 뜻이 틀림없었다. 왕비 자신은 운젤스트의 어머니일 뿐, 주드마린의 어머니는 아니었다.

갑자기 주드마린은 섬뜩할 정도로 환한 웃음을 지었다.

"걱정 마세요, 어마마마. 어마마마께선 제 동생을 가장 사랑하는 분이시잖아요? 어마마마께서 사라지면 동생이 불행해질 테고, 그건 제가 원하는 바가 아니지요. 친어머니를 잃은 제게도 하나뿐인 어머니가 아니신가요."

너무 친절하게 들리는 말 뒤에 무슨 말이 따라올지 몰라 왕비는 안절부절 못했다.

"잘 아셨겠지요? 저는 동생과 어마마마를 보호할 것입니다. 그럼 그 나머지는 제가 좋을 대로 처리하더라도 이의가 없으실 것으로 압니다."

"그 말은!"

주드마린은 왕비의 다급한 외침에 대답할 필요를 느끼지 않았다. 그녀의 시선은 다시금 부왕을 향했다.

"아바마마, 아니 폐하."

한 발 앞으로 나선 공주가 치맛자락을 들며 그 자리에서 무릎을 꿇었다. 시이를 8세가 천천히 중얼거렸다.

"······너는 무례하다."

"왕실을 위해서입니다."

"왕실을 위해서라고? 그건 무슨 소리냐."

공주가 고개를 쳐들었다.

"폐하께서 현명하심을 잘 압니다. 아니, 믿고 있습니다. 왜냐하면 저는 폐하의 딸로서 폐하의 천성을 이었다고 자부하니까요. 저는 저 자신의 욕망을 위해 이번 일을 일으키지 않았습니다. 만일 운젤스트가 왕위 계승자가 된다고 생각해 보십시오. 그 아이가 사리 판단이 가능한 나이가 되려면 적어도 십 년, 그 사이 궁정은 왕비 전하의 친족들을 비롯한 총신 몇 명의 손에 완전히 놀아나게 될 것입니다."

침묵이 흐른 끝에 국왕이 말했다.

"너는 내가 그런 상황을 그대로 두고 보리라 믿느냐."

"물론 폐하께서 그러실 리 없음을 잘 압니다."

"그렇다면 무슨 의미로 그런 말을 하느냐."

아버지와 딸, 국왕과 공주의 눈이 마주쳤다.

"폐하께서는 늙으셨습니다."

주드마린을 따라온 자들조차 공주가 저토록 강하게 말하리라고는 생각하지 못했다. 엷은 막 안쪽에서 숨결이 거칠어지는 소리가 들려왔다. 그러나 주드마린은 국왕의 분노를 앞서서 기다리지 않았다.

"누구나 시간이 가면 늙습니다. 저도 마찬가지일 테고요. 그러나 저는 폐하께서 나이 때문에 판단이 흐려지셨다고 말하지 않았습니다. 제 말은 그러리라 믿는 사람들이 많아진다는 의미입니다. 그들이 '국왕 폐하는 국사를 돌보시기에 이제 너무 연로하시다', 또는 불충하게도 '곧 돌아가시리라'는 생각을 하게 되면……."

"주드마린!"

공주는 말을 멈추지 않았다.

"바로 그런 생각이 문제입니다! 그들이 몇 년 안 가 저들의 세상, 즉 운젤스트 국왕의 시대가 온다고 믿으면 그들의 안하무인을 무엇으로 막으시렵니까? 그들은 모두 왕위 계승자의 삼촌이거나 숙모이며 사촌이나 조카들입니다. 폐하께서 그들을 경계하려 하셔도 다른 귀족들은 모두 그들의 눈치를 봅니다. 국왕이 통제할 수 없는 궁정은 더 이상 국왕의 것이 아닙니다. 그 증거를 보십시오. 가까운 미래에 나이 어린 국왕을 업고 제멋대로 권력을 휘두를 수 있으리라고 믿지 않고서야 어찌 저들이 이토록 갑작스럽게, 왕위 계승자를 바꾸고자 하는 야망을 품겠습니까!"

크레드니에 백작은 눈을 크게 뜨면서 생각했다. 공주가 저토록 달변가일 줄이야. 한마디도 틀린 곳이 없지 않은가. 심지어 왕위 계승자를 '바꾸려 했다'고 말함으로서 본래 왕위 계승권이 자신에게 있었음을 교묘하게 강조하다니.

다른 사람들도 서서히 깨달았다. 공주가 저들 뒤에 숨지 않고 이렇듯 맨 앞에 나서서, 친아버지의 분노까지 사면서 모든 일을 직접 처리하는 이유를. 그것은 공주를 지지한 귀족들조차 그 공을 빌어 전횡을 저지른다면 그냥 두고 보지 않겠다는 경고였다. 운젤스트가 없다면 왕위 계승자는 주드마린 한 명뿐, 이렇듯 드러내 놓고 공주를 도와 왕자와 왕비에게 위협을 가한 자들이 도로 등을 돌리고 싶다 한들 갈 곳이 없다는 점까지 간파하고서.

주드마린은 대공주인 언니의 그늘에서, 화려한 왕비의 뒤에서, 보이지 않는 실력을 길러 왔다. 십여 년간 누구의 주목도 받지 못한 주드마린이 할 일이라고는 스스로의 처지를 냉정하게 판단하고 궁정의 정세를 관찰하여 자신의 입지를 찾아내는 것뿐이었다.

"저는 왕가의 수호자가 되겠습니다. 폐하의 궁정을 지키는 든든한 후계자가 되겠습니다. 스스로 운젤스트 왕자와 왕비 전하의 보호자가 되겠습니다. 단, 그 지지자들의 목숨을 받는 대가로요."

시립한 중신들 중 몇몇이 저도 모르게 몸서리를 쳤다. 그들 사이에서 검은 단발을 한 젊은이가 다가와 국왕의 침대 위에 작은 서안(書案)을 놓았다. 서안에는 문서 한 장과 펜이 놓여 있었다. 젊은이를 본 국왕의 얼굴이 굳어졌다. 익숙한 얼굴이었다. 올해 초만 해도 인재라 여기고 격려했던 자들 중 하나였다.

"내게 수많은 사람들의 사형집행서에 서명을 하라는 것이냐. 너는 군주가 되기 전에 먼저 잔인한 집행자가 될 참이냐."

"네. 필요하다면."

국왕이 무거운 눈길로 딸을 내려다보았다. 부녀간의 눈이 마주쳤다. 잠시였으나 아무도 끼어들 엄두를 내지 못했다. 확실히 주드마린은 국왕의 딸이었다. 둘은 서로의 마음을 환히 들여다보았다.

"네 행동은 네가 책임지도록."

"역시 필요하다면요."

국왕은 서안을 끌어당겼고, 왕비의 애타는 눈길에도 아랑곳없이 서명을 마쳤다. 왕비의 가쁜 숨소리가 공주의 측근들에게까지 들렸다. 이제 칼자루를 쥔 주드마린과 브릴모 대사제, 크레드니에 백작 등이 왕비의 친척들과 그들의 편을 든 사람들을 어떻게 처리할지는 불 보듯 확연했다.

"이것으로 나는 인형을 갖고 놀아야 할 딸의 손에 피를 묻힌 아비가 되었구나."

주드마린은 일어났다. 이어 최상의 예를 갖춰 늙은 국왕과 젊은 왕비, 어린 동생에게 절을 했다.

형제의 끝

그날 밤 벌어진 일은 궁정 반란이었다. 희생자의 대부분은 귀족이었다. 대부분의 백성은 무슨 일이 벌어졌는지도, 왜 벌어졌는지도 몰랐다. 어디선가 나타나 궁전을 둘러싼 병사들의 정체도 몰랐다. 이튿날, 국왕의 이름으로 포고가 내려지고서야 눈치 빠른 아르나브르 시민 몇몇이 사태를 짐작했다.

아르나와 레오 로아킨의 축복을 받아 나라를 세운 국조 알스님 여왕 폐하와 단스킬 공의 신성한 통치가 있은 이래 정의와 용기를 널리 수호해 온 기적의 나라 로존디아의 14대 국왕 시이를 귀스트 라몬데아스 아미냑은 고귀한 이스나에의 가르침을 받들어 첫째 공주 주드마린 아마셀 달브렌느 아미냑을 신성한 왕위를 이어갈 대공주로 책봉하노라.

그 시각, 키릴로차는 급한 걸음으로 아르나브르의 뒷골목을 걷고 있었다.

뱅트완에서 태어난 그에게 누추한 거리는 낯설지 않았다. 그러나 이런 곳에 친구가 있으리라 생각하자 저절로 몸이 움츠러들었다. 무너진 담벼락과 덜렁거리는 문짝 너머로 찾던 집이 나타났는데도 그는 선뜻 문을 두드리지 못했다.

새벽이나 다름없는 아침이었다. 사람 눈을 피하기에 적당한 시각이기도 했지만 전날 밤잠을 거의 이루지 못해 일찍 나섰던 것이기도 했다. 어젯밤 안은 그에게 '아는 사람의 눈에 띄어선 안 된다'고 말했다. 그 충고대로 키릴로차는 낡은 망토를 구해 덮어썼다. 친구가 갈아입을 허름한 옷도 준비해 왔다.

그러나 맞닥뜨린 현실은 기대와 거리가 멀었다.

"벌써 다른 곳으로 옮겨갔다고요?"

문을 열어준 사내는 어쩔 수 없었다는 것처럼 어깨를 으쓱하고 도로 들어가려 했다. 그가 집주인이라면 아마 페레올 상단에 속한 사람일 것이다. 그렇다면 무슨 정보든 갖고 있을 것이다. 그대로 보낼 수는 없었다.

"잠깐만요!"

키릴로차가 옷깃을 붙들자 사내는 손을 내려다봤지만 뿌리치지는 않았다.

"난 어디로 가셨는지도 모르고, 왜 여기 계셨는지도 모르고, 그냥 명령이라니 이러고 있었을 뿐이라오. 나한테 뭐라도 물어볼 생각이라면 관두구려. 뭘 알아야 말을 해주지."

"여, 여기 언제부터 있었죠?"

"사나흘 됐소."

"그 자식, 상태는 어땠는데요? 멀쩡했어요? 쾌활하던가요? 아니면 기분이 안 좋던가요? 누구 얘기를 하지는 않았어요? 부모님이나 형하고 연락은……."

사내는 키릴로차의 얼굴을 물끄러미 보았다. 정보를 캐내기보다 친구의 상태를 더 걱정하는 키릴로차의 태도가 마음을 약간 움직였다.

"도련님의 친우라 하셨소?"

"네, 네! 친구예요! 멜헬디까지 유학도 같이 간 친구입니다! 여덟 살 때부터 잘 알고 지내던……."

키릴로차가 하려던 말은 남자의 한마디로 막혀 버렸다.

"그 뭐라더라, 브릴모 대사제 댁의 일츠라는 사람도 도련님 어려서부터 친구요. 혹시 당신이 그 댁에서 함께 지낸다던 친구 아니오?"

"그렇습니다만…… 아, 아닙니다! 그 말씀대로이긴 하지만 전 결코 친구를 배신하려고 찾아온 사람이 아니……."

순진하다 못해 자기 약점을 다 드러내는 키릴로차의 말솜씨로 남자를 설득하기란 불가능했다. 남자는 변명을 들어주긴 했지만 결국 아무 설명도 해주지 않고 가보라며 손만 내저었다. 이런 식으로 앙리오트의 행방은 영영 알아낼 수 없을 것 같았다.

"저는 그 친구들을 돕기 위해서 스조렌에서 여기까지 쉬지 않고 말을 달려 왔단 말입니다! 제 꼬락서니가 보이지 않으세요? 씻지도 못하고 옷도 못 갈아입고 잠도 못 잔 꼴이 보이지 않으세요? 저는 반드시 앙리오트와 프란디에가 어디에 있는지 알아야 합니다!"

이런 말솜씨로도 성과를 올리는 경우가 가끔 있는 법이었다. 잠자코 듣기만 하던 남자가 불쑥 말했다.

"프란디에라면 카리르밀 가문의 도련님 말씀이오?"

"그래요! 프란디에는 아예 아르나브르에 오지도 않았다고 하고, 도대체 다들 어떻게 되어버린 건지……."

말하다가 울컥하는 바람에 키릴로차는 입을 꾹 다물었다. 남자가 말했다.

"안됐구려. 하지만 행방을 알아봤자 이미 소용이 없을 거요."

"왜, 왜요?"

남자가 손을 들어 지붕 너머를 가리켰다. 돌아보니 브릴모 대저택이 있는 쪽이었다.

"한 번만 말할 테니 잘 들으시오. 다음에 다시 와서 물어도 난 이런 소리 한 적 없다고 할 게요. 알겠소? 도련님은 저 댁 사람들이 와서 데려갔소. 오늘 새벽의 일이오. 스무 명도 넘는 병사들이 한꺼번에 들이닥쳤으니 우리 주제에 싸워볼 수나 있었겠소? 다 끝난 게요. 이제 페레올 님의 안전조차 장담 못 할 지경이라오. 나도 어서 아르나브르를 뜨는

게 낫지 않나 싶지만 갈 데가 없어 이러고 있다오."

남자의 뒷말은 귀에 잘 들어오지 않았다. 키릴로차는 고맙다고 말하는 것조차 잊어버리고 도로 말에 올라타 배를 걷어찼다.

해가 떠올랐다. 평소와 같은 하루, 그러나 키릴로차에게는 결코 잊을 수 없는 하루가 시작되었다.

"키릴츠! 어떻게 된 거야?"

저택의 문 앞에서 일츠와 맞닥뜨린 키릴로차는 말문이 막혀 우뚝 섰다. 일츠는 아침 산책을 하러 나온 것처럼 헐렁한 옷차림에 손에는 책을 한 권 들고 있었다.

"언제 왔어? 학교는 어떻게 하고? 아니, 카 교수가 그냥 보내주었어? 혹시 숙제라도 잔뜩 떠 안겼냐?"

"너……."

숨이 막히는 기분 탓에 잠시 말을 지체했다. 일츠는 아무렇지도 않은 표정으로 들어가자며 손짓했다.

"굳이 오지 않아도 괜찮았는데. 어머니는 이미 납골당에 들어가셨어. 오려면 차라리 조금 더 빨리 오지 그랬냐, 녀석."

일츠는 키릴로차가 루이즈 무녀를 조문하러 왔다고 생각하는 모양이었다. 불길한 예상으로 터질 듯한 가슴을 안고 달려왔던 키릴로차는 도무지 어찌해야 좋을지 몰랐다.

"뭘 해? 어서 들어오지 않고. 우리 집에 처음 온 손님처럼 쭈뼛거리

형제의 끝 **211**

고 있냐?"

일츠를 따라 들어간 집안은 전과 조금도 달라지지 않았다. 브릴모 대사제가 즐겨 앉곤 하던 응접실의 흔들의자나 안이 가끔 연주하는 줄 네 개짜리 기타까지 전부 있던 자리에 그대로 놓여 있었다.

일츠와 함께 쓰던 거실로 가 나란히 앉는 동안 키릴로차는 이 알 수 없는 평화로움이 무슨 의미인지 불안해하면서도 이것이 현실이기를, 정말로 아무 일 없이 예전 그대로이기를 기대하는 마음이 점차 커져갔다. 모든 것이 착각이고 그가 듣거나 본 것도 다 우연한 오해나 연극이라면 얼마나 좋을까. 그럴 수는 없는 것일까…… 혹시 정말로 그런 걸까.

"어머니께서 돌아가신 일은 정말 안됐어. 난 와 보지도 못하고……."

"응. 워낙 갑작스러운 일이라 나도 아버지도 많이 놀랐지. 이제는 그럭저럭 괜찮아."

일츠는 말하는 내용보다 지나칠 정도로 더 괜찮아 보였다. 그토록 경애하던 어머니를 얼마 전에 잃었다고는 믿을 수 없을 정도로, 늘 보던 모습 그대로였다. 적당히 쾌활하고 적당히 침착한. 일츠가 감정을 잘 드러내지 않는 줄은 알았지만 가장 친한 친구인 키릴로차에게까지 가식적으로 아무렇지 않은 체 할 필요가 있을까?

문득 떠오른 생각이 있었다.

"안은?"

"아아, 안은 튈그에 있는 친척집에 잠깐 다니러 갔어. 그 집에 또래 여자아이가 있거든. 아마 새로 만든 자수 본을 보여주러 갔을 거야."

어젯밤만 해도 프란디에를 걱정하며 불안해하던 안이 아니었던가. 그런데 그새 친척집에 놀러 갔다고?

키릴로차가 아는 안은 감정에 솔직한 아이였다. 주위 사람을 안심시키려고 자신을 억누르는 일 따위는 없었고, 그 정도로 철이 들지도 않았다. 대체 이건 무슨 의미일까?

"어…… 언제 와?"

"안이 보고 싶어? 어제 오전에 갔으니까 아마 내일은 돌아오지 않을까?"

어제 오전에 갔다고?

키릴로차는 어젯밤에 안을 만난 일을 떠올리며 긴장했다. 역시 너무 솔직한 키릴로차는 자신의 감정을 숨길 재주가 없었다.

"왜 그래? 무슨 문제라도 있어?"

"아, 아니…… 아냐. 아무 일도 없어."

그런 부인마저 일츠에게는 '그렇다'라고 말하는 것이나 마찬가지였다. 그러나 일츠는 아무 눈치도 채지 못한 것처럼 고개를 끄덕였다.

"그래? 어쩐지 안색이 안 좋아 보여서 말이지."

이제 말을 꺼낼 시각이었다. 키릴로차는 안절부절못하며 어디부터 말하면 좋을지 가늠해 보았다. 그도 이제 일츠의 평온함과 집안의 고요가 가면을 쓴 평화임을 눈치 챘다. 그러나 상대가, 그것도 어려서부터 형제처럼 자라온 일츠가 이렇듯 아무렇지 않음을 가장하고 있으니 선뜻 깨뜨릴 곳을 찾기가 어려웠다.

"저…… 일츠, 혹시 앙리가 여기 왔니?"

첫 마디는 완벽한 실수였다. 일츠의 얼굴이 빠르게 굳어지는 것을 키릴로차도 놓치지 않았다.

"그래. 너도 대강 이야기를 들었나 보구나. 어디서 들었어?"

"그게……."

일츠는 키릴로차가 어젯밤 안을 만난 것은 모르는 눈치였다. 그러나 키릴로차가 이상한 낌새를 챈 기색쯤은 단번에 알아보았다.

"어디서 들었든, 너도 상황을 조금 안다니 다 얘기하는 편이 좋겠구나. 앙리오트는 우리 집에 있어. 오늘 아침부터지."

확인한 사실과 맞아 들어가는 대답을 듣자 마음이 혼란스러웠다. 일츠의 표정도 어두워졌다.

"곧 만날 수 있어. 하지만 앙리오트가 여기 온 건 비밀이다. 너도 지켜줘야 해. 모든 게 다 그 녀석들을 위한 거야. 휴…… 너, 어디까지 이야기 들었니?"

"아, 아니…… 사실 아직 별 이야기는 못 들었거든."

키릴로차는 눈치 빠른 아르나브르 시민에 속하지도 않았고 루아얄 궁전 근처에도 가보지 못한 터라 대공주 책봉 포고문도 보지 못했다. 일츠가 벌떡 일어나더니 문을 잠그고 창도 닫은 후 커튼까지 내렸다. 키릴로차는 영문을 몰라 일츠의 행동을 눈으로만 따라갔다.

"왕궁에서 변고가 있었어. 나도 모든 걸 다 알진 못해. 그렇지만 나와 녀석들의 집안이 관련된 것만은 확실하지. 결국 좋지 않은 사태가 나게 됐어."

"대체 어떻게 된 건데?"

착 가라앉은 목소리로 설명이 이어졌다. 키릴로차가 학교에서 프란디에에게 들은 바 있는 왕위 계승 다툼, 그로 인해 갈라진 귀족들, 대립하게 된 친구들의 집안, 이틀 전까지만 해도 운젤스트 왕자가 태자가 될 가능성이 높았다는 이야기까지. 키릴로차는 고개만 끄덕일 뿐 아무 의견도 말하지 않았다. 사실 할 말이 없었다.

"이틀 전 밤에 상황이 바뀌었어. 사실 나야 그렇다고 전해들은 입장에 불과하지. 그렇지만 상황을 바꾼 사람이 바로 우리 아버지였거든."

"브릴모 대사제께서?"

일츠의 입가에 희미한 조소가 떠올랐다. 아버지가 한 일의 결과로 자신은 안전해졌지만 전혀 기쁘지도 다행스럽지도 않고, 오히려 손쓸 수 없는 상황 변화가 달갑지 않다는 것처럼. 그런데 그 표정은 수십 일 전에 프란디에의 얼굴에서 보았던 표정과는 어딘가 달랐다.

"나도 몰랐는데 아버지께선 사병을 기르고 계셨더라고. 내가 따져 물었더니 나라 안에서 아스테리온 종단에 반대하는 무리가 발호할 때를 우려해서라고 하셨지만…… 솔직히 난 모르겠다. 아버지께서 무슨 마음으로 이런 준비를 해 오셨던 건지 혼란스러울 뿐이야. 그 군대가 바로 그날 밤 루아얄 궁을 포위하고 국왕 폐하의 침전이 있는 곳을 막아 폐하와 왕비 전하, 왕자 전하의 신변을 장악했어. 정확히 말하자면 폐하 일가를 볼모로 잡은 것이지."

"그런……."

충격적인 이야기가 계속 이어져 키릴로차는 제대로 놀랄 틈조차 없었다.

"하루 동안 협상이 벌어졌어. 주드마린 공주 전하를 대공주 전하로 선포하는 문서가 몇 번이나 폐하의 침전에 들어갔다가 나오기를 반복했다고 해. 폐하께선 하루 내내 답이 없으셨고, 그래서 공주 전하께서 직접 들어가셔서 폐하의 결정을 받아 냈다고 하더군……."

키릴로차는 입을 꾹 다문 채 온갖 이야기를 듣고, 이해하고, 또 들었다. 올해 초에 보았을 때 주드마린 공주가 확실히 많이 자랐다고 생각했지만 아직은 소녀가 아니던가. 그런 그녀가 왕국에서 지고한 존재이자 자신의 아버지이기도 한 시이를 8세를 협박하고 설득해 원하는 것을 얻어냈다고?

"그럼 이제 공주 전하께서 대공주 전하가 되셨다는 말이군."

"오늘 아침에 선포가 있었어."

"그 다음은? 왕자 전하나 그분을 지지한 사람들은 어떻게 되는데?"

일츠는 가만히 키릴로차의 눈을 보다가 이윽고 고개를 저었다. 키릴로차는 벌떡 일어나고 싶은 것을 참으며 테이블에 놓인 일츠의 손을 끌어당겨 쥐었다.

"말해 줘. 그래, 다른 건 어찌되든 좋아. 앙리오트는, 프란디에는, 이스카시안은? 그 녀석들은 살 수 있는 거야?"

"이스카시안은 괜찮아. 공주, 아니 대공주 전하께서 폐하와 협상을 하실 때 자신과 핏줄이 닿는 사람은 처벌하지 않겠다고 하셨다더군. 이스카시안은 대공주 전하의 사촌이니까. 알리당스 대공 댁은…… 무사하긴 하겠지만 예전 같지는 않겠지. 세력이나 영지도……."

"그런 건 상관없어! 살아 있기만 하면……. 이스카시안은 괜찮다 그거지? 그럼 다른 두 녀석은?"

일츠는 아랫입술을 짓씹으며 망설였다. 그것만으로도 대답이 되고 남았다. 얼굴이 뜨거워졌다. 키릴로차는 일츠의 반대쪽 손을 낚아채 쥐며 소리쳤다.

"너…… 너! 설마 그 녀석들을 그냥 내버려두지는 않을 거지? 그 녀석들이 죽…… 아니, 아니, 아니…… 아무 일도 없도록 도와줄 거지? 꼭 그럴 거지? 응? 대답해 봐!"

일츠는 뭐라 설명하기 어려운 표정으로 친구를 바라보았다. 측은해하는 듯도 하고, 안타까워하는 듯도 하고, 다시 보면 이 상황 자체를 조소하는 듯도 한 표정으로.

"키릴츠, 녀석을 만나봐라."

키릴로차의 손을 놓고 일어난 일츠가 거실 옆으로 난 문의 자물쇠를 풀었다. 그 문이 통하는 곳은 키릴로차도 잘 알았다. 두 소년이 나란히 마법을 배우기 시작했을 때 브릴모 대사제가 마련해 준 둘만의 마법 연습장이었다. 정원 밑을 파내 석조로 마감한 그곳은 멜헬디 학교의 연습장과 비교할 수는 없어도 두 사람이 쓰기에는 더없이 알맞았다.

일츠가 문으로 들어서자 키릴로차도 뒤를 따랐다.

통로는 어두웠지만 아래에서 빛이 올라왔다. 계단을 따라 내려가자 다섯 개의 램프와 평소에는 없던 테이블, 그리고 그 앞에 앉은 소년이 보였다.

"앙리오트!"

돌아보는 얼굴은 분명히 앙리오트였다. 그러나 고작 수십 일 사이에 얼굴이 얼마나 상했는지 부른 이름이 무색할 지경이었다. 죽은 사람처럼 안색이 어둡고 머리도 멋대로 흐트러진 채였다. 달려 내려가 손을 잡았지만 앙리오트는 대꾸가 없었다. 이상할 정도로 풀이 죽은 눈으로 친구를 바라볼 뿐이었다.

"앙리, 인마! 너 어떻게 된 거야? 왜 이렇게 기운이 없어? 일츠, 앙리 녀석이 왜 이렇지?"

따라 내려온 일츠가 앙리오트의 맞은편에 앉았지만 여전히 반응은 없었다. 키릴로차는 친구의 해쓱해진 뺨을 감싸 쥐고 얼굴을 가까이 들이댔다. 눈이 마주쳤다.

"키릴츠, 왔구나."

겨우 떨어진 대답이었다. 키릴로차는 입술을 깨물며 앙리오트의 머리를 쓸어 넘겨주었다. 속으로는 울고 싶은 기분을 간신히 눌렀다. 도대체 무슨 일이 생기면 그 넘치던 활기를 이처럼 단숨에 앗아갈 수 있단 말인가? 혈색 좋던 얼굴은 푸르죽죽해지고, 어깨는 축 처지고, 눈에는 초점이 없었다. 학교에서 헤어질 때만 해도 평소처럼 건강한 모습이었는데…….

"키릴츠, 녀석을 내버려둬라. 통 말을 하고 싶어 하지 않더라고. 지금껏 나하고도 몇 마디 나누지 못했어."

키릴로차는 일츠에게 몸을 돌렸다.

"이대로 어쩔 참이야? 혹시 페레올 씨한테 무슨 일이 생긴 거냐? 아니면 앙리네 어머님이라든가…… 잘츠렌 형은?"

잘츠렌의 이름이 나오는 순간 앙리오트가 움찔하며 눈을 똑바로 치떴지만 고개를 돌렸던 키릴로차는 보지 못했다.

"나도 자세한 것은 몰라. 다만 녀석이 여기 숨은 걸 아는 사람은 너하고 나뿐이야. 심지어 아버지께서도 모르시지. 만약 아버지께서 아시면……."

"안 돼! 혹시 녀석이 쫓기는 거라면 어디 숨겨줄 곳이 없을까? 일이 한바탕 지나갈 때까지 숨어 있을 만한 데가 없을까?"

"나도 그걸 알아보는 중이야."

일츠가 그렇게 말하자 키릴로차는 일츠를 얼싸안기라도 할 듯 얼굴이 환해졌다. 일츠는 역시 친구들을 외면할 작정이 아니었다. 늘 함께였던 것처럼 이번에도 믿음직하게 도와줄 것이다. 영리하고 정세 판단이 빠른 일츠라면 좋은 길을 알아낼지도 모른다. 일츠만 힘을 합해 준다면, 아니 일츠를 믿어도 좋기만 하다면 세상에 무서울 것이 없었다.

"나도 뭐든지 도울게. 내가 할 수 있는 일은 별로 없겠지만…… 그래도 뭐든지 할게. 고마워. 정말 고맙다, 일츠."

"인마, 나도 친구인데 왜 너 혼자만 생각하는 척 하는 거냐? 지금까지 날 그 정도로밖에 안 봤어?"

일츠의 얼굴에도 미소가 어렸다. 키릴로차는 다시 그 손을 꽉 쥐었다. 그때 그들이 들어온 문을 두드리는 소리가 들렸다.

"누구지?"

키릴로차가 불안한 얼굴로 계단을 올려다보았다. 일츠가 일어섰다.

"여기서 기다려."

일츠는 램프를 두세 개 끈 후 계단을 올라갔다. 나타난 사람이 두 친구를 곧장 알아보지 못하게 하려는 모양이었다. 낮은 말소리가 오가는 것 같더니 다시 내려오는 기척이 들렸다. 그런데 이번에는 한 명이 아니었다. 키릴로차는 일츠를 뒤따라 내려오는 사람의 얼굴을 보자마자 자리에서 벌떡 일어섰다.

"프란디에!"

초췌하고 지친 모습이었지만 분명 프란디에였다. 그리고 앙리오트와는 달리 얼굴에 미소도 있었다.

"키릴츠, 너…… 결국 여기까지 와버렸구나. 돌아가면 카 교수한테 혼나겠다."

지금 그런 것을 걱정할 때야, 하는 말을 삼킨 채 두 친구는 오랜만에 포옹을 나누었다. 껴안고 보니 프란디에의 몸은 전보다 훨씬 말라서 뼈가 만져질 정도였다.

"안 그래도 홀쭉하던 녀석이 어쩌다 이렇게 말랐어? 죽도 못 얻어먹었냐?"

프란디에는 빙그레 웃긴 했지만 키릴로차의 말에 대답하지는 않았다. 자리에 앉고 나자 프란디에 역시 일츠가 보낸 사람들의 안내로 이곳까지 왔음을 알게 되었다. 일전에는 아르나브르에 도착하자마자 가문의 집사를 만나 상황을 듣고 집으로 가는 대신 먼 친척의 집으로 도망쳐 숨어 있었다는 이야기도 들었다. 키릴로차가 급히 달려온 까닭에 출발이 여러 날 일렀음에도 불구하고 이들의 도착은 조금밖에 빠르지 않았다.

그렇게 숨어 있던 집에 갑작스레 병사들이 들이닥쳤다는 이야기를 하며 프란디에는 피식 웃었다.

"난 처음에 발각되어 잡혀가는 줄 알았지 뭐냐."

웃으면서 하는 말이었지만 키릴로차는 가슴속에서 뭔가가 덜컥 내려앉는 느낌을 받았다. 일츠가 곧 대꾸했다.

"그런 생각도 무리는 아니지. 잡혀갔다는 인상을 주려고 일부러 그렇게 한 거니까."

"네가 보낸 병사들은 다 누구냐?"

"아버지의 군대 중에서 내가 매수한 자들이야. 하지만 오래 믿을 수는 없으니 오늘 내에 다른 곳으로 옮기는 편이 좋을 것 같아. 아직 밖이 밝으니까 밤에 행동을 개시하자."

"그런데 어디로 가지?"

키릴로차는 프란디에의 얼굴을 계속 바라봤다. 볼수록 그가 고생을 많이 했다는 것이 느껴졌다. 그런 모습을 보자 저절로 떠오르는 질문이 있었다.

"다른 사람들은 어떻게 됐을까?"

일츠와 프란디에가 얼굴을 마주보았지만 이미 뒤집을 수 없는 상황을 굳이 숨길 필요는 없었다. 일츠가 말했다.

"페레올 씨는 앵스에서 발이 묶였어. 이렇게 일이 급하게 될 줄 모르고 잠시 다녀올 계산을 하셨던 모양인데, 한동안 돌아오기는 틀렸지. 저택은 병사들이 삼엄하게 포위하고 있고…… 게다가 오늘 오전의 포고로 페레올 가의 재산은 전부 국고로 환원되었어."

키릴로차는 깜짝 놀랐다.

"설마! 페레올 씨는 서부 최고의 상인인데 국왕 폐하라 해도 쉽게 어쩌지는 못하지 않을까? 우리나라뿐 아니라 스조렌이나 낫소, 세르무즈, 신성령 달크로이츠에도 모두 상관(商館)과 대리인들이 있잖아. 그들이 포고 몇 마디로 호락호락하게 무너질 리가 있겠어?"

프란디에가 대답했다.

"그래. 더구나 지하에도 상당한 세력을 가지셨을 테니 솔직히 페레올 상단이 완전히 사라지기는 어렵겠지. 이번 일로 로존디아 내의 입지는 전부 잃는다 해도 외국에 만들어 둔 발판으로 재기할 수 있을 거고, 그런 다음 다시 로존디아에 들어올 기회도 있을 테니까. 그러나 불행히도 앙리의 어머님께서는 아르나브르에 계셨어."

"어머님께서……."

키릴로차도 어려서부터 숱하게 봐 온 페레올 부인은 소녀처럼 파티나 선물을 좋아하고 어린 아들이 며칠만 보이지 않으면 금세 시무룩해지곤 하는 천진한 여자였다. 강한 의지나 책략 등과는 거리가 먼 그녀에게 왕가의 압력을 견딜 재간이 있었을 리 없었다. 어쩌면 재산이 몰수되고 아들들이 고초를 당하는 가운데 큰 충격을 받았을 수도 있었다.

키릴로차는 다음 질문을 하기 전에 입술을 깨물며 망설였다. 저렇듯 침착하게 친구의 일을 말해주는 프란디에에게 그의 가족에 대한 이야기를 꺼내는 것은 망설임을 넘어 죄악으로까지 느껴졌다. 안에게 들은 대로라면 카리르밀 후작도 열흘쯤 전부터 행방불명이라고 했다. 그러나 열흘 전이라면 아직 왕자 지지파가 우세할 때인데 어째서 그때부터 모습을 감추었을까? 대강 날짜를 따져보자면 프란디에에게 편지를 보내고 얼마 되지 않아 사라졌다는 얘긴데, 도대체 그때부터 몸을 피해야 할 이유가 무엇이었을까?

프란디에가 키릴로차를 물끄러미 보았다.

"우리 집안 얘기도 궁금하지?"

"……"

프란디에는 웃지는 않았지만 그렇다고 절망하지도 않은 얼굴로 말을 이었다.

"아버지께선 처음부터 이 문제에 관여를 꺼리셨지. 그런 마음 때문이었는지도 모르지만 공주 전하 지지파가 책략을 숨기고 있으리라고 가장 먼저 짐작한 사람이 아버지셨어. 몇 번이나 수도방위군을 동원하자고 주장하셨지만 우세를 잡았다고 생각한 왕비 전하와 그 일족들에게는 받아들여지지 않았지. 열흘쯤 전에 아버지께선 오랫동안 돌아보지 않던 영지로 떠나셨는데 아마 미약하나마 영지의 기사단을 움직여 볼 생각이셨던 것 같아. 그렇지만 그리로 가는 도중에 행방을 알 수 없게 되셨지."

키릴로차가 뭐라 말하기도 전에 프란디에는 두 손을 깍지 껴 입가에 대며 말했다.

"결국 어쩔 수 없는 상황까지 왔어. 난 이 일에 결혼한 누나들만은 말려들지 않길 마지막으로 바랄 뿐이야."

여섯 친구들의 삶에 최초로 닥쳐온 이 격랑에서 누가 보아도 강건한 모습에 성품이 격렬한 앙리오트보다 연약한 외모에 조용한 성격을 가진 프란디에가 훨씬 강하게 버티어냈다. 그의 얼굴을 보니 위로의 말조차 나오지 않았다. 제발 그의 강인함이 지켜지기를, 그가 이겨낼 수 있는 세상이기를.

일츠가 키릴로차를 보더니 말했다.

"그런데 키릴츠, 너도 꼴이 말이 아니구나. 도대체 제대로 잠을 잔 게 언제냐. 눈이 벌겋잖아."

"저 푸석한 얼굴은 또 어떻고. 미남 체면이 말씀이 아니군."

프란디에는 자기 얼굴도 해쓱한 주제에 한마디 거들면서 미소를 지었다. 문득 이런 상황에 처한 사람이 자신이었더라면 프란디에처럼 말할 수 있었을까 하는 의문이 들었다. 아니, 말하기는커녕 가슴을 짓누르는 걱정 때문에 남의 말이 귀에 들어오지도 않았으리라.

"키릴츠, 넌 좀 쉬어야겠다. 난 프란디에하고 옮겨갈 곳에 대해 의논을 해볼 테니까 넌 네 방에 가서 숙면을 취해 둬. 그래야 밤에 제대로 움직이지."

그런 말을 듣는 동안 키릴로차는 긴장으로 잊고 있던 피로가 한꺼번에 쏟아져 내리는 느낌이 들었다. 지난 며칠 동안 미친 듯이 몸을 혹사하면서도 쓰러지지 않고 버텨낸 힘의 원천은 친구들의 안전을 확인하기 전에 쓰러질 수 없다는 집념 하나뿐이었다.

프란디에가 고개를 끄덕여 보였다.

"그래, 우린 괜찮으니까 너무 걱정하지 말고."

귀족도 무엇도 아닌 키릴로차로서는 이들이 은둔할 만한 곳을 수소문할 능력도, 의논할 거리도 갖고 있지 못했다. 이럴 때는 멀리 사는 친척의 저택이나 깊은 산속에 세워진 시골 영주의 성 따위가 필요한 법인데 모두 키릴로차의 손이 닿기엔 어림도 없는 조건들이었다. 저절로 감기는 눈꺼풀을 겨우 버티며 그는 의자에서 일어섰다.

"좋은 대안이 나왔으면 좋겠다. 아무 힘도 없는 나는 너희 뒤에 서 있는 게 전부구나."

이어 억지로 빙긋 웃었다.

"쓸모없는 친구라 해도 꼭 깨워서 작은 도움이라도 강탈해 가야 된다. 안 그러면 친구로도 안 여길 거야."

프란디에가 키릴로차의 얼굴을 올려다봤다. 무엇을 생각했는지, 잠깐 망설이던 대답이 곧 밝은 목소리로 떨어졌다.

"그럼. 당연히 그럴 참인데."

계단을 올라와 문을 닫고 잠시 그 문에 기대어 섰다. 십여 년을 살아온 낯익은 천장이 눈앞에서 불안하게 돌았다. 키릴로차의 침실은 옆방이었다. 옷도 벗지 않고 쓰러지듯 눕자마자 그는 잠의 나락으로 굴러 떨어졌다.

'키릴츠.'

"으음……."

누군가가 어둠 속에서 키릴로차를 불렀다. 눈을 떠보려 했지만 농밀한 잠이 그의 의식을 붙잡고 놓아주지 않았다.

'키릴츠, 키릴츠, 일어나. 제발…….'

익숙한…… 프란디에의 목소리?

"무슨 일이야?"

목소리가 좀 컸던 모양이었다. 황급히 다가온 손이 키릴로차의 입을 눌러 막았다. 문제가 생겼나? 그렇게 깊이 들었던 잠이 흔적도 없이 흩어졌다. 키릴로차는 몸을 일으켰다.

프란디에가 속삭였다.

"조용히. 말하지 마."

주위는 이미 어두웠다. 출발할 시각이 된 모양이었다. 그런데 왜 이렇게 조심스러운 거지? 벌써 무슨 일이라도…… 혹시 저택에 침입자가 있었나?

"도망쳐야 돼. 너…… 나하고 같이 갈 거지?"

키릴로차는 프란디에가 당연한 질문을 한다고 생각하며 되물었다.

"일츠는?"

어둠에 눈이 익고 보니 프란디에는 혼자였다. 침대에서 뛰어내린 키릴로차는 주위를 살폈다. 그러다 프란디에의 얼굴에 시선이 닿는 순간 섬뜩한 느낌에 몸서리를 쳤다. 주위가 어두웠던 탓이리라. 침대 앞에 선 친구의 눈언저리는 검은 구멍만이 움푹 팬 것처럼 보였다.

"일츠는……."

거기까지 말한 프란디에가 해선 안 될 말을 삼키는 것처럼 입을 다물었다. 키릴로차의 가슴에 알 수 없는 한기가 스쳤다.

"일츠는 같이 안 갈 거야."

잠시 후 둘은 숨소리까지 죽여 가며 거실과 복도를 거쳐 응접실로 나왔다. 프란디에가 멈추자 키릴로차도 따라 멈췄다. 이윽고 키릴로차가 숨죽여 되물었다.

"그게 정말이야?"

"정말이라기보다 도저히 틀릴 수 없다는 쪽이 맞겠지."

응접실에는 희미한 램프 빛이 너울거렸다. 아직 안전하다는 증거라고 해야 할 정적이 오히려 숨을 틀어막는 듯했다. 둘은 응접실을 가로질러 현관으로 접근했다.

현관문을 여는 열쇠는 키릴로차가 가지고 있었다. 덜컥, 문이 열리자 차가운 공기가 밀려들었다. 새벽이 밝으려면 멀었건만 밤공기는 숨겨진 빛을 받은 듯 파르스름했다. 둘 다 나오고 문을 닫자 한시름 놓은 기분이었다.

프란디에가 한결 나아진 목소리로 말했다.

"말은 저택 우측으로 돌아가면 있을 거야. 자, 일츠가 정말로 여행 준비를 해놓았을까?"

그때 키릴로차가 말했다.

"앙리는?"

프란디에의 동작이 일순 정지했다.

프란디에는 잠에서 깨어난 키릴로차에게 일츠를 믿을 수 없으며, 제 아버지에게 그들을 넘길 작정임에 틀림없다고 말했다. 무엇 때문에 일츠가 직접 나서서 친구들을 붙잡으려 하는지는 모르겠지만 그 가식적인 태도를 꿰뚫어보지 못할 자신이 아니라고도 했다. 그렇지 않다면 어째서 자신과 앙리오트가 도움을 줄 만한 사람들에게 연락하지 못하게 하고 우리끼리만 탈출 계획을 짜자고 하며, 붙잡혀 간 가족들에 대해서도 '모른다'는 말로만 일관하겠느냐면서. 또 안은 어디로 보내버렸을까? 결정적으로 어떻게 프란디에 자신이 숨은 곳을 찾아냈냐는 질문에 뚜렷이 대답하지 않는데 브릴모 대사제의 도움을 받은 게 아니라면 설명하지 못할 이유가 없었다.

그렇게 판단했기 때문에 일츠와 이야기를 마친 뒤 자는 체 하며 기회를 노렸고, 일어나기로 한 시각보다 몇 시간 먼저 이렇게 탈출하려는 것이었다. 프란디에는 설명 끝에 덧붙였다. 아까 키릴로차가 자러 가면서 했던 한마디 때문에 혼자 움직이려던 마음을 접고 이렇게 깨워 같이 가려는 거라고.

침묵하던 프란디에가 말했다.

"……앙리의 입장도 같겠지."

지하 연습장에 있는 앙리오트를 데려오는 것은 발각될 것을 각오하는 짓이나 다름없었다. 들키면 어떻게 될까? 그러나 프란디에가 확신하는 대로라면 그들이 도망친 뒤 앙리오트가 더욱 위험해질 것은 불 보듯 뻔했다. 두 친구는 확실히 망설였으나 결국 프란디에가 말했다.

"데려가자."

카리르밀 후작 가문의 전통인 '고지식한 책임감'이 이런 순간에도 프란디에를 놓아주지 않았던 것이다.

극도로 긴장한 가운데 문을 다시 열고, 소리 없이 한 걸음 한 걸음 되돌아가는 것은 온 몸이 따끔거리고 가려운 느낌의 연속이었다. 어둠이 흐름이어서 그걸 거슬러가기라도 하는 것처럼 숨이 막혀왔다. 키릴로차가 연습장으로 내려가는 다른 길을 알아서 그쪽을 택했다. 어슴푸레하게 보이는 익숙한 물건들이 키릴로차의 마음을 아프게 했다. 이 집에 처음 온 여덟 살 때 이런 식으로 떠나게 될 줄 상상이나 했을까?

아니다, 하고 키릴로차는 생각했다. 친구들을 안전한 곳까지 도망치게 한 다음 다시 돌아와 일츠와 이야기를 해보는 거다. 지금은 위험에 처한 사람이 프란디에와 앙리오트니까 그들을 위해 움직이지만, 그렇다고 형제 같은 일츠를 대화도 해보지 않고 저버릴 수는 없다. 보잘것

없는 자신을 뒤쫓을 사람은 없을 테고, 왕실의 복잡한 일과도 관계가 없으니 자신은 일츠의 곁으로 돌아와도 좋을 것이다. 아직도 믿을 수 없다. 일츠가 친구들을 버리고, 아니 버리다 못해 제 손으로 친구들을 잡아 넘기려 한다는 말을 도저히 믿기 어렵다.

"여기야."

둘은 일츠와 키릴로차 둘이 쓰던 작은 서재에 들어왔다. 서재의 책꽂이 사이에 문이 있었지만, 잠긴 채였다. 프란디에가 문고리를 당겨보더니 키릴로차를 돌아보았다.

"조용히 주문을 쓸 수 있겠어?"

"해볼게."

키릴로차와 프란디에는 멜헬디에서도 가장 마법이 뛰어난 학생들이었다. 그 생각을 하는 순간 둘의 마음속에도 약간의 안도가 솟아났다. 일츠와 몇 명의 하인을 제하면 빈집이나 다름없는 저택이었고, 발각된다 해도 마법으로 그들을 막을 사람이 이런 곳에 있을 리 없었다.

너무 어두워 눈을 감을 필요도 없었다. 키릴로차는 문고리를 만지면서 마음속에서 주문을 찾아내려 애썼다. 예전에 망드르 교수가 마법으로 잠긴 문을 여는 법을 가르쳐줬지만 이 문은 마법으로 잠긴 것이 아니라 엄연히 빗장이 질러져 있었다. 조금 생각해 봤지만 방법은 하나뿐이었다. 키릴로차의 입에서 낮은 주문이 흘러나오는 동안 문고리를 쥔 그의 손이 붉게 달아올랐다. 대장간에서 달군 쇠처럼 시뻘겋게 되더니 곧 문 안쪽에서 흰 연기가 새어나왔다. 나무 빗장이 타서 끊어지자 문은 쉽게 열렸다. 프란디에가 문을 밀어 열며 키릴로차를 봤다.

"손을 물에 담가야 할 테지만 여유가 없구나. 미안해."

"그런 걸로 미안하다고 하면 그냥 버리고 가 버린다."

"정말 미안하다."

"또."

저택에는 융단이 깔려 있어서 발소리가 잘 나지 않았지만 여기는 아무것도 없는 맨 돌바닥이었다. 소리 없이 계단을 내려가기가 쉽지 않았다. 겨우 바닥에 내려선 프란디에가 불안하게 어둠을 휘둘러보았다. 키릴로차는 구조를 잘 알기 때문에 문제없이 선뜻 나아갔다. 불을 켤 필요도 없었다.

앙리오트는 예전에 일츠와 키릴로차가 앉아 쉬곤 하던 긴 의자에 누워 잠들어 있었다. 본래 위층의 침대에서 재우려 했지만 막무가내로 움직이지 않아서 어쩔 수 없이 여기서 재웠다고 했다. 프란디에가 앙리오트를 살살 깨웠다.

"앙리, 앙리. 일어나. 도망쳐야 해."

"으음……."

앙리오트는 잘 깨어나지 않았다. 프란디에는 입이 마르는 것을 느끼며 앙리오트의 귀에 대고 속삭였다.

"어서. 서두르지 않으면 모두 끝장이야. 살아남아야 복수도 뭐도 할 수 있는 거라고. 일어나, 앙리. 제발."

뒤에 서 있던 키릴로차는 '복수'라는 말에 다시 한기를 느꼈다. 가슴이 꽉 막혀왔다.

앙리오트는 잠에서 깨어났으나 처음 만났을 때나 마찬가지로 친구들의 얼굴을 알아보거나 하는지 그저 무표정할 따름이었다. 팔을 잡아당겨도 한사코 움직이려 하지 않아서 둘이 껴안다시피 일으켜 앉혔다. 프란디에가 다시 앙리오트의 눈을 들여다보며 어깨를 흔들었다. 큰 소리를 지를 수 없으니 더더욱 쉽지 않았다.

"그만 정신 좀 차려. 응? 지금 얼마나 급한 상황인지 알고나 이러는 거야? 제발…… 우릴 좀 따라와 줘. 다 너를 위해서 이러는 거야."

"……."

"앙리, 나 키릴츠야. 우리하고 같이 가자. 응?"

"……."

몇 번을 이야기해도 소용이 없었다. 초조함과 긴장으로 신경이 곤두선 프란디에의 목소리가 점차 갈라지기 시작했다. 사실 그 정도로 자제력을 발휘하는 것도 그 나이 소년으로 쉬운 일이 아니었다. 불안한 공기는 금방이라도 터질 듯했다.

설득하고 흔들어 봐도 인형처럼 눈만 뜨고 있는 앙리오트를 바라보던 프란디에가 갑자기 그를 와락 껴안았다. 이어 몸을 떼더니 뺨을 한 대 갈겼다.

"앙리오트 마르셀리안 페레올! 이게 무슨 꼴이야. 너도 네 형처럼 죽고 싶어서 이래?"

죽어?

그 순간 키릴로차는 프란디에의 목소리가 너무 컸다는 사실조차 잊고 머리를 한 대 얻어맞은 기분이었다. 죽다니? 방금 무슨 말을 들었지?

"죽다니…… 잘츠렌 형이…… 죽…… 었다고?"

프란디에는 등 뒤에 선 키릴로차의 목소리가 떨리는 것을 눈치 챘다. 그는 잠시 고개를 숙였다.

"나중에…… 설명은 나중에……."

설명은 필요 없었다. 차가운 현실이 날개를 접고 곁에 내려앉았.

지금까지 친구들에게 닥친 위기를 충분히 안다고 생각했었다. 그러나 방금 들은 말은 차디찬 시체의 손이 갑자기 등으로 들어온 것과 같은 충격을 주었다. 죽다니, 그럼 퀼나렌 누나는? 모든 일이 다 어떻게 되어 가는 거야!

소년들은 저들의 감정을 추스르느라 앙리오트에게 변화가 일어났음을 얼른 눈치 채지 못했다. 앙리오트는 눈동자를 움직여 자기 발치에 무릎을 꿇은 프란디에를 내려다봤고, 다시 키릴로차를 올려다본 다음 유령처럼 벌떡 일어섰다.

"……."

두 소년은 순간 놀랐지만 앙리오트가 아무 말도 하지 않자 다시 의심쩍은 표정이 되었다. 앙리오트는 친구들의 어깨를 밀치며 나아가더니 계단을 찾아내어 올라갔다.

"쉿……."

이어 놀랍게도 앙리오트는 친구들을 흉내 내어 자신도 소리 없이 걷기 시작했다.

"가자."

문이 열렸다. 셋은 서재로 빠져 나왔다.

불 하나 켜진 응접실로 돌아오기까지는 가슴을 조이는 긴장의 연속이었다. 키릴로차는 내내 잘츠렌, 그리고 또 다른 사람들의 운명에 대한 분노와 두려움에 사로잡혀 생각의 갈래를 다잡지 못했다. 일단은 친구들이 안전하게 빠져나가는 일만 생각하자. 그런 다음에 다른 일도 알아보고 도울 길을 찾아보도록…….

키릴로차의 소망은 마지막 세 걸음을 남기고 깨어져버렸다.

뭔가가 번쩍이며 순간적으로 눈이 멀어버린 듯했다. 눈앞이 하얗게 되어 아무것도 보이지 않았다. 단지 응접실의 불이 켜졌을 뿐임을 깨닫기까지 몇 초나 되는 시간이 걸렸다.

키릴로차가 기억하는 것보다 훨씬 많은 불빛이었다. 대낮처럼 휘황하게 응접실을 밝힌 램프가 백 개인지 천 개인지 모를 지경이었다. 세 사람의 움직임은 약속이라도 한 듯 멈췄다. 그 빛 가운데 선 사람이 있었다.

"벌써 가는 거야?"

익숙한 목소리가 친절하게 말을 걸어왔다. 낮에 본 그대로, 잠든 일 따위는 없었던 얼굴로 바라보는 그 사람은 친구, 그들의 가장 친한 친구 가운데 하나였다.

"일츠."

프란디에가 그를 불렀다. 냉정한 목소리였지만 몸이 점차 떨려왔다. 타고난 순진함이 이해의 빛을 가린 키릴로차와 달리 프란디에는 총명한 만큼 판단도 빨랐다. 일츠가 어떤 사람인지는 십 년 가까이 봐왔으니 지나칠 만큼 잘 알고 있었다. 파 놓은 함정 하나 없이 저렇듯 당당히 나타날 일츠 브릴모가 아닌 것이다.

사태가 절망적임을 이미 알았다. 잠시 품어보려 한 작은 희망이 소리를 내며 깨어지는 것을 느꼈다. 마지막 순간이 닥칠 때까지는 의연하게, 부끄럽지 않게 버티리라. 바랄 수 있는 것은 고작 그 정도다.

일츠는 응접실 저편에서 빙그레 웃었다. 그런 모습은 희생자를 앞에 둔 야비한 포획자의 얼굴과는 거리가 멀었다.

"왜 난 깨우지 않았어? 같이 가기로 했잖아?"

키릴로차가 더듬거리며 말했다.

"그건…… 일츠, 그건 말이지……."

일츠는 키릴로차에게 부드러운 눈빛을 보냈다. 이 응접실에서 지난 십 년간 늘 그랬던 것처럼. 손잡고 저택을 탐험하던 꼬마들이 자라서 책 한 권씩 손에 들고 마주 앉아 졸다가 머리를 한바탕 부딪치고 웃던 얼굴 그대로 바라보았다.

"말하지 않아도 돼. 이미 알고 있으니까."

이 역시 키릴로차가 일츠에게 수없이 들었던 말이었다. 말재주가 부족한 키릴로차가 뭔가 설명하지 못하고 더듬거릴 때면 늘 저렇게 말하며 웃곤 했다.

일츠는 다시 프란디에를 보았다.

"그래, 프란디에. 넌 영리해. 우리 친구들 중에 네가 가장 영리할거야. 나하고 늘 막상막하로 스노플을 두곤 했잖아. 아, 너하고 두는 스노플이 가장 재미있었어."

프란디에는 말이 없는 앙리오트의 손을 당겨 꽉 쥐면서 말했다.

"나도 그랬어. 앞으로도 그랬으면 좋겠는데."

일츠가 대답 없이 한 걸음 다가섰다. 키릴로차는 두 친구의 얼굴을 번갈아 보았다. 일츠를 물리치고 친구들을 탈출시켜야 할까? 아니면 설득을, 할 수만 있다면 해 보아야 할까?

일츠의 목소리는 이제 다섯 걸음 앞에서 들렸다.

"키릴츠는 속아줄지 몰라도 프란디에 네가 속지 않을 줄은 처음부터 알았어. 서툰 연기를 하면 간파하고도 남을 테고, 능숙하게 잘해내도 의심하며 상황을 따져보다가 결국 결론을 찾아내리라 예상했지. 그렇지만."

일츠는 침착하게, 심지어 다정스럽게 말을 이었다.

"네가 속지 않을 줄 내가 안다는 것까지는, 그것까지는 짐작하지 못하리란 것 또한 알았지."

목소리와 내용을 일치시키지 못한 키릴로차의 의식은 갈피없이 흔들렸다. 말뜻은 분명했다. 그렇지만 진심에서 나온 말일까? 저런 목소리로?

프란디에가 말했다.

"보내줄 수는 없는 거냐."

"유감스럽게도."

"그렇다면 억지로라도 빠져나가는 수밖에."

프란디에의 힘이 들어간 대꾸에 일츠가 소리 내어 웃었다.

"진심으로 하는 말이냐?"

프란디에의 콧잔등에 얹힌 안경이 바르르 떨렸다. 무엇 때문에 떠는 걸까. 그는 생각했다. 상대의 함정이 무서워서? 아니면 믿고 아끼던 친구를 칠 일이 두려워서?

일츠가 두 걸음 물러섰다. 이어 손을 모으며 마법을 준비하는 자세가 되었다. 프란디에는 자기 눈을 의심하며 물었다.

"네가 마법으로 우리를 이기겠다고?"

이해할 수 없었다. 드라니라바티 학교에서도 한참 떨어지는 실력이었고 멜헬디에서는 마법 수업을 받지도 못했던 일츠가 프란디에와 키릴로차에게 마법으로 이기겠다고?

키릴로차는 오히려 일츠가 다칠 것이 걱정되어 급히 말했다.

"일츠, 제발. 우리가 싸울 필요는 없잖아. 서로 소중한 친구였던 우리가 무엇 때문에 서로를 미워해야겠어?"

그러자 일츠가 손을 내리면서 키릴로차를 보았다.

"난 너희를 미워한 일이 없어. 혹시 네가 나를 미워하니?"

정말로 의아해하는 태도를 본 키릴로차는 날카로운 침으로 가슴 깊숙한 곳이 찔린 듯한 충격을 받았다. 키릴로차보다 먼저 프란디에가 소리쳤다.

"네 위선으로 우리의 옛 우정을 모욕하지 마!"

그때 키릴로차와 프란디에는 휘황하게 밝은 응접실이 갑자기 검은 물결로 뒤덮이는 환각을 보았다. 아니, 환각이 아니었다. 물결 같던 그것은 거대한 손바닥 모양을 한 그림자였다. 순식간에 어둠이 드리워지는가 싶더니 잠시 후 시커먼 그림자가 소맷자락을 끌며 벌떡 일어섰다. 키릴로차는 그것이 무엇인지 깨달았다.

"사신(死神)의 소매!"

그림자의 높이는 천장을 뚫고 지붕 위까지 솟지 않았을까 싶을 정도였고, 바닥은 끝 간 데가 보이지 않았다. 빛이 일시에 어두워지며 램프의 심지가 고통스럽게 몸을 뒤틀었다. 불꽃이 떨리자 그림자는 더욱 장대하게 일렁거렸다. 어디서 오는지 모를 바람……. 소매가 펄럭거렸다. 타닥거리는 소리를 내며 다가오는 사신의 소매는 꿈틀대는 뱀 같았다.

숨이 막혔지만 눈만 크게 뜨고 있을 때가 아니었다.

키릴로차가 '사신의 소매'를 알아봤던 것은 마법 스승들에게 배워서가 아니었다. 도서관에서 우연히 집어본 책에 옛이야기처럼 쓰여 있던 '고대의 마법적 존재들'이라는 부분에 검은 소맷자락을 가진 손 모양으로 그려져 있던 그것이 지금 눈앞에 선 저 기괴한 존재였다. 이스나에가 되지도 못하고 다시 태어나지도 못한 자들의 영혼을 빨아들여 점점 커지고, 그렇게 생명을 삼켜가며 영생을 유지한다는 저 괴물은 아스테리온 무녀 말고는 어떤 존재도 두려워하지 않는다고 했다.

프란디에가 키릴로차를 돌아봤다.

"사신의 소매가 뭐지?"

"그건……."

대답을 삼킨 대신 키릴로차는 스스로에게 물었다. 저것을 어떻게 불러내던가. 어떤 힘을 가졌던가. 막을 방법은 무엇이던가.

생각하는 사이 거대한 소맷자락은 응접실 머리에 선 프란디에를 소리도 없이 덮쳐갔다.

"피해! 닿으면 죽어!"

자신이 무슨 말을 하는지도 모르면서 키릴로차는 달려들어 프란디에를 밀쳤다. 둘 다 바닥을 굴렀지만 융단 때문에 둔한 소리밖에 나지 않았다. 앙리오트는 여전히 우뚝 선 채 무표정하게 친구들을 지켜보고 있을 따름이었다.

웬일인지 사신의 소매는 막 넘어진 둘을 덮쳐누르려다가 우뚝 멈췄다. 둘은 시커먼 그림자가 머리 위에 드리워지고, 그 너머로 일츠의 모습이 희미하게 비치는 것까지 보았다. 말로 표현하기 힘든 섬뜩한 광경이었다.

그런데 일츠는 마법을 쓰는 모습이 아니었다. 평온하게 팔을 내리고 있을 뿐이라 저 사신의 소매는 구석에 숨어 있다가 제멋대로 튀어나왔다고 밖에 생각되지 않을 정도였다. 그러나 적어도 그들 둘을 공격했다. 누가 숨겨놓았든 적인 것만은 틀림없었다.

"무익한 저항은 그만두고 있던 방으로 얌전히 돌아가 줘. 내 손으로 너희를 죽이고 싶진 않으니까."

프란디에는 바닥을 더듬어 넘어질 때 떨어진 안경을 집어 올렸다. 이어 몸을 반쯤 일으키며 부릅뜬 눈으로 일츠를 쏘아보았다.

"돌아가 봤자 결과는 죽음뿐임을 모를 줄 알아? 내가 뭘 더 두려워해야 하지? 죽는 방식 따위가 내가 두려워해야 하는 전부란 말이냐?"

프란디에는 이윽고 바로 일어나 섰다. 키릴로차는 잡으려 했다. 프란디에의 머리는 검은 그림자에 닿기 직전에 아슬아슬하게 멈추었다. 그의 키가 더 크지 않아 다행이었다. 부당하게 몰리는 순간 평소의 온화함을 버리고 단호하게 분노하는 모습은 프란디에의 진면목 중 하나였다. 마치 카 교수의 벌칙이 그를 화나게 했을 때처럼 그가 신랄한 눈동자를 치떴다.

"내게도 지하수처럼 무한히 퍼 올릴 인내심이 있지는 않지. 한때 내 친구였던 일츠 브릴모."

두 손을 가슴에 모으고 주문을 외우는 프란디에의 입술이 비틀렸다. 그는 웃었다. 주문을 마치는 순간까지도 웃고 있었다. 낮게 시작된 목소리가 이윽고 천장을 뚫을 듯 커졌다.

"친구 대접이 겨우 이것뿐이냐? 이까짓 남의 손을 빌린 장난이 아니라 더 기막힌 걸 내놔보란 말이다!"

프란디에가 손바닥을 펼치자 푸른 광채가 튀어나갔다. 먼저 천장의 샹들리에를 박살내고 다시 바닥으로 쇄도해 융단을 태우고 바닥에 구멍을 냈다. 파시식거리는 소리와 함께 지독한 냄새가 풍겼다.

"읍……."

일츠조차 한 걸음 물러서는 가운데 번개처럼 생긴 광채는 천장과 바닥과 벽을 옮겨가며 계속 파괴를 일으켰다. 장식장의 유리가 튀고 뜯겨 나온 나뭇조각이 흩날렸다. 전광(電光) 마법을 익힌 바 없던 키릴로차는 눈이 휘둥그레졌다. 틀림없이 파르만센 교수가 가르쳤을 것이다. 그러나 전광이 일츠를 향해 달려드는 순간 키릴로차는 깜짝 놀라며 황급히 주문을 외쳤다.

"뎀 그나린데……."

늦었다고 생각했는데 전광은 일츠의 몸에 닿기 전에 사그라져 버렸다. 응접실 곳곳에 파괴의 잔해가 흩어졌으나 그들 모두는 무사했다. 그러나 머리 위에 드리워진 사신의 소매 역시 사라지지 않았다. 키릴로차는 외우던 주문의 방향을 돌려 자신과 프란디에, 앙리오트가 선 곳을 보호막으로 감쌌다.

"프란."

프란디에는 이런 때조차 자신의 애칭을 부르는 그 입술에 증오를 느꼈으나 표현하지는 않았다.

"멋졌지만 쓸모없는 일이었어. 너희 정도의 마법은 지금의 내게 통하지 않아. 그리고 키릴츠, 너도 그런 보호막으로 사신의 소매를 막을 수 있다고 생각하진 않지?"

키릴로차는 눈을 꽉 감았다가 뜨며 생각했다. 산 자의 피와 살을 빨아들이고 녹여 핏방울 하나도 남기지 않는다는 저 검은 그림자와 손가락 하나라도 접촉해서는 안 된다. 무엇으로 막아야 할까? 의지가 굳은 자는 가장 간단한 마법으로도 가장 파괴적인 마법을 받아낸다고 했다. 마법의 근원은 강한 기원이라고도 했다.

그러나 일츠를 아직 증오하지 못하는 자신은 의지가 굳은 자인가?

"너희가 굳이 버티겠다면 나도 사양하지 않겠어."

프란디에의 손끝이 새로운 마법을 준비하는 것을 느꼈지만 키릴로차는 여전히 행동을 정하지 못했다. 서로를 죽이려 하는 두 사람 가운데 누구를 멈춰야 할까. 누구를 멈출 수 있을까. 어느 한쪽도 죽게 내버려둘 수 없는데.

"일츠!"

키릴로차가 부르자 일츠가 고개를 끄덕였다.

"하고 싶은 말이 있으면 해."

키릴로차는 마지막이라는 생각을 했다. 둘이 친구인 마지막 순간이며, 친구로서 하는 마지막 말일지도 모른다고. 누가 지고 죽게 되든 그는 남은 하나를 용서하지 못하리라. 저 사신의 소매가 프란디에의 생명을 앗아간다면 형제였던 일츠의 얼굴을 다시는 보지 못할 것이다.

"이래야 하는 이유를 말해줘. 우리 모두의 친구였고…… 내 형제였던 일츠 네가, 왜 우리를 죽고 죽여야 하는 상황으로 몰아가지?"

"나야말로 네가 꼭 이래야 하는 이유가 듣고 싶다. 난 너를 해치려 한 일이 없어. 추적한 일도, 가두려 한 일도 없어. 그런데 왜 네가 나와 맞서지?"

"난 너도, 프란디에도, 단 한 사람도 잃을 수 없기 때문이야!"

돌아온 대답은 간단했다.

"그건 네 욕심이야."

"뭐라고?"

차분한 목소리였다. 훈계조도 설득조도 아니었다.

"키릴츠, 넌 아직 세상을 몰라. 나라고 다 알지는 못하지만 적어도 한 가지는 알지. 대립 없는 세상 따윈 있을 수 없다는 걸. 평생 함께하겠다던 부부도 어긋나고, 연인들이 서로를 해치거나 부모와 자식간에 칼을 겨누는 일이 왜 일어날까? 친구들은 왜 갈라져야 할까? 그들이 그래야 했던 사정을 물은 게 아냐. 그처럼 있어선 안 될 것 같은 일들이 왜 벌어질까?"

"그런 건……"

"그건 대립이 없는 세상은 한 순간도 존재한 일이 없기 때문이야. 세상이 혼돈이라면, 적어도 혼돈이 있다는 사실만은 진리지. 어린애 같은 눈으로 세상을 보지 마. 너 자신만은 특별해서 그런 일에서 예외라고 생각하지 마. 너한테도 비극은 올 수 있어. 왜 닥쳐온 현실을 외면하려 하지?"

프란디에가 보호막을 위해 조력어를 몇 번 중얼거린 다음 대꾸했다.

"넌 네 행동을 '누구나 그렇다'는 말로 그럴듯하게 포장하려 하는데 어떤 상황에든 칼자루를 쥔 자는 있어. 찔린 자가 있으면 찌른 자가 있단 말이야. 네 말대로라면 죄 없는 사람을 죽이고, 약탈하고, 강간하는 자들은 다들 네가 말한 혼돈에 일조한 것뿐이니 전혀 잘못이 없겠군!"

"이것 봐, 프란. 난 정당한 대결에서 진 자들, 또는 상황이 나빠 하나뿐인 선택으로 내몰린 자들을 얘기한 거야. 전자가 너라면 후자는 나인 셈이지. 피할 수 없다면 결정을 해야 하고, 결정을 했다면 소극적인 행동은 새삼스런 자기변명, 게으름, 목적 없는 도피에 지나지 않아. 망설임은 결정하기 전까지로 족하지. 내가 이런 상황을 원했다고는 생각하지 마. 하지만 결국 난 결정해야 했어. 그리고 너와 네 아버지, 왕자 전하를 지지한 모든 사람들은 정당한 승부에서 졌어. 너도 봤잖아?"

프란디에는 입술을 떨 뿐 대답하지 않았다. 차분히 말하는 일츠의 얼굴은 위선자의 그것과는 어딘가 달랐다. 스노플 판의 말이 된 이상 주어진 역할에 최선을 다하겠다는 듯한 그 표정은 도대체 그에게도 감정이란 것이 있는가를 의심케 했다.

일츠가 말을 이었다.

"더구나 난 늘 강한 자가 일방적으로 저지르는 죄악을 싫어했어. 난 그런 걸 지지하지 않아. 날 오래 봐 왔으니 너도 잘 알잖아?"

그 순간 프란디에의 목소리가 공기를 찢었다.

"난 몰라! 이 순간 너란 놈을 단 한 번도 몰랐던 느낌이다!"

프란디에의 두 손 사이에서 공기가 소용돌이치며 돌다가 폭발음과 함께 정면으로 격발되었다. 일츠가 손목을 교차시키며 눈을 감는 것이 보였다. 프란디에가 만든 강력한 파동이 일츠를 향해 쇄도하자 일츠의 몸이 몇 걸음 밀리며 흔들렸다. 그게 끝이 아니었다. 파동은 굴곡을 가진 것이라 뒤이어 더 강한 타격이 밀려드는 순간 일츠의 몸은 다섯 걸음 뒤로 내던져져 응접실의 유리 덧문에 부딪쳤다.

츠창, 촤장캉!

유리가 박살나고 나무 살들이 꺾이며 천장과 바닥까지 흔들렸다. 덧문의 걸쇠가 끊겨 문이 밖으로 덜컹 열리자 일츠의 몸은 그 너머까지 밀려나 테라스의 난간에 부딪치고야 멈췄다. 그는 등에 심한 충격을 받은 듯 허리를 꺾으며 잠시 쿨럭거렸다. 그러나 곧 고개를 들더니 씨익 웃었다.

"쓰읍…… 대단한 솜씨를 숨기고 있었잖아. 진작 말하지."

입가에서 피가 한 줄기 흘렀지만 부딪칠 때 악관절에 힘이 잘못 들어가 입술이 찢어졌을 뿐이었다. 일츠의 얼굴에서 미소가 사라졌다.

"역시 말을 많이 하면 손해란 말이야. 스노플도 너무 오래 끌면 지루한 법이지. 그만 끝내자."

두 소년은 손을 쓸 틈조차 없었다.

둘을 잊은 듯 멈춰 있던 사신의 소매가 쏜살같이 달려들어 프란디에의 몸을 움켜쥐었다. 허공을 돌다 사냥감을 발견한 매처럼 희생물을 낚아챘다. 공포와 고통이 뒤범벅된 비명이 낭자하게 울려 퍼졌다.

"아아아아아아악!"

키릴로차는 머릿속의 피가 싹 빠져나가는 느낌이었다.

"프란디에!"

무작정 달려들어 친구를 감싼 검은 그림자를 덮쳤다. 동시에 온 몸이 갈기갈기 찢기는 듯한 고통을 맛보았다. 염산에 닿은 것처럼 살갗이 타 들어가고, 피가 튀었다가 파시식 증발했다. 친구의 몸에는 손도 대지 못했다. 손을 쓸 방도가 없었다.

"일츠! 놓아줘!"

"이제 끝날 거야."

"일츠!"

프란디에의 입에서 이미 비명은 멈췄다. 죽지는 않았지만 정신은 이미 한 조각도 남지 않았다. 꿈틀거리는 검은 손아귀는 계속 인간의 연약한 육체를 부수고, 녹이고, 빨아들였다. 맥없이 늘어진 고개가 이리저리 흔들리고 살 타는 냄새가 진동했다. 온 몸이 사그라져 해골만 남고, 마침내 그것조차 녹을 때까지 집요하게 정기를 빨아먹으며 멈추지 않는 괴물이었다.

키릴로차의 눈에 핏발이 섰다.

"그만 둬, 당장!"

"불필요한 참견은 마."

키릴로차의 발이 융단 덮인 바닥을 굴렀다.

"왜, 왜, 왜 이렇게 변한 거야, 일츠!"

일츠는 키릴로차를 바라보았다. 지옥 불에서 나왔다 해도 이 광경 앞에서 이보다 침착하지는 못할 듯싶었다.

"무슨 소리야. 난 조금도 변하지 않았어. 어려서부터 오늘 이 순간까지."

　키릴로차의 귀에는 대답이 들리지 않았다. 팔뚝이 부르르 떨리도록 힘이 들어갔다. 온 몸이 분노로 속속들이 녹아내렸다. 터질 듯 두드려대는 심장 고동과 함께 귓전에 낯선 소리가 들리기 시작했다.

　파직, 파사삭…… 파창! 츠츠츠…… 챙그랑!

　"나를 죽이지 않고는……."

　키릴로차가 모은 손 사이에 먹물 같은 어둠이 엉겨들었다. 그의 능력과 통제를 넘어, 마법사의 영역이 아닌 곳의 힘이 서서히 모여들었다. 정신이 버티지 못해 부서져버린다 해도 용서할 수 없는 것은 용서할 수 없는 대로!

　일츠는 지금껏 키릴로차의 그런 눈을 한 번도 보지 못했다. 분노로 붉게 달아오르고 증오로 터질 듯한 눈, 그것이 그의 곁에서 웃던 형제의 마지막 눈이었다.

　"내 친구를 단 한 명도 죽일 수 없을 거다!"

약속과 죄를 짊어지고

자그락, 자그락, 자각.

깨진 유리를 밟는 듯한 소리였다. 한 발, 두 발, 걸을 때마다 귓전을 울렸다. 파삭, 차르륵.

일츠가 대답했다.

"그래. 준비는 되었어."

누가 그를 벌할 것인가. 누가 그 영혼을 지옥으로 데려갈 것인가. 후회하지 않는 자의 혼을 줄 징벌자는 존재하는가.

얇은 껍질에 불과한 피부를 찢고 튀어나오려는 것처럼, 몸 깊은 곳에서 격동이 솟아나 부딪쳐 왔다. 옛날, 일츠가 키릴로차를 처음 보았던 날, 지금은 죽고 없는 루이즈가 힘을 다해 막았던 알 수 없는 마법은 그 후 다시는 나타나지 않았다. 지금껏 어디에 잠들어 있었을까. 자각하지도 못했고 정체도 몰랐던 그 힘을 기억하는 것은 키릴로차의 몸뿐이었다.

이 격동은 익숙하다.

그렇게 느낀 순간 마지막 유리 한 조각, 미세한 금에 뒤덮여 떨던 껍질이 산산조각으로 깨어졌다.

키릴로차의 두 손 사이에서 그림자로 된 칼날이 솟구쳐 반월형으로 뻗어가더니 응접실의 벽을, 창을, 램프와 장식들을 산산이 부숴 버렸다. 그러고도 멈추지 않고 풍차 날개처럼 회전해갔다.

활짝 열린 테라스 너머로 밤바람이 몰려드는 소리가 났다. 하늘은 푸른 번개를 맞은 것처럼 번뜩였다. 한 순간에 폐허로 변한 응접실 가운데 미친바람이 몰아쳤다.

잠들어 있던 피였다. 스스로도 몰랐던 유산이었다. 광풍에 맞서 검은 머리를 휘날리며 선 그의 어머니, 바로 어둠의 제사장의 권능이었다. 빛도, 어둠도, 하늘도, 땅도 보이지 않는 무아지경에서 목소리가 들려왔다. 그에게만 들렸다. 어떤 운명에도 묶이지 않는 강인한 여성의 목소리였다.

'검은 날개여, 숨은 피여, 힘은 사라지지 않고 다음 세계의 대지에도 우뚝 서리니.'

키릴로차는 비척거리며 벽에 기대 머리를 늘어뜨렸다. 그가 넋을 놓았는데도 누구의 의지를 따르는지 모를 검은 칼날은 반 바퀴 돌아 프란디에를 움켜잡은 사신의 소매를 향해 부딪쳐갔다. 닿는 순간 불꽃이 분수처럼 튀었다. 두 존재가 녹아 섞여드는 듯하더니 기이한 비명이 허공을 찢었다.

캬아아아아아악!

귀를 막지 않고는 견딜 수 없을 비명이었다. 일츠는 상황을 깨닫고 그에게 사신의 소매를 빌려준 사람이 준 다른 물건을 써서 자신을 보호했다. 비록 몸은 안전해졌지만 이제 할 수 있는 일은 눈앞의 광경을 지켜보는 것뿐이었다.

끄으으…… 그극…….

사신의 소매는 얼굴이 없었지만 비명만은 입이 있는 어떤 생물보다도 소름끼쳤다. 쇠갈고리로 돌바닥을 긁어대는 듯한, 제정신으로는 참을 수 없는 굉음이 계속되었다.

일츠의 귓가에 다급한 목소리가 들려왔다. 그는 눈을 치뜨며 정신을 집중했다.

'돌아와라. 예상 밖으로 상황이 커졌다. 내가 너를 이리로 부르겠다.'

마침내 불꽃이 멎으며 사신의 소매의 모습이 흔적도 없이 사라졌다. 융단은 타버리고 시커멓게 드러난 응접실 바닥에 프란디에가 쓰러졌다. 알 수 없는 목소리에게 부름을 받은 일츠는 그 광경을 지켜보며 스르륵 지워져버렸다.

"프란…… 프란……."

키릴로차는 아무것도 보이지 않는 눈으로 허공을 더듬으며 중얼거렸다. 자신이 부르는 이름을 잊어버릴 것만 같아 쉬지 않고 입술을 달싹거렸다.

"죽지 마…… 프란…… 죽지…… 마……."

그 말을 끝으로 키릴로차도 무너졌다.

부서진 테라스의 문살이 덜컹거리며 바람을 들여보냈다. 고약한 냄새를 풍기는 융단과 그을린 유리 조각들, 맹수가 할퀸 듯한 천장과 벽 사이로 나무가루와 종잇조각을 날리며 한 바퀴 돌아나갔다. 밤이 망토를 올려 얼굴을 가렸다. 쓰러진 자의 손끝이 달싹거렸다.

"프란……."

그 손을 다른 굳건한 손이 움켜쥐었다.

서서히 당겨지더니, 이윽고 일으켜졌다. 깨진 샹들리에의 수정 조각들이 바닥에 끌리는 소리가 났다. 이윽고 누군가의 어깨가 그를 부축해 벽에 기대어 앉혔다. 키릴로차는 상대의 얼굴을 보았다.

"앙리?"

이어 앙리오트는 프란디에가 쓰러진 곳으로 다가갔다. 몸을 굽혀 안아 올리려 했다. 키릴로차도 그쪽을 보았다. 그리고 말문이 막혔다.

차마 눈뜨고 볼 수 없도록 참혹한 모습이었다. 옷과 피부가 엉켜 붙고, 온 몸이 눅진눅진한 점액과 말라붙다 못해 타 들어간 핏덩이로 뒤덮인 몰골은 이미 산 사람의 형상이 아니었다. 창백하게 질린 얼굴만이 이 존재가 자신의 친구, 방금 전까지만 해도 웃고 말할 수 있던 그라는 사실을 상기시켜주었다.

잃을 수 없다고 그토록 외쳤지만 결국 아무것도 해주지 못했다. 키릴로차의 입에서 쉰 목소리가 흘러나왔다. 그러나 두 음절도 말하기 전에 목이 막히며 턱이 떨렸다. 눈물도 나오지 않았다. 몸의 모든 기관이 활동을 멈춘 듯 아무것도 밖으로 나오지 않았다. 간신히 쥐어짠 목소리가 마른 바람처럼 친구의 감긴 눈가를 쓸었다.

"아…… 안…… 돼……."

키릴로차는 벽에서 등을 떼며 몸을 굽혔다. 무릎 꿇은 몸을 억지로 지탱하며 프란디에의 목에 손을 가져갔다. 어렴풋이 느껴지는 온기는 어쩌면 심한 화상 때문인지도 모르고…….

"프란……."

맥을 찾으려 했지만 잘 되지 않았다. 두려움에 사로잡힌 손가락은 빨리 찾지 못하고 헤맬수록 더욱 심하게 더듬거렸다. 극도로 흥분했으나, 동시에 공포로 떨었다. 끝내 찾지 못할까봐서.

"살아 있어!"

바람 새는 듯한 목소리로도 환희를 나타낼 수 있다면 바로 이 순간이었다. 약했지만, 분명히 맥이었다. 뛰고 있었다.

앙리오트가 다가오더니 프란디에의 머리카락을 쓸어 넘겨주었다. 여전히 무표정했지만 눈만은 흔들렸다. 키릴로차의 눈에서는 막힌 둑이 터진 것처럼 눈물이 줄줄 떨어졌다.

"앙리. 저 방, 왼쪽에 있는 내 방에 들어가면 침대 옆에 망토가 있을 거야. 그걸 가져다 녀석을 감싸 줘. 나는…… 되든 안 되든 뭔가 마법을 써 볼 테니까. 그래, 그렇게. 좋아."

앙리오트가 일어나 어둠속으로 사라지자 키릴로차는 자신의 상태를 잊어버리고 그가 아는 치유의 주문을 모조리 상기해냈다. 온 몸이 쉴 새 없이 떨렸지만 흥분 탓인지 무리한 탓인지도 몰랐다. 생각할 수 있는 건 하나뿐이었다. 자신은 살아 있고, 친구는 죽어간다. 이 눈이 감기기까지는 죽도록 내버려둘 수 없다.

망토를 들고 돌아온 앙리오트는 두 친구가 밝고 푸른 치유의 빛에 둘러싸인 모습을 보았다. 그 빛은 앙리오트가 아는 어떤 마법의 빛보다 강했고, 밝았고, 따스했다. 폭풍 속을 헤매다 겨우 발견한 인가에 뛰어들어 벽난로의 불빛을 본 것처럼. 둘을 둘러싼 빛은 인간의 마음 그 너머에서, 가장 깊은 기원이 우러나올 때만 찾아오는 구원이었다.

앙리오트는 발치에 떨어진 익숙한 물건을 보고 다가가 집어 들었다. 다리 하나가 부러지고 유리 한쪽이 깨진 안경이었다.

새벽이 오고, 아침도 왔다.

여전히 의식이 없는 프란디에와 그를 들쳐 업은 앙리오트, 힘겹게 앞서 걷던 키릴로차가 목적지 근처까지 왔을 때는 이미 점심 무렵이었다. 지금쯤 수많은 사람들이 도망친 그들을 찾아다니고 있을 게 뻔했다. 이렇듯 낮에 돌아다니는 것이 위험하기 짝이 없는 행동임에도 불구하고 프란디에의 상태가 너무 나빴으므로 선택의 여지가 없었.

"조금만 참아."

키릴로차는 누구에게 하는지 모를 말을 되풀이해 중얼거렸다. 다친 친구, 또는 그를 업은 친구에게 한 말이었을 수도 있고, 들을 사람이 없으니 자신에게 한 것 같기도 했다.

처음에는 말을 타고 나왔지만 그런 모습이 눈길을 끈다는 것을 깨닫자 말을 버리고 걷기 시작했다. 목적지는 그리 멀지 않았으므로 인파에 휩쓸려 걷는 편이 안전하다면 안전했다. 낮의 아르나브르 거리는 각양각색의 차림을 한 사람들로 북적거렸다.

앙리오트의 등에 업힌 프란디에는 망토로 뒤덮여 사람인지 짐인지 모를 지경이었고 멜헬디에서 며칠 동안 말을 달려 온 차림 그대로인 키릴로차의 모습도 남루해서 귀족으로 보일 가능성은 적었다. 굳이 문제가 된다면 앙리오트였지만 세 사람의 모양새로 보아 하인 역할이라 할 만했으므로 다행히 문제는 없었다. 그들은 만일을 생각해 일부러 사람이 붐비는 길을 골라가며 걸었다.

아르나브르 서쪽의 세 우물 거리는 몰락한 귀족들이 아르나브르를 떠나기 전에 마지막으로 자리를 잡는다는 곳이었다. 근방의 저택 아닌 저택들은 덩치만 클 뿐 수리할 돈도 없는 주인들의 모습처럼 휑뎅그렁했다. 그나마 빌린 사람도 없어 텅 빈 집들이 드문드문 보였다. 오가는 행인조차 드물었다.

그런 집 중 한 곳 앞에 선 셋은 묵묵히 집을 올려다보았다. 시든 담쟁이가 매달린 붉은 돌담, 경첩이 덜렁거리는 덧문, 금이 간 계단과 섬돌을 보자 마음이 스산해졌다. 누가 있는지는 알고 왔다. 반가운 사람이었지만 오는 내내 사람을 피하느라 물 한 모금 얻어 마시지 못한 키릴로차는 입술 달싹일 힘도 없어 인사할 목소리가 나올까 의심스러웠다. 앙리오트가 대문으로 다가갔다. 칠이 다 벗겨진 문을 무릎으로 밀자 문은 쉽게 열렸다.

안은 어두웠다.

주인의 허락도 구하지 않았다. 키릴로차는 문을 닫으면서 저도 모르게 문고리에 몸을 지탱하려 하는 자신을 느꼈다. 현관을 지나자 큰 응접실이 나타났다. 몇 년쯤 청소하지 않은 것처럼 뭉쳐진 먼지가 굴러다니는 그곳에 주인이 앉아 있었다. 햇빛 드는 창을 멍한 눈으로 바라보다가 그들에게 시선을 주었다.

검은 그늘이 드리워진 눈, 홀쭉한 뺨, 굳어진 입매와 흐트러진 머리를 보자 가슴 한 구석이 옥죄이는 기분이었다. 기억 속의 그 사람이 맞을까? 정말로 그 사람이란 말인가? 동시에 그들이 처한 상황이 다시금 생생하게 몸에 끼쳐왔다. 생기발랄하고 재치 넘치던 그녀에게 일어났을 일들…….

달라지다 못해 낯설어진 그 얼굴에서 시선을 돌리고 만 키릴로차가 입속으로 중얼거렸다.

"귈나렌 누나."

"그래, 키릴로차."

가라앉았지만 또렷한 대답이었다. 키릴로차와 앙리오트는 잠시 어찌할 바를 모르고 그 자리에 서 있기만 했다. 귈나렌의 눈이 느리게 움직여 앙리오트가 들쳐 업은 사람에게 갔다. 그녀는 백 년 만에 움직이는 밀랍 인형처럼 천천히 일어섰다.

"저쪽 방에 침대가 있어. 들어가자."

궐나렌의 도움을 받아 프란디에를 침대에 눕히고, 난로를 청소해 불을 피우고 물을 끓이는 동안 세 사람은 한마디도 주고받지 않았다. 장롱 안에는 다행히 깨끗한 시트가 몇 장 들어 있었다. 프란디에를 감쌌던 망토를 들추자 궐나렌의 얼굴이 경련을 일으켰다. 두 친구 역시 약속이나 한 듯 시선을 돌리고 말았다. 밝은 빛 아래에서 보니 더욱 처참한 광경이었다. 녹아내린 피부가 아무렇게나 엉켜 붙은 사이로 붉은 살이 드러나 인간의 몸 같지가 않았다. 성한 곳은 사신의 소매에 붙잡히지 않은 얼굴과 발목 아래뿐이었다.

"살아남은 게 기적이구나."

궐나렌은 평화롭던 시절에 싹싹하던 프란디에를 만나본 적이 있었다. 둘은 느리게 고개를 끄덕였다. 어쩌면 그대로 고개를 떨어뜨렸는지도 몰랐다.

키릴로차가 자기 몸을 돌보지 않고 즉시 치유 마법을 사용했기에 내장이 기능을 멈추지 않아 지금껏 숨이 붙어 있었다. 그렇다고 아직 살아났다고 여길 상황은 아니었다. 키릴로차와 앙리오트 둘 다 의료 지식은 전혀 없어서 여기까지 오는 동안 프란디에의 상태가 어떤지 살펴주지도 못했다.

낡은 저택에는 목욕물을 데워 줄 하녀 한 사람도 없어 모든 일을 손

수 해야만 했다. 피부에 붙은 옷을 떼어내는 것부터가 큰일이었다. 몸을 담글 물이 필요했으므로 앙리오트가 오랫동안 방치된 욕조를 닦으러 갔다. 키릴로차도 돕겠다고 일어났지만 앙리오트가 거절했다. 둘 중 누구도 하인들이 하던 일에 익숙할 리 없건만 뜻밖의 힘을 쓴 키릴로차의 상태가 훨씬 좋지 않았다. 앙리오트가 나가자 키릴로차는 맥없이 의자에 주저앉아 쓰러질 듯 등받이에 기댔다.

"너도 상태가 좋지는 않구나."

궐나렌의 말을 들은 키릴로차는 마음속으로 '누나도요' 하고 중얼거렸다. 입을 열어 안부를 물을 용기가 없었다. 어젯밤 정신이 없는 와중에 프란디에가 한 말을 아직도 잊지 못했다. 많은 이야기를 해보지는 못했지만 든든하고 친절한 형이었던 페레올 가의 장남 잘츠렌. 그 잘츠렌과 궐나렌이 결혼하던 초여름에 소년들의 나이는 열 살이었다. 앞으로의 삶도 그날 날씨처럼 따사롭고 환하리라고 믿어도 좋았을 천진한 나이 열 살.

잘츠렌은 지금은 깨어져버린 그 세상의 상징이었던 것처럼 가장 먼저, 얼굴도 없이 작별을 고했다.

"넌 좀 쉬어. 애를 돌보는 건 나하고 앙리로 충분해."

"……누나."

누나, 이제 어쩌지요. 잘츠렌 형이 가버린 것처럼 친구들도 하나씩 떠나려 해요. 누나는 괜찮은가요. 그래도 호두껍데기처럼 단단하게 버티며 살아갈 수 있나요. 자신이 없어요. 어떻게 해야 좋을지 모르겠어요.

옛날이 좋았다는 말은 내키지 않지만…… 그리워요. 누나가 꿀밤을 먹이던 꼬마로 돌아가서 앙리네 엄마가 케이크를 만드시는 동안 빙빙 돌며 따라다녔으면 좋겠어요. 녀석들이랑 한 시트에 폭 싸여 누나가 만들어 주는 딸기 펀치를 마시던 때는 왜 이런 미래를 생각하지 못했을까요.

전 포도껍질보다도 약해빠졌나 봐요.

키릴로차는 의자에 앉은 채로 잠이 들었다.

눈을 뜨자 다음날 새벽이었다.

머리 위의 천장이 낯설었다. 키릴로차는 좋은 꿈을 꾸었다. 어렸을 때 일츠와 앙리오트와 함께 뛰놀던 카바이유 저택과 루이동 거리 뒤편의 언덕이 나타났다. 귈나렌은 결혼을 앞두고 들뜬 얼굴로 환하게 웃고 있었다. 페레올 부인은 뛰어노느라 정신없는 앙리오트에게 그만 저택으로 돌아오라는 편지를 보내고 있었다. 그런데 페레올 부인도 실은 그들과 같은 집에 살고 있었다. 아니, 그보다 더 옛날의 쥘리나 림밤 같은 동네 꼬마 친구들, 할아버지와 꼬맹이, 심지어 그 시절 아직 만나기도 전이었을 프란디에, 롬디오, 이스카시안도 함께 모여 있었다. 그들은 멋진 파티를 계획했고, 식구들을 놀래줄 준비도 완벽하게 끝냈다. 빨강 파랑의 초가 밝혀진 식탁에는 눈이 휘둥그레질 만한 만찬이 준비되었다. 촛불을 끌 준비를 하려고 아이들을 조용히 시키고, 키득거리는 웃음이 곳곳에서 새어나오고…….

눈을 뜨자 눈앞에는 낯설고 딱딱한 천장뿐이었다.

열린 창 너머로 푸르스름한 달빛이 새어들어 왔다. 현실로 돌아오자 뱃속 깊은 곳을 누르는 눅눅함과 답답함도 되살아왔다. 키릴로차는 일어나 앉았다. 그제야 자신이 침대에 누워 있었음을 알았다. 여긴 어디지?

다들 잠들었을지도 모른다는 생각에 조심조심 침대에서 내려와 맨발로 방을 나왔다. 발가락에 먼지 덩어리가 감기는 것도 상관없이 복도로 나아가자 금방 응접실이 보였다. 궐나렌은 없었지만 아슴푸레한 달빛 아래 텅 빈 풍경이 한층 황량했다. 창은 지나치게 컸다. 키릴로차는 더 바라보고 싶지 않아 복도를 돌아봤다.

프란디에를 눕혔던 방의 문을 밀자 삐걱대는 소리가 났다. 그러나 누구도 깨지는 않았다. 들어서는데 먼저 흰 시트가 눈에 띄었다. 그걸 보자 이유 없이, 어젯밤 프란디에의 눈 주위에서 검은 그림자를 보았을 때처럼 심장이 펄쩍 뛰어올랐다. 좀 더 다가가 친구의 얼굴이 달빛에 드러나자 그는 애써 불길한 상념을 털어버렸다.

침대 곁에 놓인 긴 의자에서 앙리오트가 자고 있었다. 궐나렌은 다른 방으로 간 듯했다. 키릴로차는 프란디에의 맥을 조심스럽게 짚어 보고 다시 안심했다. 숨소리가 그런 대로 규칙적이었다. 달빛에 드러난 어깨에도 이제 옷 조각이 엉켜 붙어 있지는 않았다.

곁에 작은 의자가 있었다. 거기에 앉아 걸어오며 했던 생각을 다듬어 보았다.

자신은 힘이 없었다. 제 한 몸 돌보지 않고 내던진다 해도 친구들에게 옛 행복을 돌려주기는커녕 그들을 살려낼 일조차 막막했다. 브릴모 가문에 속하지 않은 키릴로차 르 반은 아무 존재도 아니었다. 돈도, 힘도, 도와줄 친척도 없었다. 지금껏 배워온 마법조차 아직은 미약했다. 모든 해결책은 손닿지 않는 먼 곳에 있었다. 그가 빈민촌이 아닌 귀족들 사이에서 자라며 얻은 것이 있다면 단 하나, 높은 자리에 있는 사람들을 만날 기회가 있었다는 것뿐이었다.

키릴로차는 깨달았다. 그가 호소할 수 있는 사람은 한 명뿐임을.

물론 성공할 가능성은 적었다. 만나지도 못하기가 십상이었다. 그러나 자신의 힘으로, 빈손뿐인 그가 위험을 무릅쓰고라도 할 수 있는 일이 있다면 그것뿐이었다.

키릴로차는 몸을 기울여 프란디에의 이마를 가볍게 쓸어주었다. 흘러내린 앙리오트의 이불도 고쳐 덮어주었다.

"조금만 기다려."

키릴로차는 일어나 방을 나왔다. 그리고 궐나렌과 마주쳤다.

궐나렌은 키릴로차를 기다리기라도 한 듯 문 앞에 서 있었다. 한밤중에 긴 가운을 걸친 그녀는 수의를 입은 유령처럼 보여서 그는 순간 놀랐지만 곧 말했다.

"누나도 자야지요. 저희 때문에 피곤할 텐데."

"키릴, 우리 이야기 좀 할까."

오랜만에 들은 어린 시절의 이름이었다. 그 이름 하나로도 아름다웠던 세계가 되살아나는 느낌에 키릴로차는 이를 악물었다. 꿈이나 쫓고 있을 때가 아니었다. 현실로 돌아와야 했다.

"그래요."

둘은 응접실에 마주앉았다. 침묵은 오래 가지 않았다.

"갈 거지?"

키릴로차는 궐나렌 누나가 예전에도 말을 빙빙 돌리지 않고 단도직입적으로 말하는 사람이었음을 떠올렸다. 큰 충격이 치고 지나간 후에도 그녀는 변하지 않았다.

"네."

"신발은 신고 가야지."

궐나렌의 발치에 키릴로차가 침대 아래 벗어놓고 온 신발이 놓여 있었다. 그는 고개를 끄덕였다.

"네."

잠시 지체하던 궐나렌이 다시 입을 열었다. 키릴로차가 어디로 가려 하는지는 묻지 않았다.

"일이 잘 되어 이리로 돌아오면 좋겠지만 잘못되면 그럴 수 없겠지. 만약 일이 잘못되고도 용케 빠져나올 수 있다면 옛날 카바이유 저택 근처에 있던 언덕으로 와. 너희가 처음 앙리를 만났고, 내가 환각 마법으로 곰을 만들어 짓궂은 녀석들을 쫓아냈던 바로 그 언덕 말이야."

궐나렌의 얼굴에 희미한 표정이 떠올랐다. 어쩌면 미소 비슷하게도 보였다.

"오늘 밤, 타로피니가 동쪽 하늘에 떠오를 무렵에 그곳에서 만나는 거야. 타로피니 별이 머리 위로 올 때까지 오지 않으면 그냥 출발하도록 앙리에게 말해둘 테니까 잊으면 안 돼. 타고 갈 말이나 여행 준비는 내게 맡겨. 넌 네가 하려는 일을 해보고, 실패하거든 저 애들과 함께 숨을 곳을 찾아 떠나면 되는 거야."

한참 입을 다물고 있던 키릴로차가 나직이 불렀다.

"궐나렌 누나……."

얼마 전까지만 해도 궐나렌을 작은 페레올 부인이라고 부르며 장난치던 기억이 떠올랐다. 그러나 말을 멈춘 것은 그 때문이 아니었다. 고작 며칠 전에 남편을 잃은 사람이었다. 자신을 추스르기도 버거울 텐데 이토록 사려 깊은 도움을 베풀다니. 그는 존경심으로 할 말을 잃었다.

"내가 할 말은 거기까지야. 만일 일이 잘 되면 다른 데 가지 말고 곧장 이리로 와. 프란디에는 너무 쇠약해서 사실 움직이지 않는 편이 가장 좋으니까, 소식을 미리 알려줘야 여행준비를 하지 않지."

"프란디에는……."

"상처를 다 씻어내고 약하게나마 치유 마법을 썼더니 많이 나아졌어. 내가 좀 더 나은 것을 할 수 있다면 좋았겠지만 정식 마법사가 아닌 나로선……."

키릴로차가 갑자기 궐나렌의 손을 덥석 움켜잡았다.

"누나, 정말 고마워요. 잊지 않을게요."

궐나렌은 키릴로차에게 잡힌 자기 손을 내려다보더니 말했다.

"그럴 필요는 없어. 난 믿었던 사람에게 당한 배신을 약하게라도 되갚아나가고 있을 뿐이니까."

무슨 말을 하는지 알고도 남았다. 일츠에 대한 이야기였다. 한때 어린 일츠를 누구보다 아꼈던 그녀였다. 어깨가 더욱 움츠러들었다.

"어서 가. 지체해봤자 좋을 것 없어. 어두울 때 움직여야 들키지 않지. 이 집은 예전에 돌아가신 아버지 친척의 소유여서 아직 발견되지 않았지만 그렇다고 해도 아르나브르 안이야. 위험은 충분해."

키릴로차가 물었다.

"집으로는 돌아가지 않으실 건가요?"

비록 페레올 가문이 몰락했다 해도 궐나렌은 엄연히 일츠의 친척인 카바이유 가문의 딸이었다. 돌아가고자 한다면 갈 곳이 없을 리가 없었다. 그러나……

"내가 돌아갈 집은 하나뿐이었고, 이젠 없어졌어."

그렇게 세상은 바뀌어갔다. 키릴로차를 바꾸고 궐나렌도 바꾸어 놓았다. 앞으로도 많은 것을 바꿔 놓을 것이다.

두 사람은 자리에서 일어섰다. 키릴로차는 문을 향해, 궐나렌은 어두운 복도로 걸어갔다. 문을 연 키릴로차는 발에 붙은 먼지를 털고 신발을 신은 뒤 문을 닫았다. 발소리가 멀어지고 나자 비로소 궐나렌은 문을 바라보았다.

"꼬마 키릴, 네가 좋지 않은 방법으로 어른이 되는구나."

저택은 다시 정적에 잠겼다.

아침이 되기엔 이른 새벽, 뜻밖의 방문자가 일츠를 찾아왔다.

침대에서 하인에게 전갈을 받고 서둘러 옷을 갈아입은 그가 거실에 들어서자 방문자는 의자에 앉지도 않은 채였다. 일츠는 미소를 보였다.

"내가 여기 있는 줄 어떻게 알았어?"

전날 마법 대결장이 되어버린 브릴모 저택의 파손이 심해서 일츠는 브릴모 대사제가 따로 마련한 시내의 작은 집으로 옮겨왔다. 저택의 수리가 끝날 때까지 여기서 지낼 예정이었다. 그게 고작 어제의 일이니 그의 거처를 아는 사람이 많을 리 없었다.

"롬디오가 말해 주었어."

의문은 풀렸다. 일츠는 방문자에게 앉으라고 손짓하면서 다가온 하녀에게 다과를 준비하라고 지시했다. 그러나 방문자가 하녀를 돌아보면서 '필요 없어요'라고 잘라 말했다.

"그렇다면 그냥 두고."

이날 방문자의 모습은 일츠가 기억하는 모습과는 약간 거리가 있었다. 금빛 머리와 얼굴은 두건으로 감추었고 망토와 부츠는 여행에 시달린 듯 먼지투성이였다. 하인이 전한 바로는 수행하는 사람도 없었고, 지칠대로 지친 말 한 필이 일행의 전부였다. 방문자는 앉지 않았다. 일츠가 먼저 앉으며 말했다.

"앉아."

"할 이야기가 있어서 왔어. 대답 여하에 따라 앉지 않고 떠나겠어."

일츠는 고개를 갸웃했다. 그가 기억하는 상대방은 이렇듯 단호하게 말하는 사람이 아니었다. 그러나 방식만은 취향에 맞았다.

"그래. 해 봐."

방문자는 두건을 내렸다. 망토를 벗어 들었다. 피로로 창백해졌으나 그럼에도 불구하고 갓 젖은 풀잎처럼 생생한 눈빛으로 일츠를 쏘아보았다.

"……"

긴 고수머리는 흐트러진 그대로도 아름다웠다. 입술은 가볍게 열려 있었다. 초췌함조차 새로운 의미를 얻었고, 낡은 망토에서도 신비한 빛이 떠오르는 듯했다.

이성을 못 박는 망치가 휘둘러진다.

비를 맞은 꽃의 향기가 한층 강렬해지는 것은 묘한 이율배반이었지만 사실이었다. 짐승의 본능과도 같은, 저항할 수 없는 매혹이 손을 뻗어왔다. 죽은 가구들조차 눈뜨려 했다. 처음 만난 것도, 처음 느낀 것도 아닌데 한 순간 씻은 듯 새로워지는 자태였다. 방문자는 그 자리에 한 마디 말조차 더할 필요 없이 독재자처럼, 새로운 형용사를 요구하며 서 있었다.

더 견딜 수 없게 됐을 때 일츠는 고개를 돌렸다. 목소리가 귓가에 감겨들었다.

"내가 싫어?"

일츠는 피식 웃었다.

"이제부터 싫어할까 싶은데."

다시 바라보았을 때 매혹은 사라졌다. 그러고도 한참 동안 물끄러미 바라보던 일츠가 이윽고 그녀의 이름을 불렀다.

"클라리."

아름다운 방문자는 싱긋 웃었다.

"그렇게 불러 주어서 고마워. 우리가 아직 친구라고 생각해 둘게."

일츠는 스스로도 뜻밖이라고 생각하며 눈을 비볐다.

"당분간은 그렇게 하기로 할까."

클라리몽드가 한 걸음 다가왔다. 여전히 앉지는 않았다.

"내가 뭘 원할 것 같아?"

"글쎄. 워낙 욕심쟁이니까 뭐든 다 내놓으라고 하겠지."

음악적인 웃음소리가 거실로 퍼져나갔다.

"맞았어. 넌 역시 보통 눈이 아니야."

한 걸음 더 다가온 그녀가 마침내 자리에 앉았다. 둘의 무릎은 겨우 두 뼘 떨어져 있었다. 클라리몽드가 말했다.

"키릴츠가 믿듯 내가 선하기만 한 소녀가 아니란 걸 적어도 너는 꿰 뚫어 보았을 줄 알았어. 난 내가 원하는 결과를 위해 어떤 일이라도 해 내는 여자야. 때로 잔인할 수도 있는, 내 연인의 상상보다 훨씬 인간적 인 천사지. 오늘도 너한테 대가를 지불하고 원하는 걸 얻어가려고 여기 까지 왔어."

일츠는 웃지도 않고 대꾸했다.

"그런 갑옷을 입고 있으니 네 소원을 거절하기란 굉장히 힘들 듯한 예감인데."

클라리몽드가 매혹적인 눈동자를 동그랗게 떠 보였다.

"어머, 그래? 네 눈에도 내 갑옷이 보이니? 난 너한테만은 혹시 소용없는 건 아닐까 생각했는데. 너도 남자이긴 했구나. 아니, 사람이긴 했다고 해야 할까?"

일츠는 가만히 미소 지을 뿐 대답하지 않았다.

"물론 난 그런 것보다 좀 더 실질적인 가치를 주고 거래하고 싶어. 내가 그런 걸 가졌다고 믿고 있고."

일츠는 단발머리의 끝을 매만지며 고개를 끄덕였다.

"그럼 서로의 요구를 한번 교환해 볼까."

입을 열기 전에 클라리몽드는 좁은 거실을 둘러보다가 장식장 안에서 어떤 물건을 발견했다. 그녀는 잠시 그것을 바라보며 입속으로 속삭였다.

미안해.

아름다운 지붕이었다. 긴 석벽 너머로 솟아오른 탑들이 도열한 창병들의 창처럼 술렁였다. 직선과 곡선이 빠르게 달려가며 때로는 곡선이 앞서고 때로는 직선이 앞선다. 그 뒤로 경쟁 끝에 누구의 손이 낚아챘는지 모를 깃발이 나부꼈다. 대기는 보라색이었다. 꿈틀대며 거친 숨을 내쉬었다. 폭풍이 몰려올 듯했다. 젖은 바람은 박하처럼 싸했다.

키릴로차는 탑들이 올려다 보이는 담 위에 앉아 있었다.

해가 뜨고도 남을 시각이었지만 아직 주위는 어두웠다. 그의 기분만큼 무거운 하늘이었다. 아래 펼쳐진 왕궁의 풀밭은 오가는 사람 없이 텅 비었다. 사람이 있었다 해도 투명화 마법으로 몸을 가린 그를 발견하지는 못했을 것이다. 그는 지금껏 궁전을 돌아다니며 들은 이야기를 정리해 보았다.

오늘 대공주 책봉식이 있을 예정이었다. 사정이 묘하게 돌아가는 바람에 이례적으로 포고가 먼저 나가고 책봉식을 나중에 거행하게 되었다. 주드마린은 책봉식이 거행될 드라니데이(고귀한 우물) 탑으로 가기 위해 곧 이 풀밭을 가로질러야 했다. 일반적인 상황이었다면 공주가 아침부터 드라니데이 탑으로 가서 예장(禮裝)을 마쳤어야 하지만 주드마린은 이미 작은 왕이 된 것처럼 자신이 거처하는 예농(맑은 거울) 탑 밖에서는 어떤 일도 처리하려 하지 않았다. 따라서 그녀를 치장할 사람들이 예농 탑으로 가야 했다.

이곳으로 오는 공주가 혼자일 리 없었다. 또한 공주가 키릴로차와의 회견을 거부한다면 그로서는 다른 방법이 없었다.

'공주를 납치한다면?'

문득 그런 생각을 떠올린 키릴로차의 표정이 심각해졌다. 투명한 상태로 돌아다니기는 좋아도 공주와 한마디라도 말을 나누려면 모습을 드러내야 했다. 아직은 마법을 사용하면서 말을 할 능력이 없었다.

키릴로차는 주의 깊게 생각해 본 후 그 계획을 포기했다. 우선 성공 가능성이 너무 적었다. 공주는 많은 인원을 대동하고 올 테니 들키지 않고 접근하는 일부터가 어려웠고, 용케 접근한다 해도 그 다음은? 공주를 인질로 삼는 행동은 아무리 생각해 봐도 협상을 하려는 자세와는 거리가 멀었다. 성공한댔자 중죄인이 될 뿐이고, 그런 식으로 친구들의 사면을 얻어내는 일이 가능할 리 없었다. 더구나 대공주는 왕국의 계승자로서 상징적 위치가 매우 높았기에 그런 존재를 납치했다가는 왕국의 명예를 위해서라도 중벌을 면할 수 없었다. 그런 행동은 자신이 새로운 왕국을 세우려 할 때나 가능할 뿐이었다.

친구들의 얼굴을 떠올리자 곧 프란디에의 일그러진 얼굴과 비명소리가 되살아나 키릴로차는 움찔하며 얼굴을 찌푸렸다. 자신의 마법이 조금만 더 강했더라면, 아니 치유 계열 마법을 조금만 더 공부해 두었더라면 녀석을 그런 상태로 두지는 않았을 텐데.

치유 마법에 대한 아쉬움으로 저도 모르게 루이즈가 있었더라면, 하고 생각하는 순간 일츠의 차가운 얼굴이 떠올라 몸이 굳어졌다. 그랬지. 루이즈는 죽고 없고 일츠는 이제 친구가 아니었지. 프란디에가 그렇게 된 것부터가 일츠 때문이 아니었나.

씁쓸한 기분이 채 가시기도 전에 근위병과 시종들이 대열을 이루어 걸어오는 모습이 보였다. 키릴로차는 자신이 저들의 눈에 보이지 않는다는 것도 잊고 흠칫하며 몸을 움츠렸다.

가운데 선 주드마린의 얼굴이 보였다.

누이동생 안에 비하면 턱없이 작은 키에 자그마한 얼굴이었다. 아름답다기보다 마르고 꼿꼿한, 죽은 언니의 우아함은 없어도 위엄으로 무장한 왕족의 얼굴을 한 소녀다. 정교하게 꼬아 올렸지만 머리카락은 숱이 적었고, 어깨와 팔은 초라할 정도로 빈약한데도 걸어오는 모습에는 견고한 힘이 넘쳐흘렀다. 의식을 위한 붉은 빛과 금빛의 예복, 그 자락을 쳐든 시종의 존재조차 한 순간도 더 그녀를 빛나게 하지 못했다.

어두운 하늘에 균열이 일어났다. 또 다른 존재가 그 모습을 내려다보려 눈꺼풀을 올렸다. 이날의 주드마린만을 비추려는 것처럼 구름을 뚫고 한 줄기 햇살이 내리꽂혔다. 작은 얼굴이 가면처럼 희게 빛났다.

키릴로차는 일어섰다. 담 안쪽으로 뛰어내렸다.

아스테리온 대사제 아디아스 브릴모는 천천히 방을 오가며 소식이 오기를 기다렸다. 이미 하루는 저물어 열린 창 너머 하늘에 붉은 기운이 서렸다. 로존디아에 새로운 왕위 계승자가 탄생한 하루도 여느 날과 다름없이 졌다. 궁정 반란부터 이날의 의식에 이르기까지 모든 일을 빠짐없이 연출한 자의 얼굴도 해질녘의 빛깔로 물들었다.

"대사제님."

몸을 돌린 브릴모 대사제의 얼굴은 몇 년 사이 거뭇해져 역광이 아니라 해도 짙은 어둠이 드리워진 듯 보였다. 다가온 자는 송년제 파티장에서 일츠에게 '자작'이라고 불리던 남자였다. 그가 허리를 굽혀 보이며 기다리던 소식을 말했다.

"전하께서 부르십니다."

대사제와 자작은 긴 복도와 계단을 거쳐 어느 방에 도달했다. 축하연

자리에 있어야 할 주드마린이 그곳에 홀로 앉아 있었다.

아디아스 브릴모는 깊이 허리를 굽혔다.

"하례 드리옵니다. 주드마린 대공주 전하."

공주가 입술만 움직여 대답했다.

"듣기 좋군요."

이윽고 방에는 말없는 두 사람과 깜빡거리는 촛불들만이 남았다.

두 사람은 어느 모로 보나 오늘의 영광을 만든 연출가, 그리고 주연배우였다. 한 판의 멋진 연극이 끝나고 연출가와 주연배우가 기쁨을 나누는 것은 당연하고도 즐거운 권리였다. 그러나 두 사람의 얼굴에 웃음은 없었고 공주의 시선은 쳐드는 것조차 버거운 것처럼 바닥에 깔려 양탄자를 더듬었다.

"마마, 마음이 무거우십니까."

이윽고 공주가 시선을 들었다.

"소녀의 마음속에 노인과 같은 근심이 들어앉아 있으니 어찌 무겁지 않을 수 있겠소."

브릴모 대사제가 고개를 끄덕였다.

그는 삼 년 전에 주드마린 아미냐을 처음으로 알았다. '알았다'는 말은 얼굴을 보고 이름을 아는 것을 가리키지 않았다. 그건 주드마린이 의미 있는 존재로 그의 의식에 각인된 순간을 뜻했다.

열 살의 주드마린 아마셀 달브렌느 아미냐. 만사가 방만하게 돌아가는 궁정의 일상에 푹 파묻혀 눈앞의 허상만을 쫓는 왕족들이 아닌, 스스로 살아 있는 유일한 존재를 보았던 기억은 아직도 생생했다. 그날 주드마린은 소녀용의 작은 검을 칼집 째로 짚은 채 왕궁 도서관의 높은 책꽂이 앞에 서 있었다. 그 곁에서 받침대를 놓고 올라선 시종은 그녀가 가리키는 대로 책을 꺼내 탁자 위에 쌓아가는 중이었다. 도서관 안에는 주드마린과 시종들뿐이었다. 왕족들이 왕궁 도서관이 어디 있는지도 잘 모른다는 것쯤은 브릴모 대사제도 익히 알던 사실이었다.

기척 없이 들어온 터라 무심코 몸을 숨긴 대사제는 뽑아 놓은 책들의 제목을 훑어보다가 내심 놀랐다. 그리고 이어지는 행동을 보면서 주드마린이 흔히 말하는 능력이 아닌 특별한 의미에서, 기재(奇才)라는 사실을 깨달았다. 공주는 책들을 다 읽지도 않았다. 다른 시종을 시켜 2절판의 크고 묵직한 책에서 원하는 부분을 펼치게 하고, 사서를 불러 앉혀 몇 부분을 소리 내어 읽게 했다. 그날 그녀가 고른 책은 이스나미르의 건국왕 '드라니 이센차'가 왕위를 이어갈 미란디아 공주를 위해 남긴 잠언집이었다.

사서의 낭랑한 목소리가 고요한 도서관을 울리는 동안 공주는 책꽂이 사이를 거닐며 생각에 잠겼다. 그러다가 어느 순간 읽기를 멈추게 하고 다른 책을 가리켰다. 그런 식으로 두 시간여 동안 읽기, 아니 듣기를 마친 공주는 한쪽 테이블 앞에 앉아 멍청하니 기다리던 개인 교사에게 가볍게 인사한 다음 검을 비껴들고 도서관을 나서 승마장으로 향했다.

왕위 계승자도 아니었고, 국왕과 새 왕비의 관심도 끌지 못했던 주드마린이 제약이 느슨한 것을 이용하여 오랫동안 하고 싶은 대로 행동해

왔음을 알게 된 건 그로부터 며칠 후였다. 브릴모 대사제는 대공주인 엘리스틴이 어떤 아가씨인지 잘 알고 있었다. 엘리스틴이 즐기는 것이라고는 승마와 파티, 화려한 옷과 보석뿐이며 그녀에게 붙어 있는 학식 높다는 개인 교사들이 공주의 애교 있는 웃음과 무언의 협박에 굴복하여 무지와 방종을 대부분 용인해왔다는 것도. 추구하거나 배우고 싶어 하는 것이라고는 외면의 아름다움뿐인 엘리스틴은 반쯤은 취미 삼아 교사들을 따돌리거나 곯려 주며 즐거워했고, 내키기만 하면 엄격한 통제를 멋대로 벗어날 수 있다는 사실을 그녀를 둘러싼 아첨꾼 친구들에게 자랑스럽게 늘어놓곤 하는 공주였다.

'내키는 대로'라는 점에서는 주드마린도 언니에게 지지 않았다. 다만 주드마린은 자신에게 필요한 것을 알고 자신만의 방식으로, 즉 내키는 대로 흡수했다. 원하는 지식의 선택은 독단적이어서 필요 없다고 생각하는 것은 조금도 배우려 들지 않았고, 훌쩍훌쩍 뛰어넘으며 원하는 것만을 재빠르게 습득했다. 어린 공주가 관심을 갖는 분야는 각국의 역사와 국왕들의 치적, 무훈시, 용병술, 재정학, 논리학, 검과 승마, 그리고 흔히 천박하다고 이르는 약간의 소설들이었으며 관심이 없는 것은 노래, 악기 연주, 그림, 춤 등 상류층 여성의 교양이라고 여겨지는 것들이었다. 암기력이나 작문의 수준은 평범했으나 웅변에는 상당한 자질을 보였고 나이에 비해 변론에도 능했다.

그런 주드마린에게 언니에게 없는 문제가 있었다면 어려서 두드러졌던 지나친 폭력성이었다.

어린 시절에는 몇 달을 붙어나는 시종이 없다고 할 정도로 거친 행동이 예사였고, 찻잔을 내던져 깨거나 입혀 주던 드레스를 찢어버리는 일쯤은 말거리도 되지 않는다 했다. 소문이 계속되다 보니 핏줄이 의심스럽다는 소리까지 암암리에 나돌았다. 특히 일곱 살짜리 공주가 외국 사신에게 선물로 받은 황금 새장의 새를 꺼내어 목을 졸라 죽인 일은 궁인들이 쉬쉬했는데도 빠르게 퍼져서, 시이를 8세가 왕족을 업신여기는 소문에 분노하여 일체의 언급을 금지한 후에도 파티 자리 등에서 심심치 않게 화젯거리가 되었다. 무료한 자들의 입이 만들어 낸 악의적인 윤색이 분명하긴 해도 공주가 작은 동물들의 피를 마신다는 끔찍한 소문까지 한동안 사실인 양 돌아다녔다. 어린 주드마린이 복도에 나타나면 귀족과 시종을 막론하고 피해버렸기 때문에 그녀에게는 친한 친구 하나, 가까운 시녀 한 명도 없었다.

다행히 열 살 무렵 배우기 시작한 검과 승마가 공주를 사로잡은 후로 그런 일은 없어졌고 소문도 서서히 가라앉아 희미해졌다. 그래도 아직 괴팍한 것은 사실이었는데, 이즈음 놀랍게도 그녀를 따르는 사람들이 몇 명 생겼다. 공주를 수행하는 로이카르트 르 덴의 충성심은 알려진 대로였다. 그러나 그녀와 검으로 대련을 해본 귀족 가의 아들딸들이 주드마린을 가리켜 '피를 보지 않고는 끝나지 않는 공주'라고 말하며 경원시한다는 이야기까지 대사제의 귀에는 이미 들어와 있었다.

그럼에도 불구하고 주드마린에게는 그 또래의 어떤 아이도 따를 수 없는 자질이 있었다. 나이에 비해 극도로 발달한 현실감각, 그리고 기회를 놓치지 않는 판단력이었다.

공주가 이후 브릴모 대사제와 가까워진 후에 털어놓은 바에 의하면 그녀는 대공주인 엘리스틴이 쓸모없는—물론 주드마린의 표현이었다—남자들과 되풀이해 사랑에 빠지는 것을 보며 서서히 자신이 왕위를 계승할 수도 있다는 가정이 가까워짐을 느꼈다고 했다. 예언이라 부를 수야 없는 노릇이지만 어찌 되었든 엘리스틴의 방종한 성벽(性癖)이 오늘날의 결과를 부른 것이다.

하루가 다르게 능란해지고 예리해지는 주드마린을 지켜보던 브릴모 대사제가 그녀의 자질이 향하는 방향을 깨닫고 전율을 느낀 날, 그는 자신의 미래를 결정했다. 성인이 된 주드마린이 가장 잘 해낼 역할은 하나뿐이었다. 그가 늘 기다려온 강인하고 잔혹하며 동시에 현명한 자, 로존디아의 영광을 다시 한 번 대륙에 떨칠 자.

전제 군주였다.

"대공주 전하, 심기를 굳게 가지시옵소서."

"……"

공주는 대답하지 않았으나 브릴모 대사제는 그녀의 속마음을 짐작했다. 오늘의 영광을 위해 여러 사람이 희생되었다. 좋아하던 사람이었든 싫어하던 사람이었든 그들은 사라졌고, 자리는 약탈되었다. 아무리 심지가 굳은 자라 해도 등에 묵직한 짐이 지워졌음을 부인하지 못하리라. 모든 것은 전과 같을 수 없었다. 게다가 주드마린은 아직 성년에도 이르지 못한 소녀였다.

그러나 공주는 다시 일어나는 중일 것이다. 심기를 가다듬고, 죄책감을 떨쳐버리고, 기억할 것만을 기억하리라. 갈 길은 앞으로도 멀다. 감상에 빠져들 여유란 처한 상황을 돌아보라고 주어진 시간이기도 했다. 목적지에 닿기 전까지 호랑이의 등에서 내릴 수는 없는 법.

큰일을 완수한 후에 찾아오는 피로와 우울함을 떨쳐버리는 가장 좋은 방법은 곧바로 다음 일의 준비에 착수하는 것이다. 주드마린은 그 방법을 택할 만큼 충분히 강했다.

"남은 자들은?"

"오늘 밤 안으로 처리될 것이옵니다."

"누가 책임집니까?"

"소신이옵니다. 내일 오전 중으로 깨끗한 결과를 보여드리겠사옵니다."

"수중에 들어왔으나 살아 있는 자들은?"

"모두 마마의 뜻에 달렸사옵니다. 그러나 국왕 폐하의 손에 붙이시어 응분의 권위를 더하시옵소서."

"폐하께서도 이제 와서 다른 말씀은 않으시겠지. 좋아요. 내가 직접 말씀드리지요."

브릴모 대사제는 어린 공주를 슬쩍 떠보려는 것처럼 물었다.

"존귀하신 세 분의 거처에 대한 구속은 언제 푸시려 하시옵니까?"

공주가 의아한 눈으로 대사제를 올려다보며 미간을 찌푸렸다.

"운젤스트를 지지한 자들에 대한 처분이 모두 끝날 때까지 포위를 풀어선 안 돼요. 특히 왕비 전하 일가붙이들의 머리가 하나라도 제 목에 붙어 있는 동안은."

운젤스트나 왕비도 언젠가 처리해야 할 테지만 그 말은 일부러 삼켰다. 그런 공주 앞에서 나이든 대사제의 허리가 다시금 굽혀졌다.

"지당하신 분부, 받들겠사옵니다."

군주는 자신의 안전을 위협하는 자들에게 저렇게 단호해야 하는 것이다. 그런 군주야말로 아디아스 브릴모와 같은 자가 받들 가치가 있었다. 그는 책략과 힘, 때로는 비열한 속임수를 가리지 않고 저 타고난 군주를 받들 능신(能臣)이 될 것이다.

말을 마친 주드마린은 잠시 후 이마를 짚었다.

"머리가 아파 오는군요. 죽은 자들의 혼백이 등을 타고 앉아 이마를 짓누르는 듯해요."

브릴모 대사제는 주드마린이 아직 어리다는 것을 알고 있었다. 사람에게는 누구나 어린 시절이 있다. 그러나 어린아이의 손을 잡아 이끄는 자가 누구인가에 따라 그 인생은 바뀌고 또 바뀔 것이다. 더구나 아이가 재능을 타고났음에랴.

"그런 것은 곧 씻은 듯이 사라질 것이옵니다. 죽은 자들이 할 수 있는 일이 극도로 적다는 것을 저, 아스테리온의 대사제는 누구보다도 잘 알고 있사옵니다. 이스나에가 되지 못한 떠도는 혼들은 감히 대공주 전하처럼 기백이 강한 분의 상대가 되지 못하옵니다."

공주의 입가에 미소 비슷한 것이 떠올랐다. 그녀는 이마에서 손을 떼고 서서히, 마치 연습이라도 하는 것처럼 환한 웃음을 머금었다. 그 모습을 보던 대사제는 가슴속에서 피어오르는 만족감을 누르지 못했다.

"마마, 이 어두운 방은 소신과 같은 자의 영역일 뿐, 누구보다도 밝게 빛나실 대공주 전하가 머물 곳이 아니옵니다. 다시 연회장으로 가시옵소서. 가셔서 마마를 우러르는 자들에게 왕족으로 태어난 자가 어떠해야 하는가를 보여주시옵소서. 유약한 그들에게 진정한 강함이란 무엇인가를 느끼게 해 주시옵소서. 감히 눈을 뜨지도 못할 자들 앞에 강렬한 빛이 되어주시옵소서."

공주는 의자에서 몸을 일으켰다.

"가지요. 나를 기다리는 자들에게로."

이 문밖, 저 복도 너머에 공주를 수행해 온 자들이 기다리고 있었다. 브릴모 대사제는 대공주 책봉식에 참여하지 않았던 것처럼 연회장에도 가지 않았다. 그의 영역은 어두운 방이었고, 그곳이 진정으로 어두워야만 그가 내뿜는 강대한 광채의 진가가 드러났다.

브릴모 대사제를 뒤로하고 방문을 나서던 주드마린은 오늘 아침, 키릴로차에게 마지막으로 했던 말을 곱씹었다.

'가요. 그대를 잡지는 않아요. 원하는 곳까지 멀리 날아갔다가 다시 돌아와요. 나를 미워하는 만큼 할 수 있는 모든 죄를 다 지어 봐요.'

주드마린은 허락하고 싶었던 단 하나의 간원을 거절했다. 청의 내용은 중요하지 않았다. 그것을 청한 자, 그 사람의 소원이었기에 들어주고 싶었고, 다른 길을 택하며 그 소원을 거절한 그녀는 버리고 싶지 않던 그 역시 버린 것이다.
 그러나 어렴풋이 자신의 집착이 끝나지 않았다는 느낌이 들었다. 아직 어린 그녀가 알았든 몰랐든, 그런 종류의 집착이란 그리 쉽게 끊어지는 것이 아니었다.

저주받은 자에게는 지옥이 어울린다

길고 고통스러운 밤이 시작되었다.

덜 저문 낮이 서녘 언저리에 걸려 있는 동안 흰 달이 먼저 떠올라 푸르스름한 하늘에 설핏 찍혔다. 걷다가 뛰기를 반복하며 낯선 길을 나아갔다. 삶의 대부분을 보낸 도시였지만 아직 모르는 거리는 곳곳에 숨어 있었다. 발이 닿는 곳이 질척거렸다. 그의 머릿속도 질척거렸다.

희망을 느낄 수 없는 머릿속은 점차 타래처럼 풀려갔다. 끈의 한쪽을 저 먼 곳에 놓아두고 떨어지지 않는 걸음으로 멀어져갔다. 언젠가는 끊어지리라. 그때 무언가를 잃었음을 느낄 수 있을까.

아무도 뒤쫓지 않는다. 아무도 주의해서 보지 않는다. 아무도 붙잡지 않는다. 공주는 잡지 않겠다고 했다. 뒤쫓지도 않겠다고 했다.

어째서 거리는 텅 비었을까. 바닥은 왜 젖었을까. 비가 왔었나. 보지 못했는데. 그런데도 젖었다. 축축하다가 차갑게 얼어간다.

거리를 벗어났다. 들판이 나타났다.

숫……

눈을 감고 바람소리를 들었다. 손가락이 마법의 가닥을 하나하나 세어 들였다.

"밤을 지배하는 검은 여인이여, 그대의 베일을 잠시 빌리다."

추적해 올지도 모를 눈으로부터 모습을 감추고, 길게 자란 풀을 헤치며 걸었다. 오늘 밤은 기나길 것이다.

일츠 브릴모는 평소와 마찬가지로 밤 열 시에 잠들 준비를 마쳤다. 그에게는 시중드는 하인이 필요 없었다. 누구의 도움도 없이 거의 정확한 시간에 잠들고 깨어났으며 웬만한 잔일은 직접 했다. 그러나 하인 역시 스스로의 존재 가치를 매번 확인하지 않으면 안 되었으므로 일츠가 잠들 침대 머리맡에는 따뜻한 물을 채운 은주전자와 잔이 준비되어 있었다.

일츠는 가운으로 갈아입고 나서 뭔가 생각하는 듯 잠시 지체하다가 거실로 나왔다. 밤에 혼자 있기를 좋아하는 그의 버릇을 알기에 하인들은 일찍 정돈을 마치고 처소로 돌아갔다. 그는 의자를 끌어당겨 창가에 앉았다. 이층방의 창 너머로 다른 집의 불 하나가 꺼졌다. 거리는 고요했다.

차 한 잔 마실 정도의 시간이 지나자 일츠의 입가에 쓸쓸한 미소가 떠올랐다.

그는 오늘밤 편히 잠들 테지만 그의 친구들은 그러지 못할 것이다. 오늘 아침 키릴로차가 주드마린 공주를 만났다는 이야기를 들었다. 주드마린이 한 대답도, 키릴로차가 어느 쪽으로 떠났는지도 알고 있었다. 어디쯤에서 기다리면 다시 만날 수 있을지도 짐작이 갔다. 그러나 이번에는 직접 나서지 않을 생각이었다. 그 대신 나서야 할 다른 사람이 있었다. 그렇게 되도록 손을 써 두었다.

그 자는 손을 더럽혀야만 한다. 도망치지 못하도록. 돌이킬 수 없는 길에 발을 들여야 한다. 그래야 마음을 바꾸지 못한다.

미안하지는 않았다. 그 자가 스스로 택한 길이니까. 선택한 길로 나아가기를 망설이거나 뒤늦게 발을 빼고 싶어 하는 일이 없도록 도와주는 것뿐이다. 그걸 위해 은밀히 손을 쓴 것쯤은 조금도 부당하게 생각되지 않았다.

일츠는 의자에서 몸을 일으켰다. 침실로 돌아가기 전에 그는 장식장으로 다가가 눈높이에 놓인 물건들을 들여다보았다. 이어 문을 열고 집어 들었다.

그건 줄이 끊어진 꼭두각시 인형들이었다.

그들이 어렸을 때 앙리오트의 어머니가 키릴로차에게 선물한 수공예 인형극 세트에서 마지막까지 남은 기사 인형 세 개였다. 페레올 부인의 배려로 여섯 친구들 중 먼저 만났던 셋을 꼭 빼닮게 만든 이 인형들을 키릴로차는 버리지 않고 간직해 왔다. 주인이 떠난 방에서 그 인형들을 일부러 여기까지 가져오게 시킨 사람은 일츠 자신이었다.

그는 낡은 인형들을 하나하나 들여다보았다. 첫 번째 인형은 자신을 닮았다. 두 번째는 키가 크고 머리카락이 붉은 앙리오트를 닮았다. 세 번째로 어린 키릴의 얼굴이 남은 인형을 손바닥에 올린 그는 한참 동안 시선을 모으고 있었다. 눈빛이 놀랍게도 따스했다.

"꼬마 키릴. 지금쯤 고생이 많겠구나."

그들에게는 쉴 수도, 멈출 수도 없는 밤이 될 것이다. 흰 달이 머리 꼭대기로 올라 이윽고 지워질 때까지 그들은 삶의 마지막을 향한 내리막을 달려가지 않으면 안 되었다. 그가 준비해 놓은 그대로.

"난롯불 옆에 놓아줄게."

일츠는 불이 약하게 오른 벽난로 앞으로 의자를 옮겨놓고 그 위에 깔린 담요 위에 인형을 내려놓았다.

"이제 춥지 않을 거야."

일츠는 굽혔던 허리를 펴고 빙그레 웃었다. 그리고 침실로 돌아가 문을 닫았다. 검은 머리카락의 인형은 담요에 누워 일렁이는 붉은 빛을 받고 있었다.

침대에 눕자 몸에 익숙한 버릇대로 일츠는 곧 깊고 편안한 잠에 빠져들었다. 꿈도 꾸지 않았다.

달이 솟기 시작했다.

말의 속도는 속보 정도가 고작이었다. 프란디에의 덜 회복된 몸은 그보다 빠른 속도를 견딜 수 없었다. 궐나렌이 준비해 준 말은 세 필이었지만 프란디에는 승마술이 뛰어난 앙리오트와 같은 말을 탔고 남은 한 필은 키릴로차가 나란히 끌었다. 앙리오트는 궐나렌이 준 잘츠렌의 검을 허리에 찼다. 무기라고는 그들 셋에게 그것 하나가 전부였다.

일단은 아르나브르에서 멀어지는 것이 목표였지만 키릴로차는 장차 스조렌으로 넘어가야겠다고 생각했다. 앵스에 가면 앙리오트의 아버지인 페레올 씨가 있다. 그분을 만나면 뭐든 대책이 생길 것이고 친구들이 몸을 의탁할 곳도 마련될 것 같았다.

"앙리, 프란은 아직 자?"

앙리오트가 어둠 속에서 고개를 끄덕였다. 그러나 그 이상은 없었다. 앙리오트는 처음에 봤던 것처럼 멍한 상태는 아니었지만 말수가 극도로 줄었다. 지금까지 안부 몇 마디도 제대로 나누지 못했을 정도였다.

그들은 길을 잘 몰랐다. 스조렌으로 갈 작정이었으므로 남쪽으로 진로를 잡긴 했지만 몇 번 오갔던 멜헬디 학교로 가는 길 말고는 다른 길을 알지 못했다. 그래서 며칠 전 말을 달려 온 방향을 저절로 택하게 되었다.

둘을 만난 뒤로 한 시간 남짓 흘렀을까. 봄의 별자리가 빼곡한 검은 하늘 아래 따각거리는 말발굽소리와 말의 콧김소리만이 들렸다. 마음 편한 여행이었다면 봄의 정취로도 느껴질 터였으나 마음이 어두운 그들에게 그날 밤의 침묵은 무엇보다도 무겁게 다가왔다.

그랬기에 어둠 속에서 가느다란 목소리가 들려오자 키릴로차는 막

했던 숨이 트이는 기분이었다.

"앙리…… 우리가 어디로 가고 있지?"

"프란! 깨어났어?"

당장이라도 얼굴을 보고 싶었지만 혹시나 싶어 횃불조차 밝히지 못한 처지라 목소리로 만족할 수밖에 없었다.

"그래, 키릴츠구나. 네가 곧 올 거라고 궐나렌 누나가 말했던 게 기억이 난다. 음…… 내가 좀 오래 잔 것 같네."

약하긴 했지만 발음은 분명했고 죽어 가는 목소리도 아니었기에 키릴로차의 입가에도 오랜만에 미소가 피어났다.

"자식, 꼭 죽는 줄로만 알았는데, 저렇게 멀쩡히 살아나서 '여기가 어디냐' 따위나 묻고 있고……."

말을 더듬는 것이 웃음 탓인지 눈물 탓인지 몰랐다. 그제야 밤공기도 살아 있는 것처럼 흐르기 시작했다.

"아아, 그래. 스조렌으로 가자는 말이구나. 좋은 생각인데."

키릴로차의 설명을 대략 들은 프란디에는 어둠 속에서 고개를 끄덕거렸다.

"그렇지만 거기까지 곧장 가기는 아무래도 어려워. 어딘가, 그래, 어디가 좋을까……. 아만다로트에 아버지의 외사촌 되시는 분이 사시는데 거기가 아직도 괜찮으려나……. 하긴 벌써 거기까지 손이 닿았을지도 모르고."

작은 시골 도시인 아만다로트는 하루 정도 말을 달리면 닿을 수 있는 거리였으나 멜헬디 학교로 이어지는 길에서는 좀 벗어났다. 길을 모르는 것은 키릴로차뿐이 아니었다. 프란디에는 성치 못한 몸으로 말을 타느라 힘겨워하면서도 다시 깊이 생각하더니 말했다.

"어쩌면 오브니 쪽으로 돌아서 스조렌에 들어가는 편이 나을지도 몰라. 우린 지금 무심코 익숙한 길로만 가려하고 있어. 뒤쫓는 자가 우리의 목적지를 짐작한다면 기다릴 길목이 너무 뻔해. 휴우…… 우린 자꾸 멜헬디 학교로 돌아가는 것처럼 착각하고 있다고."

그 말을 듣자 키릴로차도 깨닫는 바가 있었다. 역시 프란디에의 통찰력은 이런 상황에서도 빛이 줄지 않았다.

"그럼 어쩌지? 일단 날이 밝아야 방향도 판별할 수 있을 것 같은데."

"날이 밝을 때까지 안심해도 될까. 아무래도…… 아무래도…… 그래서는 안 될 것 같은데…… 에, 에취!"

몸이 약해져서인지 프란디에는 밤공기가 찬 모양이었다. 더 덮어줄 것이 없어서 안타까웠다.

"아예 서쪽으로 방향을 틀어 스조렌 산맥으로 접어드는 편이 숨어가며 여행하기엔 나을지도 몰라. 그렇지만 그러기엔 여행 준비가 너무 부족해서…… 역시 도시를 끼고 가는 편이 나을까?"

"아냐. 네 말이 맞아. 산은 도망자들을 가려주기 마련이지."

어둡긴 했지만 지지 않은 달 덕분에 산맥의 윤곽이 어렴풋이 보였다. 진로를 바꾸고 얼마 되지 않아 길이 나빠지기 시작했다. 산이 가까워지는 증거였다. 말들은 자갈밭을 나아가느라 고생했다.

"휴…… 휴우……."

프란디에의 호흡이 좋지 않았다. 외상은 치유 마법으로 어느 정도 나았지만 몸 깊은 곳이 상한 터라 계속해서 흔들리는 말 여행은 힘겹기 이를 데 없었다. 키릴로차는 프란디에가 이번에 살아난다 해도 평생토록 건강에 고통을 받게 되리라는 생각이 들었다.

산기슭에 이르러 어쩔 수 없이 한 차례 휴식을 취했다. 불은 피우지 않았다. 귈나렌이 준비해 준 가죽 물주머니를 잡고 마력을 이용해서 물을 데웠다. 따뜻한 물이라도 마시고 나니 프란디에의 차갑던 손도 조금 나아졌다.

잠시 하늘을 올려다보고 있는데 곁에서 프란디에가 피식 웃는 소리가 들렸다.

"우습지 않아?"

돌아보니 프란디에도 하늘을 올려다보고 있었다.

"우리가 처음 만났을 때…… 아니다, 멜헬디에 들어가려고 다함께 여행할 때만 해도 우리의 오늘이 이럴 줄 상상이나 했을까? 꿈에서라도, 우리가 나눴던 수많은 농담들 속에서라도? 한 번도, 단 한 번도."

키릴로차는 프란디에가 말하는 대로 잠자코 기다렸다.

"이렇게 가고는 있지만 사실 뭘 생각해야 좋을지 모르겠어. 어떤 미래를 생각해야 할까, 아니 생각해도 좋은 걸까. 생각한다는 것이 도대체 의미가 있긴 한 걸까? 내 예상이나 의지로 달라지는 일이 하나라도 있을까?"

프란디에는 고개를 숙이고 잠시 기침을 했다.

"휴…… 왜 널 끌어들였을까. 난 자꾸 후회돼. 죽더라도 그냥 혼자 죽었어야 했는데. 이렇게 손쓸 수도, 짐작할 수도 없는 미래를 위해 무엇을 하겠다고 아무 상관도 없는 널 이 자리에 있게 했는지……."

"그렇지 않아."

키릴로차가 낮게 말했다.

"넌 아무 짓도 하지 않았어. 난 나대로의 삶을 살아가고 있어. 너하고는 별개로. 내 삶의 방향이 바로 이거야. 난 내 의지로 여기에 있어."

프란디에는 대답하지 않았다. 잠시 후 한 모금 더 마시고 물주머니를 닫으면서 잘 알아들을 수 없는 목소리가 흘러나왔다.

"너…… 나하고 앙리가 스조렌으로 넘어가면 그만 헤어지자. 이젠 내가 네게 해줄 수 있는 일이 아무것도 없지만 최소한 더 빼앗지는 말아야겠지. 아르나브르에는 할아버님이 계시잖아. 그리고 스조렌에는 클라리몽드도 있어. 그러니까 무슨…… 말을…… 그래, 아무 말도 사실 못하겠다. 널 아무 데로도 갈 수 없는 방랑자로 만들어 버린 것 같아."

"난 아르나브르로 돌아갈 거야."

의외로 단호한 목소리에 프란디에가 고개를 돌렸다. 다음 말이 이어지자 그의 눈이 커졌다.

"가서 다시 일츠를 만나야지."

"키릴츠!"

키릴로차는 침착하게 일어섰다. 물주머니를 받아들어 다시 안장에 매달았다.

"가지 마! 아니, 너…… 아직도 일츠를 믿고 있는 거냐? 그 녀석이 어떻게 행동하는지 너도 봤잖아!"

벌떡 일어나려던 프란디에의 다리가 비척거렸다. 눈앞이 원을 그리며 돌다가 멈췄다. 키릴로차가 급히 부축했다. 프란디에는 그의 팔을 잡고 얼굴을 보았다.

마주친 것은 흔들림 없이 고요한 눈동자였다.

왜일까. 얼마 전부터 프란디에의 마음속에서 끊임없이 오가는 질문이었다. 저 선한 눈을 가진 친구에게는 다른 누구와 공유하지 않는, 자기만의 욕망이 없단 말인가. 그도 알다시피 키릴로차가 여덟 살 이후로 가진 모든 것은 일츠의 집안에서 잠시 빌린 것들일 뿐이었다. 그러나 보통 사람이라면 그만한 세월이 흐르는 동안 본래 자기 것이었다고 생각하고도 남았을 것이다. 그러나 왜일까. 가끔 느끼곤 했던 대로 키릴로차는 정말 스스로의 마음 말고는 아무것도 소유하지 않았단 말인가.

잠시 후 프란디에는 한숨을 내쉬며 팔을 놓았다.

"너란 녀석을 도무지 모르겠어."

"모르긴 뭘 몰라. 너희만큼 날 잘 아는 사람들이 또 어디 있다고."

웃지도 않고 그렇게 말한 키릴로차는 프란디에를 부축해 말에 태웠다. 앙리오트가 묵묵히 다가오자 프란디에가 고개를 저었다.

"이제 나도 혼자 타고 갈 수 있어. 두 명을 태우느라 이 녀석이 지금껏 고생했지만 지금 나는 종잇장처럼 가벼우니 그럭저럭 괜찮겠지."

"그렇지만 프란, 아직은 무리일 텐데……."

프란디에가 손을 내밀어 키릴로차의 머리카락을 넘겨주었다.

"넌 네 일이나 걱정해. 네가 지켜야 할 사람은 우리말고도 둘이나 더 있단 말이야. 그것도 우리 같은 떨거지 친구들보다 훨씬 네 책임이 막중한 사람들이라고."

"너야말로 네 몸이나 걱정해. 멀쩡히 잘 살아 있는 사람들을 걱정할 때가 아니란 말이야."

프란디에가 뭐라고 대답하는 순간이었다.

슈우우우우…… 팟!

어둠을 순식간에 밝힌 불덩이가 정체를 파악하기도 전에 날아들어 흙바닥에 충돌했다. 젖은 풀 위로 날리는 불티를 본 말들이 미친 듯이 앞발을 들어 올리는 바람에 프란디에는 떨어질 뻔했다가 간신히 버텼다. 앙리오트와 키릴로차도 번개같이 말에 올라탔다.

"달려! 저쪽이야!"

그러는 동안에도 다시 불덩이가 달려들어 허공에 작렬했다. 터지며 날려본 불꽃에 닿자 말들은 명령하기도 전에 멋대로 달려가기 시작했다.

"이리로!"

세 마리의 말이 같은 방향을 잡기까지 잠시 시간이 걸렸다. 이윽고 그들은 전속력을 다해 서쪽으로 펼쳐진 고원으로 달렸다. 말발굽 소리가 따라왔다. 몇 십 마리는 넘을 듯했다. 한 군데가 아니라 사방에서 들려왔다. 아니, 그렇게 느껴졌다.

어린아이 머리통만 한 불덩이의 강도로 볼 때 상당한 수준의 마법사가 저쪽에 있었다. 달아나는 도중이라 키릴로차는 마법을 쓸 여력이 없었다. 말을 몰면서 동시에 마법을 쓸 정도로 높은 수준에 도달하지 못했다.

길게 자란 풀들이 다리를 찔렀다. 말들이 미쳐 울부짖었다. 맨 앞에서 달려가는 것은 승마술이 뛰어난 앙리오트, 다음은 키릴로차, 그리고 그 뒤에는……

"프란! 프란! 조금만 더!"

기다려 주고 싶어도 공포에 사로잡혀 뛰어나가는 말을 다루기가 쉽지 않았다. 키릴로차는 목이 타들어 가는 기분으로 자꾸 뒤를 돌아보았다.

"프란디에!"

프란디에가 마지막으로 대꾸한 말이 귓전을 맴돌았다. 키릴로차가 멀쩡히 살아 있는 사람을 걱정할 때가 아니라고 말하자…….

'아직은 이렇게 살아 있지만 잠깐 뒤에는 아무것도 느끼지 못할지도 모르지. 그 누가 알겠어?'

풀이 젖어 있어 들판에 불이 붙지는 않았다. 허공에서 달이 지워지고 대신 마법의 불이 치솟았다. 간절함으로 점철된 눈동자도 그 불로 물들었다. 오직 그것만이 보였다.

앙리오트의 말이 길게 울며 주춤거렸다. 넓은 고원이 끝나자 길 없는 산줄기의 시작이었다. 앙리오트는 거기서 친구들이 오기를 기다리는 눈치였다. 앞뒤로 발길질하는 말이 내뿜는 흰 콧김이 먼 곳에서도 보이는 듯했다.

"조금만!"

프란디에의 말이 다가오자 키릴로차는 일부러 뒤로 처지며 머릿속의 주문들을 훑었다. 길게 생각할 여유가 없었다. 고삐를 놓은 왼손을 힘껏 쳐올리며 짧은 외침을 터뜨렸다.

"거인이여!"

저만치 달려드는 검은 말들이 이미 가까웠다. 꿈틀거리기 시작한 흙을 향해 다시 그의 입술이 명령을 발했다.

"네가 웅크린 곳은 거하기에 적당치 않음이니 일어나 다가서 물처럼 쇄도할 지니라!"

땅속에서 크고 작은 폭발이 연달아 일어나며 흙이 튀어 올라 사방에 날렸다. 그들과 추적자들 사이에 거대한 도랑이 생겨나고 솟아오른 흙들이 파도처럼 쏟아져 내렸다. 뒤쫓던 말들이 일제히 주춤거렸다. 키릴로차는 그들이 흙더미를 뒤집어쓰는 것까지 구경할 겨를이 없었다. 앙리오트가 앞장서 달리기 시작한 능선을 향해 다시 말을 달렸다.

비를 품은 하늘이 떨었다. 자신을 주체하지 못해, 품은 비를 쏟지 못해 떨었다. 비탈길을 달려 내려가고 보니 세 갈래로 갈라진 길이 앞을 가로막았다. 앙리오트의 말이 그 중 가운뎃길로 접어들었다. 키릴로차는 말에 매달리다시피 한 프란디에를 보았다. 뒤를 새삼 돌아보고, 다시 말의 배를 걷어찼다. 저 앞을 가리켰다.

"따라가!"

대답은 없었다. 이제 세 마리의 말은 위험천만한 좁은 길을 달렸다. 말들조차 내려다보고 싶지 않은지 고갯짓 한 번 하지 않고 나아갔다. 날카롭게 돋은 돌 뿌리들이 말발굽을 찢어놓으려 덤벼들었다. 앞은 어두웠다. 키릴로차의 속삭임 같은 주문이 손바닥만 한 빛의 동그라미를 만들어 띄워 보냈다. 앙리오트가 가는 앞길을 밝혀주려는 것이다. 빛이 날아가며 비춘 것은 젖은 말갈기, 그리고 심연 같은 절벽 바닥이었다.

뒤쫓던 자들도 곧 흙더미를 헤치고 세 갈래 길 앞에 도착했다. 선두에 있던 자가 말을 멈추더니 몇 걸음 뒤로 물렸다. 다른 자가 뛰어내려 길 앞의 흔적을 살폈다. 잠시 후 그가 일어나더니 망설임 없이 가운뎃길을 손가락질했다.

"이 쪽으로 갔나 봅니다. 자작."

보고를 받은 선두의 남자가 무리의 중심에 선 젊은 남자를 향해 말했다.

"멀리 가지 못했을 겁니다. 여기부터는 직접 선두에서 쫓으시지요."

연갈색 머리를 녹색 모자로 가린 그 남자는 입술을 떨면서 대답하지 않았다. 선두의 자작을 비롯해 다른 추적자들은 모두 비슷비슷하게 알아보기 힘든 복장을 한 데 비해 그만은 금빛 죔쇠가 붙은 검붉은 망토를 걸쳐 눈에 띄는 모습이었다.

자작은 다시금, 이번에는 강압이 실린 어조로 말했다.

"손수 끝을 내셔야 하지 않겠습니까. 작위에 걸맞은 공을 세우셔야지요, 크레드니에 남작."

몇 시간 전에 얻은 낯선 호칭의 싸늘함에 몸서리치며 롬디오 크레드니에는 격하게 소리쳤다.

"시…… 싫어! 어찌 내 손으로…… 왜 내가 직접 해야만 한다는 거냐! 네놈이 하면 되지 않아!"

"그럴 리가요. 어디까지나 이번 추적의 책임자는 남작이십니다. 맡은 일을 잘 아실 텐데요."

남작이라는 호칭 따위, 듣기조차 싫었다. 그런 것을 갖고 싶어 했던 일도 없었다. 저들이 억지로 쥐어준 결과 멋대로 따라온 책임 따위는 생각하는 것만으로도 역겨웠다. 그냥 크레드니에 백작의 막내아들이면 족했고 그것만으로도 저까짓 이름뿐인 자작쯤은 상대가 되지 않는 자신이었는데.

아버지는 자신이 막내아들이기 때문에 작위를 탐내리라고 생각했던 걸까? 명예욕 같은 것과 거리가 멀던 그는 생각해보지도 않았던 일이었다. 도대체 왜 그따위 시시한 이름을 받아들여서 자식을 이런 곤란한 지경으로 내몬 거지!

좀 전에 도망자들이 간 방향을 파악했던 남자가 주위를 둘러보더니 다시 소리쳤다.

"서두릅시다, 자작! 아무래도 비가 올 것 같은데, 발자국이 다 지워져 버리면 저처럼 유능한 추적자도 별 수 없단 말입니다!"

자작이 대꾸했다.

"지휘자께서 결단을 내리셔야 서두르지 않겠나."

롬디오는 다시금 입술을 떨며 망설였다. 알지도 못하는 사이에 상황이 그를 여기까지 몰아붙였다. 맨 처음, 뭔가 결정했을 때는 분명히 그를 지배하는 원칙들이 있었고 그중에 하나를 택해야 하는 상황이 분명히 보였다. 그러나 지금에 이르고 보니 그가 무엇을 원했던가 하는 것은 뒤죽박죽이 되어 사라져버리고 남은 것은 강압적으로 달라붙은 의무들뿐이었다. 결코 하고 싶지 않은.

누가 그걸 의무로 정했나? 누가 그를 여기까지 몰아왔나? 이 도가니에서 한 발짝이라도 나와 주위를 둘러보려면 해야 할 일이 있었다. 그러나 그 한 발짝 앞에 잃고 싶지 않던 것들이 진저리치게 자리 잡고 있다. 왜! 날더러, 날더러 어떻게 하라고!

"싫어⋯⋯. 난 싫단 말이다. 하고 싶은 놈들이 알아서 하라지. 난 손 뗄 거야. 이따위 터무니없는⋯⋯."

"그럼 그렇게 보고 드려도 되겠습니까?"

롬디오의 머릿속에서 판단은 점차 지워졌다. 이 갑갑한 상황을 빠져나가고 싶은 욕구만이 남았다. 자신의 처지에 대한 분노는 점차 다른 자들에게 옮겨갔다.

왜 자신이 이 자리에 있어야 했던가. 왜 두 파의 귀족들은 분열해야 했고, 서로를 이겨야 했고, 결국 죽이게 됐을까. 그의 아버지가 승리자의 편에 서면서 그에게까지 선택이 밀어닥쳤다. 무엇을 위해? 도대체 왜 하필 자신이?

마지막으로 보았던 프란디에와 앙리오트의 얼굴이 끝까지 롬디오를 붙들고 놓아주지 않았다. 예전처럼 함께 왔지만 결국 말없이 헤어지며 돌아보았던 얼굴, 끝끝내 한마디 인사조차 나누지 못했던 그때의 형언하기 힘든 심정과…… 다음 재회에 곧바로 적이 되어버린 비극의 탓을 하늘에게, 이 자리에 없는 모든 사람에게 돌리고 싶었다. 자신과는 달리 똑같은 상황에서도 전혀 동요하지 않는 일츠 브릴모의 모습이 유난히 떠올랐다.

'네놈은 나와 저 자식들을 이 지경에 몰아넣으면서도 조금도 양심에 걸리지 않는단 말이지. 내 손도 기어이 더럽혀야 직성이 풀리겠다 이거지.'

롬디오는 자신이 이 자리에 있게 된 것이 진짜로 일츠가 손을 써둔 탓임은 몰랐다. 그러나 이 순간 원망이 마땅히 향할 데가 없었기에, 그리고 자신처럼 괴로워하지 않는 일츠에게 분노하다 못해 두려움까지 느꼈기에, 롬디오의 울분은 그에게 집중되었다.

"시간이 없소, 크레드니에 남작."

설명하기 힘든 열기가 가슴속에서 솟아 목구멍으로 역류하려 했다. 너처럼 내 손도 형제 같던 친구들의 피로 물드는 꼴을 봐야겠단 말이지. 그래야만 너와 똑같은 족속, 같은 낙인이 찍힌 죄인이 된다는 뜻이겠지.

그래, 봐라. 잘 봐라. 네놈이 언젠가 한꺼번에 받아야 할 끔찍한 죄의 대가를 똑바로 봐라!

"젠장, 멋대로 되어버렷!"

쿠르르르……

마른번개가 먼 구름 속에서 울부짖었다. 그 번개에 관통된 것처럼, 혼란 끝에 결정을 잃어버린 롬디오의 목소리는 찢어질 듯 날카로웠다. 망토 속에서 자작이라는 남자가 고개를 끄덕였다.

잠시 후, 주인과 마찬가지로 사나워진 말이 좁은 절벽 길을 앞장서서 달려가기 시작했다.

이윽고 달은 완전히 졌다.

"조, 조금만…… 휴우, 후, 조금만……"

말에서 떨어질 듯 아슬아슬하게 달리던 프란디에가 결국 버티지 못하고 말을 멈추었다. 거친 숨을 몰아쉬더니 한참 동안 고개도 못 들 정도로 연달아 기침을 했다. 속도는 아까부터 이미 느렸다. 좁은 길을 벗어나 굴곡이 심한 고갯길에 이르자 약해진 몸에 오는 충격을 더 버텨낼 수가 없었다.

그러나 언제 추적자들이 다가올지 몰랐다. 쉴 수도, 기다릴 수도 없는 상황이었다.

"회복 마법, 한 번만 더 써보자."

키릴로차가 다가서며 말하자 프란디에가 불안한 눈으로 바라보았다.

"너…… 그런 식으로 자꾸 마법을 쓰다간 네가 달아날 기운조차 없어져 버리…… 쿨럭! 큭…….”

"잔소리하지 마. 그러면 내가 널 여기 버리고 갈 것 같아?"

앙리오트는 하얀 빛에 둘러싸인 두 사람을 지켜보다 하늘로 눈을 돌렸다. 계속 말이 없는 그가 무엇을 느끼고 무슨 생각을 하는지 아무도 몰랐다. 형의 죽음으로 충격을 받아 입을 다문 모양이라고 여겨왔지만 잘츠렌이 어떻게 죽었는지 알아낼 길이 없으니 그런 상상도 애매한 짐작에 불과했다.

"자, 다시 가보자. 떨어지지 않게 꽉 잡고."

애써 기운차게 말하려 했지만 무리해서 마법을 쓴 키릴로차의 목소리에서 힘이 빠졌음을 프란디에가 느끼지 못할 리 없었다. 고맙다고 말하는 것조차 버거워 그는 잠시 고개를 떨어뜨리기만 했다.

다시 달리기 시작하고 얼마 안 가 요란한 말발굽소리가 뒤쫓아 오기 시작했다. 고원을 반쯤 가로질렀을 무렵이었다. 키릴로차가 뒤를 돌아보았다.

"조심해! 놈들이 다시 나타났어!"

그런데 의외로 또렷한 프란디에의 목소리가 울렸다.

"갈라지자! 넌 저쪽, 그리고 난 이쪽으로 갈 테니까!"

곧이어 두 마리의 말이 양쪽으로 반원을 그리며 진로를 바꿨다. 키릴로차는 가운데였기에 잠깐 사이에 친구들과 크게 멀어졌다. 그는 당황해서 소리쳤다.

"프란, 너! 혼자서는 버틸 수도 없으면서…….”

이미 목소리가 닿을 거리가 아니었다. 키릴로차는 프란디에가 간 방향으로 힘껏 진로를 틀었다. 그러나 어느새 고원 끝에 다다라 절벽이 가로막았으므로 돌아서서 적들을 향해 돌진하는 형국이 되어버렸다. 그는 입술을 악물고 고원의 경사면을 따라 돌며 친구의 그림자를 찾았다. 고원 너머는 가파른 비탈이어서 달아날 만한 길은 얼마 없었다.

능선에 펼쳐진 관목 숲으로 뛰어든 프란디에는 말 위에서 중심 없이 흔들리는 자신이 짚 인형처럼 한심하다고 느꼈다. 이제 날카로운 판단력도, 지식도, 익혔던 갖가지 마법도 소용이 없고 오직 체력 하나만이 모든 것을 좌우하다니. 그럼에도 불구하고 이 상황까지 와서 친구를 떼어놓으려 한 자신의 감상적인 결정을 냉소할 정신까지는 남아 있었다.

왜 그랬을까. 아마 저 녀석, 키릴로차의 어린애처럼 순진한 우정에 물들어서일 것이다. 저 자식의 저런 면은 앞으로도 여러 사람을 살리기도 하고 죽이기도 하리라. 오늘 살아남기만 한다면.

저 녀석은 내가 아니니까 여기서 살아 나갈 수 있겠지. 아니, 살아 나가야만 해.

반드시.

"저기 있다! 저기다!"

남의 이야기처럼 들리는 저 목소리들…… 나뭇잎과 거무스름한 뭔가가 언뜻언뜻 지나가고…… 그래, 아직 달리고 있어.

흔들리는 말 위는 끓는 솥 안에 든 것처럼 괴로웠다. 한참 전부터 온몸이 열로 들끓었지만 일부러 말하지 않았다. 키릴로차의 마법은 참 시원하게 몸을 식혀 주었었다. 그러나 말을 달리니 다시금 온 몸의 피가 피부를 뚫고 나올 듯 뜨겁게 뛰놀았다. 머릿속, 아니 온 몸이 소음으로 가득 찬 듯하고 눈앞은 아득히 흐려졌다.

저 소리들…… 점점 가까워져.

이것 참, 너무 비참한 끝이 아닌가. 스스로의 죽음을 온전히 느낄 정신도 남기지 못하고 느닷없이 맞이하는 끝이라니. 몸이 조금만 더 좋았더라면, 이 불필요한 고통에 정신을 빼앗기지 않고 맑은 머리로 뭔가 생각할 수 있다면 좋을 텐데.

이히히힝! 히히힝!

뭔가 이상하다. 느려지는 것 같더니…… 끊어져버렸어.

잠시 후 프란디에는 자신이 쓰러진 말에 깔렸음을 깨달았다. 말의 몸에는 인마살상용의 거대한 화살이 두 대나 꽂혀 있었다. 고통스럽게 버르적거리던 말은 점차 움직임이 둔해져갔다. 흙바닥에서 깔린 몸을 빼내려 애쓰는 자신이 저 죽어가는 말과 비슷하게 느껴졌다. 웃음이 나오려 했지만 지독한 고통이 그 정도의 자유도 허락해주지 않았다. 계속되던 고통에 익숙해졌던 탓인지 다리가 부러졌음을 깨닫는 데도 잠시 시간이 걸렸다. 말에서 떨어지면서 남은 안경알 한쪽마저 금이 간 탓에 주위는 온전히 파악되지 않고 자꾸만 흔들거렸다.

무엇을 위해 노력하는지도 모르면서 프란디에는 아픔을 참고 말의 몸 밑에서 빠져나오려고 미친 듯이 몸부림쳤다. 머릿속에서, 입 속에서, 끝없이 되풀이되는 말이 있었다. 이 상태는 싫어. 이렇게는 싫어.

난 아직 준비가 되지 않았어. 내가 원한 건 이런 끝이 아니야!

키릴로차는 추적자들이 관목 숲으로 몰려드는 광경을 보며 불안한 예감으로 전신이 쭈뼛해졌다. 남은 기력을 짜내 다시 몇 마디의 주문을 외웠다. 광채가 분수처럼 솟구치며 주위를 밝혔다. 그러나 그것은 그냥 광채였을 뿐이었다. 그냥 주위를 밝혔을 뿐이었다.

롬디오는 입술을 깨물며 뒤를 돌아보았다. 바로 뒤에 차가운 미소를 머금은 자작이 서서 그의 행동을 지켜보았다. 그 자의 눈빛이 말하는 바는 자명했다. 옴짝달싹하지 못하게 된 그를 절벽 끝에 세우고 외길뿐인 곳으로 내몰겠다는 것이다. 그건 다시는 돌아올 수 없는 길이었다. 그렇게 아버지의 입지를 굳히고 반역자들의 친구였다는 불리한 처지를 단숨에 벗으라면서.

당신의 손으로 직접 끝내시오.

프란디에는 기적적으로 쓰러진 말 밑에서 몸을 빼냈다. 마치 그것만이 목적이었던 양 갑자기 맥이 탁 풀렸다. 바로 코앞에서 나는 흙과 풀의 냄새는 이상하게도 독했다. 머리가 아찔해졌다. 그래도 겨우 일어날 수…… 있게 돼…….

발소리가 곁에서 멈췄다. 깨진 안경 너머로 다가선 친구의 얼굴을 확인한 프란디에는 맥없이 중얼거렸다.

"롬디. 네 마지막 장난은 재미없었어."

높이 올린 검. 내리쳐지는 순간, 두 친구의 눈은 앞을 보지 않았다. 눈꺼풀 속에서 옛날, 아득히 먼 한순간을 바라보았다. 밝고, 따뜻하고,

믿을 수 없을 정도로 솔직한 미소를 나누던 그때 속으로.

푹!

어긋난 방향으로 달려가던 키릴로차는 자신도 모를 힘에 이끌려 홱 돌아보았다. 마침 솟아오른 빛의 장난이었을까, 차라리 보지 않았으면 좋았을 장면이 섬광처럼 눈을 찔렀다.

"프란디에!"

무슨 일이 일어났던가. 무엇을 보았던가. 쓰러진 말과 누운 사람, 그리고 저 검이 향한 곳은…….

그런 일은 없었어!

입이 벌어지다가 목이 꽉 막혀 아무 소리도 나오지 않았다. 그 대신 마음속에서 북소리처럼 커다랗게 울렸다. 아니야, 아니야, 아니야, 아니야, 아니야, 아니야!

달이 사라진 하늘이 빙그르르 돌았다. 검푸른 구름이 광포한 기운을 띠었다. 바라보면서도 의미를 몰랐다. 느낄 수 없었다. 오직 하나, 저곳으로 달려가겠다는 생각뿐이었다.

힘껏 말에 박차를 가하려는 순간 뒤에서 억센 손이 어깨를 움켜잡았다. 돌아보았다.

"내게 맡겨."

언제 나타났는지 앙리오트가 뒤에 서 있었다.

앙리오트가 이렇게 가까이 오도록 몰랐다는 점, 그리고 마침내 입을 열어 저토록 침착하게 말하는 모습에 놀랄 여유도 없었다. 앙리오트는 궐나렌이 준 검을 뽑아들었다.

"넌 가라, 키릴츠. 여긴 내게 맡겨."

"무슨 소리야! 너 혼자서 저 많은……. 아니, 왜 내가 떠나야 하는데? 나도 프란의 빚을 갚아줄 자격이 있어!"

격하게 소리치는 순간 키릴로차는 아직 사그라지지 않은 빛 아래 환하게 웃는 앙리오트를 보았다.

"……."

어린 시절 불꽃놀이의 장관 아래서 한껏 기쁘게 웃던 얼굴이었을까. 갑자기 옛날로 돌아온 느낌에 키릴로차는 눈이 아득해졌다.

"한 명의 빚은 한 명으로 충분한 거야."

일츠와 앙리, 꼬마 키릴이 형제처럼 뛰놀던 시절에 언제나 함께 했던 미소, 좀 더 자라 말머리를 나란히 한 여섯 친구들 중 맨 앞으로 나서서 신나게 내달리던 앙리오트의 얼굴에 보였던 바로 그 미소였다. 그 미소는 왜 사라졌고, 왜 지금에야 돌아와 이토록 마음을 아프게 할까.

"저까짓 일은 앙리오트 마르셀리안 페레올 님의 몫으로도 모자란다는 걸 모르냐? 저까짓 놈들이 열 명이든 백 명이든 이 몸의 검을 당할성싶어? 드라니라바티의 기사가 누군지 잊은 건 아니겠지? 내가 무슨 과목으로 낙제를 면했는지 기억 안 나?"

키릴로차가 어쩔 줄 모르고 앙리오트의 얼굴을 바라보는 동안 앙리오트는 한바탕 달리기 전에 늘 그랬듯 고삐를 당겨 말발굽이 앞뒤로 따각거리는 소리를 내게 했다.

"이놈이 내 애마가 아니고 이 검이 내 애검이 아니란 게 참 유감스럽지만 어쩔 수 없겠지. 지금은 그런 걸 따질 때가 아니라서. 드디어 한바탕 해볼 때가 온 거라고. 대신 넌."

앙리오트의 얼굴이 약간 굳어졌다.

"네 할아버님께 가라. 아까 양목장 언덕에서 너를 기다리면서 프란디에가 했던 말이지만 벌써 무슨 변을 당하셨을지 모른다. 일츠 자식은 나보다 네가 더 잘 알겠지만……. 그놈은 철저하게 못할 일은 시작조차 않는 놈이다. 옛날부터 늘 그랬어. 스노플을 할 때조차 불필요한 길은 한 번도 선택하지 않는 놈이 그놈이다."

둘은 더 길게 이야기를 나눌 틈이 없었다. 관목 숲에서 뛰어나온 기사들이 그들을 발견하고 저들끼리 신호했다. 키릴로차는 예상 밖의 말을 듣고 눈을 크게 뜬 채 앙리오트를 바라보았다. 할아버지라니? 할아버지가 왜?

키릴로차는 곧 소리쳤다.

"그렇더라도 어떻게 너 혼자서!"

"네가 지킬 것의 우선순위를 잘 따져. 내 몸은 내가 지킬 수 있어. 날 그 정도도 안 된다고 보는 건 아니겠지? 그렇지만 네 할아버님은 네가 아니면 지킬 사람이 없다고!"

그러나 앙리오트가 말을 출발시키자 키릴로차도 뒤를 따랐다. 잠시 후 뒤를 돌아본 앙리오트가 성난 목소리로 외쳤다.

"키릴, 이 바보자식아! 네 소중한 것을 하나라도 더 잃지 말란 말이다!"

　소중한 것…….

　키릴로차는 그런 소중한 사람 중 하나를 잃을지도 모르는 상황에서 등을 돌릴 수 있는 사람이 아니었다. 그는 저도 모르게 말에 박차를 가했다.

　롬디오는 제정신이 아니었다. 바닥에 주저앉아 정신을 놓아버리는 바람에 종자가 대신 피 묻은 검을 뽑아 닦아 넣었을 정도였다. 자작은 그런 롬디오를 내버려두고 일츠가 명령한 대로 부하들에게 시체를 거둬갈 준비를 시켰다. 그런 후 다른 둘의 상황을 파악했다. 보고를 받자 앞서 달리는 앙리오트만을 포위하라고 지시했다. 명령받은 그대로였다.

　무리하게 마법을 쓰느라 기운이 빠진 키릴로차는 앙리오트만큼 빨리 달리지 못했다. 앙리오트는 놀랍게도 푹 쉬고 그날 처음으로 말을 달리는 것처럼 동작이며 기세가 날렵하기 이를 데 없었다. 그래서 더 눈 뜨고 바라볼 수가 없었다. 죽을 곳으로 달려가고 있었기에, 그게 마지막이었기에.

　자작이 앞으로 나서서 뒤따라 달려오는 키릴로차를 향해 주문을 외웠다.

　"죽음의 심연을 뛰어넘을 자, 지상에 발붙인 자들 중에는 없을지니!"

　거대한 검은 방패가 일시에 솟아올랐다. 방패뿐 아니라 칼날이기도 했다. 솟아오르는 동시에 땅 속으로 파고들면서 깊은 골이 생겨났다. 그 위에서 검은 칼날들이 풍차처럼 돌았다.

이히히히히힝!

키릴로차의 말은 찢어지는 울음소리를 내며 앞발을 높이 들어 그 앞에서 멈추었다. 말은 멈췄지만 기수는 멈추지 않았다. 키릴로차는 미친 듯이 말의 배를 걷어차며 소리 질렀다.

"앙리! 돌아와! 돌아오란 말이다, 이 자식아! 그렇게 나를 혼자 두고…… 너 혼자 갈 수는 없단 말이야……."

홀로 남은 키릴로차의 외침은 통곡으로 변해 메아리쳤다. 힘겹게 참던 대기도 긴 울음을 토해 빗물과 눈물이 사정없이 쏟아졌다. 흙더미는 흙탕물로 변해 사방으로 흘렀다. 폭우 아래 시야가 흐려졌다. 마지막 남은 감각조차 흐려졌다.

이윽고 모든 것이 지워졌다. 그는 무엇도 볼 수도, 느낄 수도 없는 검은 나락 속으로 굴러 떨어졌다.

악(惡)

"말씀하신 대로 처리했습니다."

일츠 브릴모는 언제나처럼 일찍 일어나 손수 침상을 정리하고 차를 한 잔 마셨다. 문 두드리는 소리가 나자 짧게 대답하여 불러들였다. 가운 차림으로 앉은 그에게 다가온 자작은 밤새 젖은 망토에서 흐른 물이 양탄자를 더럽혀 죄송하다며 용서를 빌었다. 일츠는 나직이 신경 쓰지 말라고 대답했다.

이윽고 상황을 보고받은 일츠가 말했다.

"우선 수고 많으셨습니다."

"아닙니다. 잘못 처리한 일이 많아 송구스럽습니다."

"아버님께는 보고하셨습니까?"

"아닙니다. 이제 곧 찾아뵐 생각입니다."

"그렇게 하세요. 아버님께서도 궁금해 하실 것입니다. 아."

일츠는 문득 생각난 것처럼 찻잔에서 입을 뗐다.

"크레드니에 남작은 어떻습니까?"

그는 친구의 이름이 아닌 작위를 불렀다. 자작의 입술이 약간 비틀리다가 떨어졌다. 미소가 되려다 멈춘 듯한 입매였다.

"저택으로 돌아가 주무시고 계십니다."

미소를 지은 것은 일츠 쪽이었다.

"잘 알았습니다. 그럼 앞으로도 수고해주십시오. 다음으로 처리할 일은 알고 계시지요?"

"예, 아가씨는?"

"일어나는 대로 준비시키도록 말해 두었습니다. 기다리시는 동안 잠시 아래층에서 아침이라도 드시도록 하십시오."

"알겠습니다. 그럼 쉬십시오."

자작이 인사를 하자 일츠가 찻잔을 내려놓았다.

"자작이야말로 이제 좀 쉬셔야 하지 않겠습니까? 다음 일은 다른 사람에게 맡겨도 될 텐데요. 이번 일도 전날보다 결코 덜 위험하지 않습니다."

자작은 고개를 저었다.

"아닙니다. 직접 하겠습니다. 그 편이 마음이 놓입니다."

"그렇습니까?"

자작이 가고 나자 마루에는 물 자국만이 남았다. 열린 덧창으로 들어온 아침빛을 받아 어렴풋이 빛났지만, 그것은 밤의 어둠에서 나온 조각들이었다. 바라보는 일츠도 알고 있었다. 그는 그 물 자국들 속에서 그 밤의 고통스러운 외침을 하나하나 읽어냈다.

눈꺼풀 밖에 밝은 세상이 있었다.
알면서도 의문을 가졌다. 어떤 세상일까. 어째서 밝음 따위가 느껴지는 걸까.
한참 동안 그렇게 누워 있었다. 모든 것이 떠올라 확실해질 때까지. 눈을 뜨자 어젯밤의 기억을 믿기 힘들 정도로 새파란 하늘이 보였다. 그러나 키릴로차는 빛조차 검게 보이는 기억 속에서 몸을 일으킬 수가 없었다.
턱이 반이나 흙에 묻혀 있었다. 뺨이 따끔거렸다. 애써 몸을 일으키자 왼쪽 어깨가 심하게 쑤셨다. 얼굴을 쓸어 보니 흙덩이와 함께 말라붙은 피가 떨어졌다. 그는 묵묵히 아픔을 참으며 일어났다.
푸르륵, 히힝.
돌아보니 말이 달아나지도 않고 곁에서 풀을 뜯고 있었다. 주위를 둘러봤지만 풍경이 낯설었다. 정신을 잃은 채 말에 실려 오다가 떨어졌나 보다 싶었다. 사방에 산뿐이었다. 높은 산, 뾰족한 산, 중턱에 걸린 구름과 기괴한 바위. 얼마나 멀리 온 걸까.
비 때문에 말발자국은 다 지워졌다. 키릴로차 역시 옷이나 얼굴 할 것 없이 진흙투성이였다. 다 꿈이었다고 설득하려는 것처럼 그가 기억하는 무엇도 눈앞에 없었다. 아무것도 잡지 못하는 빈주먹만이 허탈하게 남았을 뿐이었다.

그는 말에 올랐다.

실컷 쉬고 배불리 풀을 뜯어 원기를 회복한 말은 기분이 좋은 듯했다. 마법으로 노새의 원기를 회복시키고 좋아하던 날이 되살아났다. 말의 상태를 정확히 알려면 역시 앙리오트가 와야 되는데…… 그런 것들을 떠올리다가 생각이 멈췄다.

이젠 없구나.

새삼스러운 자각인데도 키릴로차는 일그러지는 입술을 힘껏 사려 물었다. 이제부터 어찌해야할지, 어디로 가야할지 아무것도 몰랐지만 하나만은 확실했다. 이 견디기 힘든 고통을 되새기면 되새길수록 자신은 그 속에 침잠해 마침내 갇히고 말 것이다. 아무것도 하지 못하는 폐인이 되고 말 것이다. 어디서 오는지 모를 경고가 반짝거렸다. 그래서는 안 된다고. 견뎌야한다고. 살아남아야 한다고.

비탈길을 다 내려왔을 즈음에야 여기가 어딘지 알았다. 온 곳과 반대쪽 길로 산을 다 내려왔던 것이다. 두 가지 욕망이 그를 사로잡았다. 어젯밤의 사건이 있던 곳으로 돌아가 진실을 확인하고 싶은 마음, 그리고 당장 할아버지에게 달려가야 할 듯한 두려움.

전날 앙리오트에게 들었던 말이 아직 또렷했다. 키릴로차도 일츠가 비록 천재는 아닐지언정 완벽주의자임은 잘 알았다. 해낼 수 있는 일만 시작하고, 시작한 일만큼은 한 치도 어긋나지 않게 끝내는 녀석인 것이다. 그러나 그렇다고는 해도…….

이번 일이 할아버지와 무슨 관계가 있단 말인가.

키릴로차는 일츠가 자신을 어떻게 보는지 잘 몰랐다. 함께 자란 친형제 같은 친구일 뿐, 그 이상의 의미가 있으리라는 생각은 해보지 못했다. 그의 부득이한 순진함, 그 때문에 그는 다시 한 번 돌이킬 수 없는 실수를 저지르고 말았다.

키릴로차가 산길을 헤매며 어젯밤의 길을 더듬어 올라가는 동안 태양도 머리 위로 올랐다. 마침내 발견한 비탈진 고원에서 기억과 일치하는 것은 마지막 순간 그의 앞을 가로막았던 균열뿐이었다. 그것만이 대지에 난 생생한 상처처럼 남았다.

다른 것은 없었다.

어둠과 비와 피. 보고 싶지 않은 광경이 눈앞을 희뜩희뜩 스쳐갔다. 견디지 못해 눈을 감자 오히려 몰려들었다. 암흑 속에서 숨죽인 잎들, 폭죽 같은 마법, 외침, 돌아선 등, 가로막힌 목소리.

그러나 번쩍인다고 생각한 것은 구름 사이에서 얼굴을 내민 태양이었다. 망연히 하늘을 올려다보았다. 몸에 돌덩이가 달려 아래로 아래로 가라앉기만 하는 자신을 건져낼 기운이 없었다. 도와줄 사람도 없었다. 혼자였다. 결국 아무도 구하지 못했다. 자신은 무능했다.

말을 돌렸다. 아르나브로 돌아갈 시각이었다.

하루 낮이 흘렀다.

희뿌연 햇빛도 이울 무렵, 피로와 절망감에 휩싸여 흐려졌던 판단력이 서서히 되살아났다. 정체모를 불안감이 키릴로차의 감각을 깨웠다.

잠시 후 그는 우뚝 멈춰 섰다.

뱅트완 거리가 시작되는 곳이었다. 거리라고 부르기에는 너무 작은, 낡고 초라한 집들이 띄엄띄엄 머리를 맞댄 익숙한 풍경인데 뭔가 빠져 있었다. 뭐가 없어졌나? 기억이 찾지 못한 것을 마음이 찾아냈다.

다니는 사람이 없었다.

다른 것은 그대로였다. 어린 시절을 보낸 언덕과 키 큰 은백양나무, 꼬리를 끄는 바람도 그대로였다. 마지막으로 왔던 겨울에 소복이 쌓였던 눈은 없어졌다. 그러나 그의 본능이 그것 말고 더 중요한 것, 그를 이곳으로 이끄는 무엇인가가 사라졌음을 알렸다.

키릴로차는 말에서 뛰어내려 놀랄 만한 힘으로 언덕을 뛰어 내려갔다. 혈관이 터질 듯 떨렸다. 불확실한 억측에 불과하기를 간절히 바라는 목소리가 귓가에 윙윙거렸다. 거리로 접어든 그는 두리번거렸다. 타는 냄새가 났다. 그 엷은 냄새만으로도 피가 들끓기 시작했다. 머리가 어지러웠다. 토하고 싶었다. 이마가 뜨거웠다. 아니, 온 몸이 뜨거웠다.

그의 발목을 붙드는 것, 동시에 등을 떠미는 것, 둘 다 불안감이었다. 실체 없는 이 위협을, 이 어둠을 붙잡아 목을 조르고 싶다. 짓밟고 싶다. 짓이기고 싶다.

일생 처음 그런 잔인한 욕망을 떠올렸음을 깨달을 여유도 없었다. 그림자가 바닥에 질질 끌렸다. 그림자가 무거워 나아가지 못하는 것처럼 그는 비틀거렸다. 해거름이 발밑에 깔렸다.

타는 냄새가 가까워졌다. 익숙한 집이 바로 저기였다. 저 집에 닿기 전에 발목이 꺾여버리기를, 이 눈이 멀어버리기를, 그 전에 어둠이 영원히 세상을 뒤덮어버리기를.

소원은 어느 하나 받아들여지지 않았다. 집에 들어선 키릴로차는 빛 속에서 모든 것을 보았다.

"우읍……."

하루 밤낮을 물 몇 모금으로 견딘 그의 목에서 신물이 울컥 솟아났다. 입가로 흘러내렸다. 광기 어린 적색이 세상을 물들였다. 언젠가 몰래 다가가 돌아보는 할아버지의 팔에 안겼던 때처럼 찬란한 노을…… 그러나 지금은 핏빛이었다.

낯선 시체 서너 구가 채소밭과 울타리 너머, 그리고 문간에 걸쳐 너부러졌다. 시체들은 불에 탄 듯 누린내가 물씬했다. 마당에는 테이블과 의자 두 개가 나와 있었다. 날씨가 좋을 때면 할아버지는 종종 테이블과 의자를 내놓고 따사로운 햇빛을 받으며 상대가 있든 없든 스노플을 즐기곤 했다. 모두 그가 기억하는 그대로였을까. 테이블 위에는 흐트러지긴 했으나 스노플 판이 놓여 있었고 주위로 낡은 말과 카드들이 흩어지고 굴렀다. 바람에 들썩이는 카드 위에는 변함없이 빛바랜 그림이 있었고 소리 없이 지나가는 바람도 그대로인 듯했으나…….

"아니, 아무것도…… 내게서 더는 아무것도…… 누구도…….."

뜻 모를 단어들이 멋대로 연결되어 흘러나왔다. 다시 걸음을 내디뎠다. 다가갔다. 가고 싶지 않다고, 보고 싶지 않다고 생각했으나 그러지 못했다. 마당을 가로질러가 의자를 밀어젖히고, 무릎을 꿇고, 더듬거리는 입술로 불렀다.

"할아버지……."

귀만은 답하지 않았다. 공허하게 멈춘 그대로였다.

왜, 왜, 듣지 못하는 거지? 다른 건 다 그대로인데 왜 할 바를 다하지 못하는 거지? 할아버지께서 손자가 부르는데 대답하지 않으실 리가 없잖아…….

몸이 느리게 허물어졌다. 아니, 올 때마다 그랬듯 사랑하는 가족을 껴안으려 했다. 나무토막 같은 몸을 끌어안고 찬 손을 부여잡으려 했다. 검은 머리가 흘러내려 죽은 자의 흰 머리와 섞이고, 뜨겁게 뛰는 가슴이 차가운 등을 감쌌다.

고요했다.

아무것도 움직이지 않았다.

누가 그랬고, 왜 그랬고, 이제 어찌될 것이고…… 어느 하나 머릿속에 파고들지 못했다. 세상이 텅 비었다. 그는 혼자였다. 불탄 자국이 번진 이 작은 마당이 지평선을 넘어 끝없이 계속된다 해도, 그게 전 세계라 해도 마찬가지였다. 눈물은 나오지 않았다. 말라버렸다. 머릿속에는 모래와 소금뿐인 사막이 펼쳐져 있었다.

여자는 고개를 흔들었다.

"지금은 싫군요."

"그럼 언제가 좋다는 거요?"

"깨어날 때까지. 저렇게 잠든 그를 깨우고 싶지 않아."

남자는 한참 입을 다물고 있다가 말했다.

"좋을 대로."

껍질뿐인 몸에도 아직 의식이라는 것이 붙어 있어 빛과 어둠을 구별하려 했다.

무의미한 변화가 서서히 일어나 키릴로차를 망각의 세계에서 끌어냈다. 껴안고 잠든 시체는 그대로인데 그만 불필요하게 깨어났다. 깨어난 자는 슬픔도 느끼고, 외로움도 느끼며, 심지어 사랑하는 사람의 시체가 썩는 냄새조차 느끼는 것이다.

하늘이 밝아왔다.

손을 들어 입가를 어루만졌다. 꿈속에서 자신은 웃었던 것 같았다. 무슨 꿈을 꾸었는지는 기억나지 않는데 잠시 행복했던 것 같았다. 그러나 꿈은 꿈일 뿐이었다.

할아버지를 껴안았던 오른손을 빼내는데 무언가가 걸렸다. 품속에 딱딱한 뭔가가 들어 있었다. 싸늘한 옷깃을 헤치고 손을 넣었다. 굳어진 손가락들이 단단하고 납작한 물건을 찾아내 끌어당겼다.

손에 쥔 것을 내려다보았다. 지금까지 한 번도 보지 못했던 물건이었다. 할아버지가 이런 물건을 지녔음을 전혀 몰랐다. 검은 돌인지 쇠인지 모를 것을 네모지게 다듬은 추인데 끈으로 연결되어 할아버지의 목에 걸려 있었다.

뭔가가 새겨진 듯해서 눈높이로 들어올렸다. 거칠게 깎인 한쪽 면을 한참 들여다보고서야 그게 파도라는 걸 알아보았다. 너무 세밀해서 오히려 쉽사리 알아보지 못했다. 반대쪽 면에는 작은 점이 수없이 찍혀 있었는데 좀 더 보니 소용돌이 모양이었다.

그 말고는 아무것도 없었다. 하다못해 머리글자 하나도 새겨져 있지 않았다.

키릴로차는 할아버지의 목에서 끈을 벗겨냈다. 그리고 자기 목에 걸었다. 절겅, 하는 묵직한 촉감을 느끼며 그는 시체를 놓고 일어섰다. 잠시 후 이상한 기분이 들어 그는 주위를 두리번거렸다.

익숙한 소리가 들려왔다. 처음에는 무슨 소리인지 몰랐다. 그러나 귀를 기울이는 동안 정신이 맑아져갔다. 감각이 살아나는 것과 동시에 그가 돌아서며 소리쳤다.

"꼬맹아!"

아, 살아 있었어.

한껏 벌린 팔을 향해, 다 사라진 줄 알았던 사랑하는 존재가 뛰어들었다. 표정을 지을 수 없는 개였지만 눈빛 가득한 반가움을 못 알아볼 리 없었다.

"살아 있었구나!"

언뜻 봐선 키릴로차가 개를 안았다기보다 개가 그를 껴안은 것처럼 보였다. 더러운 털에 온 몸을 파묻으며 그는 꼬맹이가 살아 있다는 것보다 자신이 살아 있음을 느꼈다.

"어디 있었니? 응? 왜 이제야 나타났어?"

커다랗게 짖으며 대답할 법한데 꼬맹이는 꼬리만 흔들 뿐 짖거나 끙끙거리지 않았다. 마치 주인의 죽음을 애도하는 것처럼. 할아버지가 돌아가셨을 때 꼬맹이는 양치기들과 함께 들판에 있었으리라. 지금까지 어디 숨어 있다가 이제 돌아왔을까. 아, 그래. 내가 오기 전에 먼저 마을로 돌아왔다가 다른 집을 돌아다녔을 거야. 마을사람들은 모두 꼬맹이를 좋아했으니까. 그런데 사람들은 다 어디로 갔을까. 죽은 사람이 있는 곳은 여기뿐인 것 같았는데.

할아버지의 죽음을 목격한 후 처음으로 제대로 해본 생각이었다. 그와 함께 키릴로차의 머리도 곧 제 기능을 되찾고 돌아가기 시작했다.

꼬맹이는 발치에 앉더니 재롱부리듯 땅바닥에 뒹굴었다가 앉았다가를 반복했다. 이제 꼬맹이는 다 늙은 개였지만 키릴로차의 눈에는 그런 모습마저 사랑스러웠다. 다시는 짓지 못할 줄 알았던 미소가 입가에 맺혔다.

"잘했어. 그래, 잘했어."

키릴로차가 머리를 쓰다듬자 꼬맹이는 어쩐지 힘겨운 것처럼 다가와 그의 발치를 베고 누웠다. 올려다보는 눈이 슬퍼 보였다. 키릴로차는 그 눈을 마주보다가 자신이 오히려 견디지 못하고 고개를 돌리고 말았다.

"그래. 너도 마음이 아프겠구나. 나도……."

목이 답답해지며 말이 더 나오지 않았다. 키릴로차는 그저 다시 꼬맹이를 껴안고 먼지투성이 털에 얼굴을 묻었다. 그렇게 해서라도 세상으로부터 숨고 싶었다. 판단력을 되찾자마자 그가 느낀 것은 왜 당장 이리로 달려오지 않았던가 하는 자책감이었다. 자책감의 크기만큼이나 누가 이런 짓을 저질렀나 하는 의문이 강하게 머리를 쳐들었다.

일츠를 떠올렸다가 머리를 흔들며 지워버렸다. 그가 왜 할아버지를 죽인단 말인가. 아무 이유가 없었다. 그러나 다른 귀족들을 떠올려 봐도 굳이 미천한 신분인 그들을 표적으로 삼을 이유를 유추할 수가 없었다. 자신의 행동을 되돌아 봐도 마찬가지였다. 프란디에나 앙리오트와 함께 있었다고 해서 이곳까지 찾아와 보복할 사람이 누구란 말인가.

한참 만에 머리를 든 키릴로차는 알 수 없는 적에게 일말의 두려움을 느꼈다. 그런데 그 순간, 그는 꼬맹이의 상태가 이상하다는 것을 알아차렸다.

"꼬맹아?"

덥수룩한 털 때문에 빨리 깨닫지 못했다. 꼬맹이의 몸이 어느새 식어 있음을 안 그는 황급히 눈을 들여다보려 했다. 눈은 감겨 있었다.

"꼬맹아!"

뒤통수부터 등줄기를 타고 찌르르한 충격이 흘렀다. 키릴로차의 손이 더듬거리며 꼬맹이의 목을 끌어안았지만 방금 전까지 활발하게 움직이던 개는 꼼짝도 하지 않았다. 오히려 빠르게 굳어져갔다.

"왜 그래! 정신 차려! 너…… 너마저 왜 그래!"

개의 몸을 쓸어내리던 그의 손이 뜨뜻한 무언가로 젖었다. 급히 들어 올린 손바닥에는 흥건한 피……. 목 아래쪽에 깊은 상처가 있었다. 치명상이었다.

"아냐! 안 돼!"

대책 없이 피는 흐르고, 키릴로차는 두 손을 다 붉은 피에 적신 채 어찌할 바를 모르고 부들부들 떨었다. 떨리는 입술로 주문을 외우고 치료의 빛을 불러 보았지만 이미 소용없었다. 그가 온 마음을 다해 사랑한 마지막 존재는 죽어가고 있는 것이 아니라 죽은 뒤였다.

"읍…… 윽, 으윽……."

눈보다 목에서 먼저 울음이 솟아올랐다.

더 잃을 것은 없는 줄 알았다. 충격으로 말랐던 눈물이 흐르기 시작하자 온 몸이 경련을 일으켰다. 뱃속이 뒤틀리고 눈이 떨려 앞을 볼 수가 없었다.

소리는 거의 나지 않았다. 침묵 속에서 눈물만 쏟아졌다. 신물이 다시 올라왔다. 얼굴이 홧홧했다. 식은땀이 흘러 눈물과 뒤섞였다. 모든 감정은 발산되지 않고 내면에서만 엉기며 심장을 옥죄었다. 말도, 울음소리도 터져 나오지 못해 미칠 듯 괴롭기만 했다. 무언가가 폭발해야만 했다. 그래야만 했다.

키릴로차와 함께 삶을 시작한 것들이 모두 사라져버렸다. 시작이 부정되고 나니 진행도 없으며 그 후도 없었다. 그는 시간 속에서 미아가 되어버렸다.

외로웠다.

잠시 후, 키릴로차는 환각을 본 느낌을 받았다. 흰옷을 입은 무언가가 저만치에서 걸어왔다. 눈이 흐려져 잘 볼 수 없었지만 누군지 알고 싶지도 않았다. 그것이 무엇이든 지금의 그에게 더 줄 것은 없을 듯했다. 위안이라 해도, 고통이라 해도.

이윽고 신기루는 그의 등 뒤에 다가앉았다. 어깨에 손을 얹었다. 두 팔이 몸을 부드럽게 감싸 안았다.

"……"

키릴로차에게는 상대의 체온이 가장 생생했다. 그는 추웠다. 마음도, 몸도 차갑게 굳었다. 허공을 응시하던 그의 눈이 약간 움직였다. 턱이 아래로 떨어지며 깍지 낀 손을 보았다.

익숙한 손이었다.

그가 흠칫 놀라자 흰옷의 신기루는 더욱 몸을 밀착하며 따뜻하게 껴안아 주었다. 이윽고 몸의 떨림이 가라앉았다.

"괜찮아. 가만히 있어. 그대로……"

잘 아는 목소리였다.

뺨 옆에서 금빛 머리가 환영처럼 흔들렸다. 키릴로차를 둘러싼 차가운 세계에서 유일하게 남은 봄처럼 보였다. 왜 그녀가 여기 있는지, 어째서 이 순간 나타났는지 생각할 수가 없었다. 떨고 있던 그에게 그녀의 품은 너무도 따뜻했다.

키릴로차는 몸을 돌렸다.

아름다운 푸른 눈이 그를 응시했다. 눈가에는 이슬이 맺혀 반짝거렸다. 그는 저도 모르게 그 눈물을 닦아주려 했다.

그녀가 웃었다.

"키릴츠……."

그녀는 정말로 하얀 옷을 입고 있었다. 다른 세계에서 막 걸어 나온 것처럼 흠 없이 흰 소매가 키릴로차의 어깨와 팔을 덮고 있었다. 그것은 후광 같기도 했고, 날개 같기도 했으며, 흰 시트 같기도 했다. 그곳에서 잠든다면 모든 것을 잊게 해줄 것만 같았다.

"키릴츠. 하나만 기억해 줘."

키릴로차의 목은 여전히 막혀 있었다. 그가 대답하지 않아도 그녀는 말을 이었다. 또박또박 흘러나왔다.

"난 너를 사랑해. 잊지 마. 난 너를 사랑해. 언제나 그랬고 지금도 그래. 앞으로도 그럴 거야."

키릴로차는 문득 불안해져서 그녀의 얼굴을 보았다. 이것은 그의 연약한 정신이 만들어 낸 환각인가? 왜 떠나갈 것처럼 저런 말을 되풀이하지?

그녀의 손에 손수건이 있었다. 눈물을 닦아주려는 것 같았다.

"……."

눈가에 맺혔던 것이 주르륵 구르며 부서졌다.

"제발 잊지 마. 부탁해."

손수건이 다가와 키릴로차의 얼굴을 쓰다듬었다. 묘한 향내가 났다. 한 번도 맡아본 일이 없는, 그러나 아름다운 그녀처럼 위험할 정도로 매혹적인…….

눈을 뜨자 사방이 암흑이었다.

어둠에 눈이 익기까지 어느 정도 시간이 걸렸다. 이어 손목이 몹시 아팠다. 뭔가에 단단히 매인 듯했다. 그 말고는 여기가 어딘지, 자신이 어떤 모습을 하고 있는지 떠오르지 않았다.

시간이 흐르자 눈앞에 어렴풋한 윤곽이 나타났다. 잠시 후 사람의 모습으로 변했다. 작은 의자를 놓고 앉아 있었다. 그는 키릴이 깨어나기 한참 전부터 그 자리에서 기다린 듯했다.

이윽고 그 사람이 뭔가를 느낀 듯 키릴로차가 있는 쪽을 바라보았다.

"깼어?"

부드럽고 단정한…… 키릴로차가 너무도 잘 아는 목소리였는데도 그가 느낀 것은 몸서리쳐지도록 차가운 어둠이었다. 동시에 수많은 기억이 한꺼번에 일깨워졌다. 유리 파편 수십 개가 단번에 찌르는 느낌이었다.

일츠는 의자에서 일어나 키릴로차 앞에 섰다. 그가 손을 움직이자 램프에 불이 붙고 그 아래로 테이블이 드러났다. 키릴로차는 뭔가 낯선 것을 느끼고 주위를 둘러봤다. 그의 몸은 저 테이블보다 좀 더 높은 곳에 있었다. 마치 떠 있는 것처럼 어디에도 의지하지 않았다. 머리는 움직일 수 있었기에 그는 자신에게 다가오는 일츠를 보았다.

일츠는 램프를 옆으로 밀어내고 테이블 위에 올라앉았다. 그러자 둘의 눈높이가 어느 정도 맞았다. 램프가 일츠의 턱을 어렴풋이 비췄다. 그는 미소를 짓고 있었다. 어둠 때문에 비웃음인지 아닌지 알아볼 수 없었으나 키릴로차는 직감적으로 비웃음이 아님을 알았다. 일츠는 고개를 기울였다. 검은 머리, 키릴로차와 같은 듯하지만 다른 단발이 비스듬히 흘러내렸다.

"다시 봐서 반가워."

대답이 나오기까지 한참이 걸렸다.

"여기는 어디고…… 난 어떻게 된 거지?"

"마법이야."

간단한 대답이었다. 잠시 후 일츠는 더 자세히, 마치 어린아이에게 말하듯 가만가만 설명해주었다.

"손목 아프지? 네가 마법을 발동시키는 손동작을 할 수 없도록 좌우로 당겨 묶었기 때문에 그래. 같은 구속구가 네 발목에도 채워져 있어. 그리고 넌 지금 '봉인자의 구슬'에 갇힌 상태야. 어두워서 잘 안 보이겠지만 불을 더 밝히면 네 눈에도 보일 거야. 지금 너와 내가 이렇게 대화를 하고 있지만 대부분의 마력은 봉인자의 구슬을 통과하지 못하지."

키릴로차는 혼란을 느꼈다. 일츠가 말한 '봉인자의 구슬'은 그도 말로만 들었을 뿐 아직 배우지 못한 고위 마법이었다. 그런 것을 일츠가 어떻게? 그리고 왜 자신에게 이렇게 겹겹이 구속구를 채워 놓았을까?

자신이 그렇게 위험한 존재란 말인가? 저런 안전장치들이 필요할 만한 힘은 내게 없을 텐데?

"넌 그런 마법을 쓸 줄 모르잖아."

"아니, 할 수 있어."

더욱 헷갈리는 말이었다. 그렇게 말하는 일츠의 얼굴이 가볍게 굳어졌다가 풀렸다.

"그렇지만 지금 그건 내가 만든 게 아니야. 그 마법들의 주인이 곧 올 거야. 오랜만의 재회가 되겠지."

"무슨 소리야?"

일츠의 입가가 다시 미소의 곡선을 그렸다.

"그건 그 사람이 온 다음에 얘기해도 좋잖아? 우리끼린 너와 나에 대한 얘기만으로도 충분하지 않아?"

한때는 그랬다. 키릴로차는 이를 악물었다.

"넌 이런 상황에서도 그런 말이 나와?"

"내가 왜? 내가 뭘 어쨌는데?"

키릴로차는 다시 생각해 보았다. 프란디에와 앙리오트의 죽음은 일츠와 무관할 리 없다. 할아버지와 꼬맹이는 아직 알 수 없지만…….

클라리몽드!

키릴로차의 머릿속에 빛처럼 떠오른 이름이었다.

"클로는, 클라리몽드는 어떻게 됐어? 그녀는 어디로 갔지?"

일츠가 집게손가락으로 앞머리를 문질러 비틀었다.

"미안해. 그녀는 이제 다시 못 볼 거야."

"무슨 소리야!"

점차 지난 일이 떠올랐다. 클라리몽드가 가져다 댄 손수건의 독한 향내가 마지막 기억이었다. 그때 키릴로차는 정신을 잃었다. 그건 무슨 의미일까.

"자세한 이야기는 곧 듣게 될 거야. 어쨌든 그녀는 이제 다시 못 만나. 아, 물론 죽거나 한 건 아니야. 너와 만날 일이 없다는 말일 뿐이지."

"왜!"

"클라리가 원했으니까."

키릴로차가 망연한 표정으로 바라보는 동안 일츠는 테이블 위에서 천천히 다리를 흔들다가 다시 고개를 들었다. 어둠 속에서도 반짝거리는 그의 눈은 누군가를 닮은 듯도 했다.

"할아버지께서 돌아가신 일은 안됐어."

키릴로차는 억지로 입술을 비틀어 열었다.

"네가 날 여기로 데려왔어?"

"난 아냐. 하지만 내가 시켰어."

"그러면…… 할아버지를 죽이라고 시킨 것도 너야?"

"……"

둘의 시선이 맞닿은 곳에서 먼지가 느린 춤을 추었다. 저 램프가 비출 수 있는 곳도 거기까지다. 서로의 눈을 붉게 물들이며 시선을 잇고, 약간의 감정을 전하는 거기까지.

"그래."

키릴로차는 한참 침묵했다. 이윽고 목쉰 소리가 흘러나왔다.

"왜 그랬어."

"그건 스스로 생각해 봐. 넌 아주 오래오래 생각할 시간을 얻게 될 테니까."

"……넌 왜 왔어?"

"몇 가지 오해나 풀까 하고."

"내가…… 뭘 오해하고 있는데?"

키릴로차의 목소리는 점차 잦아들며 힘들게 흘렀다. 어둠을 더욱 무겁게 하는 울림이 이윽고 멎었다. 일츠의 목소리는 역설적으로 명랑하게 울렸다.

"응, 이런 일이 내 결정은 아니었다는 점을 말해둬야 할 것 같았어. 프란이나 앙리의 일도 그렇고, 할아버지도 마찬가지고, 응, 그렇다, 그 개의 일도 그래. 아참, 뱅트완 거리 사람들은 괜찮아. 잠시 마을 밖으로 내쫓았을 뿐이야. 지금쯤은 다시 저들의 집으로 돌아갔을걸. 어쨌든 그 모든 게 다 내가 원한 일은 아니었어. 나만의 책임도 아니고 말이야. 너도 알다시피 난 너하고 동갑이잖아? 나이가 어리다보니 그리 많은 책임을 지고 있진 못하거든. 네가 이해할 수 있을지는 모르겠지만, 그래서 일단 사과하는 것이 도리라고 생각했어."

키릴로차가 피하려 하던 진실을 일부러 코앞에 갖다 대는 꼴이었다. 프란디에, 앙리오트, 할아버지와 꼬맹이까지 그가 아끼던 존재들을 하나하나 앗아가 놓고 저렇듯 가볍게 시인한다. 무슨 말을 해야 적당한 대꾸가 될까? 침을 뱉고 욕을 한들 달라질 것도 없고 상처받을 상대도 아닌 것을. 그의 고통을 보고 즐기는 것도 아니고, 마치 길을 걷다가 어깨를 부딪친 상대에게 실례했다고 말하는 것처럼 쉽게 양해를 구하는 상대에게.

"네…… 책임이었다면 달라졌을까?"

키릴로차는 자신이 왜 이야기를 계속하는지 알 수 없었다. 그는 누군가의 죄를 고백 받을 위치에 있지 않았고, 그런 것을 들어 고통을 받을 필요도 없었다. 사실 듣고 싶지 않았다. 다른 무엇보다도, 그 모든 지난 일들보다도, 저렇듯 평온한 일츠의 목소리가 간절히 듣기 싫었다. 그의 믿을 수 없는 변화를 받아들이기가 고통스러웠다.

"글쎄. 처해 보지 않고 함부로 말할 수는 없는 일이고, 그냥 반반이라고 해 둘까?"

드디어 견디지 못하고 키릴로차의 목소리가 갈라지기 시작했다.

"너, 너는 네가 악인이라는 생각은 안 해봤어?"

"아, 해봤어."

몸을 굽히는 일츠의 머리가 찰랑거렸다. 바람도, 비도, 고통스러운 추적도 겪지 않고 깨끗하게 마른 머리였다. 옛날 어깨를 기대고 갠 하늘을 바라보며 느긋하게 재잘대던 목소리가 어둠 속에서 말했다.

"그런데 말이지, 별로 필요 없는 생각 같았어. 그래, 악(惡)이 뭘까. 이기심이 악인가? 그럴지도 모르지. 그렇지만 인간은 누구나 이기적이잖

아. 그럼 약간 바꿔서 '지나친 이기심'이 악인가? 지나치다는 경계는 누가 정하는데? 그걸 정하는 자들은 악인이 아닌 선량한 자들인가? 그들에게는 이기심이 없나? 왜 누군가의 이기심이 다른 자의 이기심을 재는 잣대가 되지?"

키릴로차의 몸속에 잠들어 있던 목소리가 서서히 깨어났다. 그의 긁혀 나간 마음이 모조리 목소리로 화하는 듯했다.

"그건 궤변이야! 인간의 마음속에는 잣대 따위로 잴 수 없는 본질적인 양심이 있어. 그건 다른 누구와 비교해서 조절하는 게 아냐! 오직 자신에게만 들리는 목소리로…… 해서는 안 되는 일을 하려 할 때마다 속삭여 주는…… 네게는 그 목소리가 들리지 않아? 양심의 발톱이 네 마음을 할퀴지 않아?"

"모르겠는데."

"일츠!"

일츠를 향해 몸을 내밀려던 키릴로차는 보이지 않는 구속구들이 한꺼번에 살을 비트는 바람에 하마터면 비명을 지를 뻔했다. 그는 눈을 감고 목소리를 쥐어 짜냈다.

"네가 일부러 귀를 막고 있지는 않아? 네가 귀를 막은 손을 뗀다면 고막이 터질 정도로 외쳐대는 네 양심의 목소리가 분명 들릴 거다!"

일츠는 가만히 키릴로차의 눈을 보았다. 분노한 것도 아니고, 무시하는 것도 아니고, 단지 의아해하는 눈초리였다.

"난 정말로 잘 모르겠어. 악인가 아닌가를 결정하는 게 마음속의 목소리 따위라면 난 정말이지 웃을 수밖에 없겠는데. 나라고 마음속의 목소리가 없겠어? 그런데 왜 그 목소리는 이 모든 행동을 허락하고, 오히려 장려하는 거지?"

"네 행동을…… 허락하고 장려한다고?"

상대에 대한 인식을 근본부터 바꾸라고 요구하는 대답이었다. 키릴로차가 말이 없는 동안 일츠가 질문을 제기했다.

"좋다. 그럼 대신 선(善)이 뭔지 설명해 봐라. 이기적이지 않기만 하면 선한 거냐? 전 생애에 걸쳐 남들이 살아온 대로 꾸벅꾸벅 따라하고만 있으면 선한 건가? 아니면 선도 마음속에 있는 거라고 주장할 참이냐? 선한 의도로 저지른 살인과 악한 의도로 행한 자선을 구별하고 평가할 자는 누구지? 결과가 선을 부를까, 과정이 선을 부를까?"

"선은 의도다. 결과나 과정을 떠나 선하고자 하는 의지와 의도란 말이다."

"그 선이 뭔지 알아야 의도든 의지든 가질 것 아니냐고!"

키릴로차는 일츠를 똑바로 내려다봤다. 그의 마음속에서 꿈틀거리며 솟아오른 감정 때문에 이 말을 하지 않을 수 없었다.

"네가 선이 무엇인지 모르겠다면 네 어머니를 생각해 봐라."

일츠는 처음으로 움찔하는 듯했다.

"그분께서 얼마나 선하셨는지, 얼마나 많은 것을 베풀며 살아오셨는지 그분의 아들인 네가 누구보다도 잘 알지 않나? 신성령 달크로이츠의 무녀들과 주민들은 모두 그분을 성녀처럼 존경했어. 더구나 아무 연고도 없는 나를 데려다 너와 똑같이 부족함 없이 자라게 하셨다. 그걸 보고 자란 네가 선이 무엇인지 모르겠다고?"

느리긴 했으나 한마디 한마디 힘이 들어간 물음이었다. 대답하는 일츠의 목소리도 처음과는 달라졌다.

"어이없는 주장이다. 어머니께서 너를 데려와 나와 함께 자라도록 하지 않으셨다면 지금 이런 데서 고통 받을 필요도 없었지 않나? 네 할아버지도 돌아가시지 않았을 테고, 넌 이런 어두운 세계 따윈 모른 채 그 마을에서 행복한 목동이 되었을 거다. 내가 널 잘못 보지 않았다면 넌 이 정도의 일을 겪지 않고선 세계의 차가움과 고통 따윈 영원히 몰랐을 거다. 내 말이 틀린가? 그래도 어머니께서 행한 일이 너에게 행복을 가져다주었다고 할 수 있겠나? 천진하던 아이에게 삶의 비정함을 깨닫게 해 주는 일이 소위 선이라는 것인가?"

그런 말은 듣고 싶지 않아……

지금까지의 삶을 송두리째 부정하는 말을 가장 아끼던 친구에게 들으며, 말을 잇는 키릴로차의 눈가에 아프게 눈물이 맺혔다.

"난 너를 만난 것을 내 삶의 어떤 사건보다 기뻐했고…… 다른 친구들을 만나 가장 밝은 한때를 보냈어. 인생은 되돌릴 수 없고 다른 길은 가볼 수 없는데 무엇을 후회하고 누구를 원망하겠어? 난 지금까지도 그러지 않았고 앞으로도 그러지 않아. 네 어머니께선 내게 선을 가져다주셨어. 난 믿어."

"그렇다면 우리 집안의 선은 어머니께서 대표하신 걸로 해 두자. 어머닌 선하셨다. 바로 내 대신. 그렇지만 그 선을 갖고 무덤으로 가버리셨지."

일츠의 말끝이 눈에 띄게 날카로워졌다. 키릴로차는 할 말을 잃었다. 지금까지 무엇을 막연히 믿어 왔던가. 누구의 선을, 누구의 악을 믿어 왔던가. 무엇이 그의 목을 노리는 칼날이 될지 아무도 보증해주지 않았다.

"자, 네 말대로라면 넌 선의지에 희생당했어. 너 자신이 누구보다도 훌륭한 본보기다. 그러고도 거기에 매달려 끝끝내 벗어나지 못하다니. 악이라는, 악인이라는 평가가 뭐가 두렵지? 그까짓 이름표 따위가 무슨 소용이야? 만일 조금도 쓸모없는 존재라면 악은 왜 존재하는데? 어둠이 있어 빛이 드러나듯, 고작 선을 빛내기 위해서? 그래, 악이 비록 궁극적으로 선을 이루기 위한 발판이라 해도 좋다. 존재해야만 한다면 존재하는 것이지. 누구도 그걸 사라지게 하지 못해. 그리고 그게 하필 나여선 안 된다고 누구도 내게 강요하지 못해!"

"네가 굳이 선을 추구하고 싶지 않다 해도 악을 추구하라고 떠미는 자도 없어. 왜 억지를 쓰는 어린아이처럼 구는 거지? 이유 없는 행동에 집착하고 있는 쪽은 너야!"

"그렇다면 너도 내게 선을 강요하지 마라. 나는 태어난 그대로 생각하며 살아간다. 세상은 솔직하지 못해. 다른 사람들로부터 격리될까 두려워서 남들의 선, 남들의 악을 따르고 있을 뿐 자신의 선, 자신의 악이 무엇인지 알지도 못한 채 멋대로 죽어가고 죽임 당한다. 좋아, 이렇게 말하지. 나는 악하게 태어났고 흔쾌히 내 길을 받아들였다. 불쾌감 따위는 전혀 없다. 어째서 인간이 선하게 태어난다고 멋대로 믿지? 아직까지도 충격으로 삐뚤어진 인간이 악의 길을 걷게 된다고 믿나?"

일츠의 입가에 서서히 미소가 피어올랐다. 자부심과 확신이 뒤섞인 그 얼굴에는 어디서도 보기 힘든 특이한 빛이 있었다.

"만약 그렇다면 네가 보기에 나한테 그 충격은 뭘까? 넌 늘 나와 함께였잖아. 여덟 살 이후로 떨어진 적이 없었잖아. 그럼 알 텐데? 나한테 정말로 그런 게 있어 보여?"

키릴로차는 대답하지 못했다. 그런 것은 없었다. 그는 일츠가 변했다고 생각했는데, 그럴 계기는 전혀 없었다.

"넌 본래 그런 녀석이었는데…… 내가 단지 잘못 보았을 뿐이라고?"

본질부터 다른 모든 인간과 다를 수밖에 없는, 그런 인간이 과연 존재하는가?

"글쎄, 네 말대로라면 정말로 너는 나를 잘못 알았는지도 모르겠다. 자신을 완벽히 설명할 수 있는 사람은 없지. 그건 나도 마찬가지고. 제 행동의 처음과 끝을 다 아는 자는 고귀한 이스나에들 뿐이야. 육신을 가진 자에게 그런 축복은 없어. 그래, 나는 천재는 아냐. 위대한 사람도 아냐. 악의 제단에 몸을 바치는 희생적인 사제도 아니며, 어느 옛날엔가 받았던 상처 따위에 얽매여 삐뚤어져 버린 어리석고 불행한 인간도 아냐. 나는 나 자신일 뿐이야. 나는 일츠 브릴모이고 어제나 오늘이나 거의 비슷해."

일츠의 목소리가 평소대로 낮고 침착하게 돌아왔다. 그 목소리야말로 가장 일츠다운, 그만이 가진 미덕이었다. 동요하지 않고, 두려워하지 않고, 자만하지 않고, 강요하지 않는 바로 그 목소리.

"친구들은······ 앙리나 프란은 네게 뭐였지?"

"좋은 녀석들이었지. 가능하기만 했다면 계속 잘 지냈을 텐데. 그러지 못해서 아쉬워. 솔직히 롬디보다는 훨씬 나았거든. 하지만 그 녀석들보다 가장 큰 손실은 따로 있지. 바로 너야."

일츠가 고개를 끄덕거리더니 말을 이었다.

"좋아. 하나는 인정하지. 난 이번 일로 너까지 이런 꼴로 만들 생각은 전혀 없었다. 그럴 필요도 없었고. 내가 예전에 한 말 생각나? 멜헬디에서 네 방 문짝에 낙서가 돼 있던 날 아침에 식당에서 말했지."

말을 잇는 일츠의 눈이 가늘어졌다.

"내 세계에서 나가지 마라."

기억이 났다. 그때도 이상하게 생각했었다. '내 세계'가 무슨 뜻일까 하고.

"넌 내 세계의 일부였어. 그 안에서 내가 널 얼마나 소중하게 여겼는지 넌 모르지. 그래서 조금도 다치게 하고 싶지 않았는데, 그랬는데 넌 네 발로 그 세계를 박차고 나갔다고!"

"뭐라고?"

그런 일은 없었다. 키릴로차가 먼저 일츠를 저버린 일은 없었다. 일츠가 친구들을 버렸을 때 반발했을 뿐이었다. 모두를 지키려 노력했을 뿐인데 지난번에 일츠는 그것을 '네 욕심'이라고 말했다.

"넌 내가 택한 세계에서 퇴장하는 것들을 뒤쫓아 갔어. 그간 내가 네게 들인 노력을 저버리고. 내가 얼마나 실망했는지 네가 상상이나 할까? 그랬는데도 날 봐, 내가 얼마나 친절한지. 그런 너와 얘기 따위를 하다니. 하하하……."

일츠는 자기 이마를 짚으며 웃음을 터뜨렸다. 그러더니 키릴로차를 쏘아봤다.

"네가 아니라 다른 무엇이었다면 이런 식으로 날 실망시키는 순간 깨끗이 부숴버렸다."

키릴로차는 입술을 깨물었다. 지금껏 늘 순진함이 가렸던 판단력은 이 순간 아무런 장애물도 없었다. 그는 깨달았다. 일츠에게 자신은 다른 의견을 말할 자격이 없는 존재였다. 다른 길로 가선 안 되는 존재였다. 지금까지 둘이 형제처럼 지낸 건 둘의 뜻이 한 번도 어긋나지 않았기 때문이었다. 일츠의 '내 세계'에서 나가려 한 일이 없었기 때문이었다.

"난 네 세계의…… 무엇이었지?"

"거울."

일츠는 두 팔을 벌렸다. 매달린 채 굽어보는 키릴로차의 거울상인 양 못 박힌 모습을 했다.

"어머니께서 내 방에 놓아주신 거울이 너잖아. 처음부터 알았던 건 아니었어. 그런데 어느 순간부터 자꾸 비치더라고. 즐거운 일은 아니었어. 난 내 얼굴을 보는 것을 그리 좋아하지 않거든. 평소에도 거울은 잘 안 보잖아. 언젠가 어머니께선 네게 비친 나를 잘 보라고 하셨지만 난 그러지 않아도 나를 잘 알아."

키릴로차는 고개를 흔들었다. 그는 자신을 모른다. 지금 자신의 모습이 얼마나 흉측한지 모른다.

"그런데도 난 널 형제처럼 사랑했어. 늘 너를 배려했어. 너를 자랑스러워했어. 네가 총명하고, 잘생기고, 학교에서 수석을 하고, 마법에 뛰어나고, 모두가 원하는 미녀를 사귀는 것까지도 자랑스러웠어. 그 모두를 내가 가진 것과 똑같이 기뻤어. 그런 너를 힘을 다해 보호하기까지 했어. 그간 네가 신분과 어울리지 않는 곳에서 살아가며 만난 온갖 어려움들은 가만히 있어도 저절로 해결됐지. 그게 다 네가 운이 좋아서였다고 믿었어? 세상에 그렇게 운이 좋은 사람이 있다면 지금 이런 일 따위를 당하고 있겠어?"

일츠는 피식 웃음을 머금었다. 이번만은 비웃음이었다.

"넌 내 세계에서 나가는 순간 끝장난 거야. 이젠 아무도 널 보호해주지 않아. 지금까지 온실에서 살아온 넌 진짜 세상에서 살아남을 수 없겠지. 그러기에 용기 있게 뛰쳐나가기 전에 한 번 더 생각했어야지."

키릴로차가 깨문 입술이 터져 피가 흘렀다. 한 줄기가 입가를 타고 턱으로 흘러내렸다. 일츠가 그를 가만히 보더니 말했다.

"그런데 이젠 내 얼굴이 비치지 않네."

방은 따뜻했지만 키릴로차는 한기를 느꼈다. 온 몸이 빨랫줄에 널린 옷 조각처럼 형편없이 텅 빈 존재로 변한 듯했다.

"상관없어. 거울은 없어도 돼. 필요해서 널 곁에 둔 건 아니었어. 그런데 하나 궁금하군. 넌 너 자신을 비춰볼 수 있나? 아무래도 그건 힘들겠지?"

입가의 피가 굳어갔다. 일츠는 훌쩍 테이블에서 내려섰다. 그리고 대답하지 못하는 친구를 향해 인사하듯 손짓을 보냈다.

"잘 가. 내 형제였던 키릴츠. 난 네가 나를 비추는 짝, 쌍둥이, 바로 내 도플갱어(Doppelganger)였을지도 모른다는 생각을 가끔 해. 그러니까 네가 내 대신 그 고통인가 하는 것을 대신해 주면 될 것 같아. 누구든 삶에 그런 것이 있어야 한다고 주장하는 자들이 있더군. 혹시 그 말이 맞는다면 너야말로 내 대역으로 손색이 없지. 내 피와 살을 먹여 키운 그림자니까."

지금껏 오간 대화만으로도 피폐할 대로 피폐해진 키릴로차의 정신은 일츠의 마지막 말을 이해하지 못했다. 따라서 대답도 없었다. 일츠는 몸을 돌려 지금까지 보이지도 않던 문을 열고 나갔다. 키릴로차는 다시 암흑 속에 혼자 남았다.

밖은 좁은 계단참이었다.

일츠는 창으로 들어오는 빛 때문에 눈이 아픈 듯 잠시 시야를 가렸다. 그가 손을 내렸을 때 기다리던 사람이 눈앞에 서 있었다.

"아, 칼드 씨."

상대방은 검은 후드를 젖히더니 냉랭한 미소를 지었다.

"친구라고 작별인사 정도는 한다는 건가."

"글쎄요. 그보다 중대한 의미가 있었습니다만."

둘 다 세 걸음씩 내딛자 위치는 반대가 되었다. 곁을 지나며 옷깃이 교차했을 때 두 사람은 외모 상으로 많은 차이가 있을지언정 어딘가 닮은 듯했다. 상대가 보이지 않게 된 둘은 등 너머로 서로의 존재를 느끼며 멈춰 섰다. 일츠가 나온 문 앞에 선 칼드가 말했다.

"친구에게 줄 선물이 있었던 모양이군. 잔인한 놈 같으니."

일츠가 돌아보며 미소를 날렸다.

"정신적인 죽음이 필요한 사람이라서요."

한 사람은 계단을 올라가고 다른 한 사람은 문을 열고 안으로 사라졌다.

비가 내렸다.

대지를 찬찬히 적시는 가랑비가 아침부터 저녁까지 줄곧 내렸다. 초여름 장마인 인도자 아룬드(6월)는 멀었지만 로존디아라는 이름답게 이런 날씨가 드물지만은 않았다.

일츠 브릴모는 날씨를 탓하지 않고 후드 달린 망토를 입은 채 빗길을 걸어 크로노 다임러(마법을 여는 자) 탑에 도착했다. 크로노 다임러 탑은 마법이 그리 발달하지 않은 로존디아에서 드물게 마법만을 다루는 연구 기관으로 왕궁에서 서쪽으로 떨어진 곳에 우뚝 서 있었다. 마법사의 숫자는 많지 않았고, 그들의 수련 목적 역시 왕궁에 마법사를 공급하는 정도에 그쳤다. 멜헬디나 이스나미르 왕립 학교처럼 이름난 교육 기관도 아니었고, 이조르칸트의 마음의 궁전 같은 곳과는 비교도 할 수 없었다. 그러나 탑의 모습만은 육중했으며 내부 또한 넓었다.

"이런, 이 비에 마차도 타지 않고 오셨습니까!"

일츠는 문지기의 호들갑에 조용히 웃었다. 아랫사람에게 온화한 존대를 쓰는 그의 버릇은 변하지 않았다.

"가까운걸요, 이 정도는."

일츠는 석조 계단에 올라서서 우비를 벗어 손수 물기를 털었다. 문지기가 어쩔 줄 몰라 하다가 기회를 보아 얼른 받아들었다. 고맙다는 말이 이어지자 문지기는 더욱 난감한 표정이 되었다.

"지하에서 기다리실 겁니다. 어젯밤부터 죽 그곳에 계십니다."

마법사의 탑 크로노 다임러의 지하에는 일반인들이 잘 알지 못하는 또 하나의 기능이 있었다. 크로노 다임러의 마법사들은 그 기능을 몹시 싫어해서 웬만해서는 입 밖에 내려 하지 않았고, 굳이 지칭할 일이 있을 때도 '쉼터'라는 은유적인 단어를 사용하곤 했다.

그러나 그곳은 휴식과 거리가 멀었다. 그 지하에 자리 잡은 것은 마법을 쓰는 죄인들을 가두는 곳, 멜헬디 학교 등에 있는 마법 연습장의 기능을 한층 개선해 만들어낸 음산한 감옥이었다.

일츠가 지하로 향하는 계단을 내려갈 즈음 우비에서 떨어지던 물방울이 잦아들었다.

복잡한 절차가 필요한 방문이었지만 일츠의 통과는 일사천리였다. 별다른 수속도 없이 이윽고 간수장의 안내를 받으며 응접실이라고 할 만한 방으로 들어가자 따라오던 자들도 모두 물러나고 방해하는 사람은 아무도 없었다.

　일츠가 이곳을 굳이 약속 장소로 택한 이유는 마법이 잘 새어나가지 않는 것과 마찬가지로 다른 마법이 끼어들 위험도 낮기 때문이었다. 비밀리에 행할 회담을 위해 이보다 안전한 장소는 없었다.

　석조 응접실은 간수실이나 다름없이 황량했다. 기다리는 사람은 둘이었다. 그중 하나를 보며 일츠가 싱긋 웃었다.

　"오랜만이야, 롬디. 몸은 좀 나았어?"

　최근 눈에 띄게 수척해지고 눈마저 그늘진 롬디오는 일츠의 말에 고개만 약간 끄덕였다. 일츠가 의자를 당겨 앉자 다른 한 사람이 팔을 뻗어 길쭉한 종이를 펼쳐 보였다. 호송장이었다.

　"결국 손에 넣으셨군요. 칼드 씨."

　거친 마직 로브 차림인 칼드는 못마땅한 시선을 일츠에게 쏟았다. 목소리도 신랄했다.

　"살려 둬선 안 될 인물을 억지로 살리겠답시고 이 무익한 짓거리들을 고안하는 데 한나절을 소비했군."

　일츠는 웃었다.

　"의견을 잘 바꾸지 않으시는군요."

　"바꿀 이유가 있나? 아무리 완벽한 계획에도 구멍은 있다. 그런 위험을 무엇 때문에 무릅쓴단 말인가."

　"저도 물론 그 점, 잘 알고 있고 칼드 씨의 의견에 십분 동의합니다. 그러나 대공주 전하의 명령인 것을 어쩌겠습니까."

"그 대공주라는 여자, 듣기보다 어리석은 것이 아닌가."

칼드의 입에서 감히 꺼내서는 안 될 불경한 말이 쏟아지자 롬디오가 움찔하며 돌아보았다. 그러나 일츠는 호송장을 들여다보며 일상적인 어조로 대꾸할 뿐이었다.

"설혹 그렇다 한들 그런 식으로 말씀하셔서야 어디 될 일입니까. 우리 주군이 되실 분이고, 우리 목숨도 쥐신 분입니다."

"흥, 죽고 사는 일이야 스스로가 결정하는 게다. 미래의 목숨을 어설픈 미봉책에 맡겨두려는 자야말로 다가올 죽음을 겁내지 않는 만용의 소유자가 아닌가. 어째서 최선을 다해 자신을 지키지 않나?"

칼드는 불만이 이만저만이 아닌 듯 잔뜩 찌푸린 얼굴이 풀릴 줄을 몰랐다. 호송장을 다 살펴본 일츠가 이윽고 그를 바라보았다.

"무엇을 그렇게 우려하십니까? 칼드 씨가 보기에는 그가 그렇게나 두려운 존재입니까?"

"위험하지 않아 보이더라도 조심은 할수록 좋기 마련이다. 말했다시피 제 목숨은 자기가 저지른 짓들로 담보하는 법. 일을 허술히 해놓고 미래의 불운을 탓할 수는 없는 게다."

대답에도 불구하고 일츠의 눈은 여전히 칼드를 보고 있었다. 질문이 되풀이되었다.

"그가 그렇게 두려운 존재입니까?"

"……."

침묵이 싸늘했다. 문밖 저 멀리에서 돌계단을 밟는 간수의 발소리가 아스라이 멀어졌다. 탁자에 놓인 세 갈래 촛대 끝의 촛불이 불안하게 흔들렸다.

이윽고 칼드가 입을 열자 이곳보다 더 깊은, 지하 세계에서 나온 듯한 목소리가 튀어나왔다.

"그는 위험하다."

"어째서입니까?"

"그놈의 마법은 늘 배움을 훌쩍 넘어갔다. 멀찍이 물러나 보고 있으면 둑을 부수려는 바닷물처럼 넘실거리며 이쪽을 넘본다. 그놈의 몸속에는 희한한 잠재력이 그득하게 이빨을 빛내고 있다. 짐승의 새끼를 방치하고서 어찌 두려워하지 않으랴. 그것이 자라 거대한 회색 이리가 되어 돌아올진대."

롬디오가 눈썹을 움찔거리다가 몸을 부르르 떨었다. 팔짱을 낀 일츠는 고개를 숙인 채 눈만 들어 앞을 응시했다. 불편한 침묵이었다. 공기 중에 떠도는 것은 불쾌한 미래에 대한 잔상이었다.

"대륙의 인간족 가운데 배우지 않아도 서서히 자라는 마법을 가진 무리가 단 하나 있으니 마브릴 족에게 신성한 호수를 빼앗기고 쫓겨난 후로 방랑을 거듭해 온 네냐 족이다. 알다시피 네냐는 저들의 호수에서 쫓겨난 후 평생토록 어디에도 머물지 못한 채 대륙 곳곳을 방랑해야만 하는 의무를 물려받았다. 네냐 족에게는 저들만의 의식을 행하는 주술사들이 있는데 그들은 마법을 배우지 않는데도 마력이 넘쳐흘러 시일이 지나면 저절로 특수한 주술을 체득한다. 그 성격은 마법과 별반 다르지 않다. 네냐 주술사의 피를 받은 자들은 그들의 강대한 정신력까지도 물려받는다고 하지."

"네냐……."

롬디오가 중얼거렸다. 칼드가 말을 이었다.

"말로만 듣던 이야기였다. 그때는 몰랐다. 그 힘을 목격하기 전까지는 믿지 않았었다. 그놈이 네냐 족과 관계가 있든 없든, 가르침으로 설명할 수 없는 커다란 힘을 발견한 건 다른 누군가가 아니라 그를 가르친 나다. 늘 허물을 벗듯 단계를 뛰어넘었지. 더구나 사신의 소매를 삼켜버렸던 힘의 폭발을 너 자신이 목격하지 않았나? 그러고도 두렵지 않다고?"

이윽고 일츠가 대꾸했다.

"그렇습니까? 하지만 아무래도 믿을 수가 없군요. 아니, 믿지 않겠습니다."

일츠가 고개를 들며 팔을 빼내 탁자에 올려놓았다.

"저는 한 인간에게 유독 주어지는 부당한 재능을 믿지 않습니다. 재능보다는 의지가 사람의 됨됨이를 좌우한다고 확신해 왔고요. 그는 괴물이 아니라 인간이고, 제가 보아온 바로는 의지도 그리 대단치 않죠. 심지어 잘못된 선택을 했고, 이제 우리의 수중에 있습니다. 그가 천재였든 네냐였든 이제부터 가게 될 곳에 떨어지고는 어쩔 도리가 없을 겁니다. 우리는 힘이 있고, 여럿입니다. 한 마리에 불과한 늑대 따위는 두렵지 않습니다. 오라고 하지요. 좋은 검을 갈아 잡고 기다리겠습니다."

칼드가 입술만 움직여 말했다.

"객기가 심하군."

"그런들 어쩌시겠습니까? 이미 저와 한 배를 타신 것을요. 그렇다고 걱정은 마십시오. 고귀한 손님이 배에 타신 이상 예우는 물론이고 필요한 모든 힘을 마련해 드리는 것은 제 몫입니다."

칼드의 입가가 비틀렸다. 미소였다.

"힘을 마련한다라, 쓸 만한 말이다. 좋다. 그 말을 인정하지. 대신 생명 외의 처분은 모두 내게 맡겨라. 적을 돌이킬 수 없는 상태로 만들어야 마음을 놓는 것이 내 방식이다. 놈의 생명을 꺼뜨릴 수 없다면 적어도 정신은 부숴 놓아야 한다."

"저도 인정합니다. 그럼 다른 처분은 맡기기로 할까요."

칼드와 일츠가 겨루듯 마주보는 가운데 밤마다 악몽에 시달려 몸과 마음이 황폐해진 롬디오는 움츠러든 초식동물과 다를 바 없었다. 그렇게 동맹자인지 경쟁자인지 모를, 적인지 우군인지 모를 눈빛을 주고받으며 침묵한 끝에 다시 칼드가 말했다.

"너의 자신만만함이 만용이 아니라 실력을 확신한 끝에 나온 것이기를 바란다. 마법은 내 몫이지만 그 다음은 자네와 대공주라는 여자의 몫이지. 마차에 고귀한 자가 탔다 한들 마부가 제멋대로 이끌어 가 버리고 나면 이후 마부를 벌하여 보았자 돌이켜지는 것은 없다."

"방향이 아니다 싶으시면 마차를 부수고 뛰어나오시죠. 그 정도는 충분히 해내고 남을 분임을 믿어 의심치 않습니다."

"바라는 것처럼 말하지 마라. 좋은 협력도 끝이 좋지 않으면 소용이 없다."

"잘 새겨듣지요."

둘은 이야기를 마쳤다. 일츠는 호송장을 말아 쥐며 다시 안정된 얼굴로 되돌아갔다.

"자, 그럼 다음 이야기로 넘어갈까요? 일전에 제시하신 칼드 씨의 요구에 대해 대공주 전하와 의견을 교환해 보았는데 말입니다. 왕실 창고의 물건을 꺼내는 일은 아무래도 조심스러워서……."

〈3권에서 계속〉